गांधी दर्शन के 5 सूत्र

गांधी दर्शन के 5 सूत्र

डॉ. रेणु कुमारी कुशवाहा

प्रभात प्रकाशन

प्रकाशक • **प्रभात प्रकाशन प्रा. लि.**
4/19 आसफ अली रोड,
नई दिल्ली–110002

संस्करण • 2026
मूल्य • तीन सौ पचास रुपए
मुद्रक • नरुला प्रिंटर्स, दिल्ली

GANDHI DARSHAN KE 5 SOOTRA
by Dr. Renu Kumari Kushwaha ₹ 350.00
Published by Prabhat Prakashan Pvt. Ltd., 4/19 Asaf Ali Road, New Delhi-2
e-mail: prabhatbooks@gmail.com ISBN 978-93-5048-046-5

धन्य है वह, जिसका
आशय महान् है, जिसका हृदय आकाश
की तरह विशाल है और समुद्र की तरह अतुल
गहराईवाला; जो सबमें स्वयं को देखता है
और स्वयं में सबको।

आमुख

19वीं शताब्दी का उत्तरार्द्ध तथा 20वीं शताब्दी का पूर्वार्द्ध। एशिया महाद्वीप का क्षेत्रफल तथा जनसंख्या की दृष्टि से महत्त्वपूर्ण राष्ट्र भारत; परतंत्रता की बेड़ियों में जकड़ा कराह रहा था, किंतु उसके क्षितिज पर विचारों की सबल लाठी लिये एक युगद्रष्टा परतंत्रता की बेड़ियों को कुचलने के लिए अपने चिंतन से फिरंगियों को आजादी देने के लिए मजबूर कर रहा था। उस महान् शख्सियत का नाम था—मोहनदास करमचंद गांधीजी। सन् 1947 में अपनी जिस सोच की बदौलत उसने भारत को आजादी दिलाई; उस सोच को इतिहास में 'गांधीजी का चिंतन' के रूप में जाना गया है। यह चिंतन इस मायने में अनूठा था कि अहिंसा और सत्य को इस चिंतन का मूल आधार बनाया गया तथा इसी अहिंसात्मक आंदोलन से भारत को आजादी मिली। इस चिंतन में स्वाधीन भारत की जो कल्पना की गई है, उसमें अहिंसा और दया के साथ स्वदेशी भावना पर बल दिया गया है।

आज 21वीं सदी के पूर्वाह्न में जब मानवीय मूल्यों एवं नैतिकता का लगातार पतन होता जा रहा है और यूँ कहें कि हम नैतिक शून्यवाद के करीब पहुँचते जा रहे हैं, जहाँ 'सेवा' व्यक्तिगत लाभ की चाह में की जा रही है, शक्ति और भौतिक लाभ के लिए इनसान नैतिकता का गला घोंट रहा है—गांधीवादी सिद्धांत निस्स्वार्थ भावना के मूल्य पर बल देने के साथ छद्म तथा अहं को मिटाते हुए अच्छाई एवं चरित्र उन्नयन की भावना बढ़ाने का एकमात्र आशा-दीप जला रहा है।

आज आम आदमी गरीबी, बेरोजगारी की परेशानी से त्रस्त है। धन का

असमान वितरण तथा मानवाधिकारों का उल्लंघन नित नई समस्या पैदा करता जा रहा है। आतंकवाद की समस्या से न केवल भारत बल्कि पूरा विश्व ही प्रभावित हो रहा है। ऐसी अनेक समस्याओं का समाधान 'गांधीजी के चिंतन' में ढूँढ़ा जा सकता है।

पूरी दुनिया एक विकल्प की तलाश में है। गांधीवाद इसका उत्तर और एक विकल्प देता है। गांधीजी का महत्त्व शाश्वत है। उनके राजनीतिक दर्शन में धार्मिक शुद्धता से लेकर राजनीतिक योग्यता तक विविध आयाम हैं। गांधीजी के लिए राजनीति एक व्यवसाय नहीं बल्कि एक सेवा थी। वह राजनीति के कठिन क्षेत्र में नैतिक मूल्यों को लागू करते थे। सही अर्थों में वह भारतीय परंपरा के 'कर्मयोगी' थे। उनके नैतिक और राजनीतिक विचार सहज रूप से उनकी धार्मिक और नीतिपरक धारणाओं से जुड़े हुए हैं। ऐसे विचारों का गहन अध्ययन हमेशा जरूरी होता है, खासकर जब जिस दुनिया में हम रह रहे हैं, वह इतनी भ्रष्ट और अमानवीय हो। गांधीजी का परम लक्ष्य था, सर्वजन हिताय। हित का अर्थ उनके लिए व्यक्तियों या समाज का भौतिक कल्याण नहीं बल्कि आत्मबोध था। गांधीवादी सिद्धांत इस युग की सबसे बड़ी चुनौती का सामना करने में पूर्ण सक्षम सिद्धांत है। आज की सबसे अहम जरूरत मानव कष्टों और लड़ाइयों को खत्म करने की है। मानव आचरण की जटिलता के कारण 21वीं सदी में सर्वोदय भी बहुत कारगर होगा। मानव प्रकृति की अच्छाई, जनसेवा व्यक्तियों के लिए उपयुक्त मानी गई, नैतिक सिद्धांतों को सामूहिक जीवन और अंतरराष्ट्रीय संबंधों पर लागू करना, अहिंसक परिवर्तन की प्रक्रिया, सामाजिक और आर्थिक समता, आर्थिक और राजनीतिक विकेंद्रीकरण पर बल देते हुए सर्वोदय का उनका दर्शन उन विभिन्न प्रकार के तनावों को दूर करने की कोशिश करता है, जो घरेलू और अंतरराष्ट्रीय सद्भाव को बिगाड़ते हैं। यह प्रेम, रचनात्मकता और जीवन की खुशियाँ जैसी शक्तियों को मजबूत बनाने में सक्षम है। इसमें मनुष्य को समग्र रूप से देखा जाता है और उसकी आध्यात्मिक प्रकृति पर बल दिया जाता है। आधुनिक संदर्भ में सर्वोदय की अवधारणा की 'सभी का जागरण' के रूप में व्याख्या की जा सकती है। इस प्रकार यह हर किसी के जागरण के अलावा, संपूर्ण मानवीय भावना और व्यक्तित्व के जागरण से

संबंधित है। सर्वोदय आत्मबोध के सर्वोच्च स्तर को प्राप्त करने से भी संबंधित है, जिसमें एक व्यक्ति अन्य सभी लोगों में अपना स्वरूप देखता है।

इस प्रकार, आधुनिक भारत की त्रासदी यह है कि सुविधा-भोगी अभिजात वर्ग कभी गांधीवादी दर्शन का सार नहीं समझ सकता। सामाजिक न्याय और स्थायित्व की हमारी चाह एक सपना बनकर रह जाएगी, जब तक कि हमें गांधीजी के इन शब्दों का अर्थ समझ में नहीं आएगा—''वह मिथ्या अर्थव्यवस्था है, जो नैतिक मूल्यों को अनदेखा और उनकी अवहेलना करती है।'' गांधीजी का यह विश्वास था कि लोकतांत्रिक विकेंद्रीकरण और ग्रामीण विकास के बिना भारत की जनता के लिए आजादी का कोई अर्थ नहीं है। उन्होंने आजादी के संघर्ष के दौरान लगातार अपने भाषणों और लेखों के द्वारा इस बात पर जोर दिया। उन्होंने कहा, ''देश की समृद्धि और प्रगति गाँवों पर निर्भर है और यदि गाँव की समृद्धि एवं संस्कृति नष्ट होती है तो भारत भी नष्ट हो जाएगा।'' गांधीजी का स्वराज सहज रूप से ग्रामीण विकास से जुड़ा हुआ था। हम यह याद दिलाना चाहेंगे कि गांधीजी ने 'हरिजन' के 22 जुलाई, 1946 के अंक में लिखा था, ''आजादी नीचे से शुरू होनी चाहिए।'' जब तक भारतीय राजनीति और राजनेता इस पर अमल करना न सीख लें, गांधीवादी विचार और परिप्रेक्ष्य के अर्थों को बार-बार दुहराना होगा।

गांधीजी ने कभी अपने गौरवशाली नाम के आगे 'वाद' जोड़ने की न तो इच्छा प्रकट की, न ही ऐसा करने को कहा। लेकिन गांधीवाद का विकास पूरी मानव जाति की शांति, खुशहाली, आजादी, सद्भावना और उत्तरजीविता के लिए एक वैश्विक आवश्यकता बन गया है। आधुनिक विश्व में गांधीवाद एक नई उम्मीद, नई शक्ति और सबसे ऊपर एक नई चुनौती है। गांधीवाद एक ऐसी चीज की याद दिलाता है, जिसे आधुनिक दुनिया भूल गई है, यानी, सत्य और अहिंसा की उसकी मूल संस्कृति।

महात्मा गांधी एक बहुपक्षीय प्रतिभा के स्वामी थे, उन्होंने बहुत-सी मानव समस्याओं के बारे में सोचा और तत्कालीन सामाजिक, आर्थिक और राजनीतिक शक्तियों पर एक अमिट छाप छोड़ी। उन्होंने कुल मिलाकर पूरी दुनिया पर एक स्थायी प्रभाव छोड़ा, क्योंकि वह हमेशा आम जनता और पददलितों की भाषा बोलते और प्रस्तुत करते थे। वह लोगों को अन्याय और

शोषण के खिलाफ लड़ने के लिए प्रेरित करते थे। आज दुनिया भर की आवाजें गांधी की बातों को दुहरा रही हैं, जो उन्होंने औद्योगिकीकरण, मशीनीकरण, आर्थिक विकास, स्त्री सशक्तीकरण, पर्यावरण सुरक्षा, सामाजिक न्याय आदि के बारे में कही थीं।

नई सहस्राब्दी सिर्फ ग्यारह वर्ष पुरानी है, फिर भी मानव जाति गंभीर दबाव में सतर्क होकर अपनी प्रकृति, संस्कृति और भविष्य का पुनर्आकलन करने के लिए विवश है। प्रौद्योगिकीय विकास के कारण दुनिया तेजी से बदल रही है और यदि हमें अपने आपको बेहतर स्थिति में रखना है, तो हमें समय की जरूरत के मुताबिक बदलना होगा। यह बदलाव बेहतरी के लिए और मानवीय चेहरे के साथ होना चाहिए, जहाँ गरीब से गरीब भी शांति और सद्‌भाव के साथ रह सके, कोई विलगाव नहीं होना चाहिए। प्रौद्योगिकीय विकास की अपनी कीमत होती है और हमें वह चुकानी पड़ती है। इसलिए गांधीवाद महत्त्वपूर्ण हो जाता है।

आर्थिक विकास को बनाए रखने के लिए ज़िन उपभोक्ता वस्तुओं को बढ़ावा दिया जा रहा है, उनमें से लगभग सभी का समाज पर प्रत्यक्ष या अप्रत्यक्ष प्रभाव पड़ता है। उदाहरण के लिए भारत को लें। भारत में 3.2 करोड़ अशिक्षित वयस्क, 3.6 करोड़ बेरोजगार वयस्क और 4.4 करोड़ बाल श्रमिक हैं। भारत के बड़े और छोटे शहरों के 1,100 रेड लाइट क्षेत्रों में 2.4 मिलियन महिलाओं को वेश्यावृत्ति में धकेला जाता है। बाल वेश्यावृत्ति बढ़ रही है। यह जानना दिलचस्प होगा कि बाल सेक्स उद्योग का केंद्र एशिया में है और भारत में चार लाख बच्चों का यौन शोषण किया जाता है। आँकड़े दर्शाते हैं कि हमारे देश में हर 26 मिनट में एक महिला के साथ छेड़छाड़ होती है, हर 47 मिनट में एक बलात्कार होता है, हर 6 मिनट में एक महिला छेड़खानी का शिकार बनती है, हर 44 मिनट में एक महिला का अपहरण होता है, हर 24 घंटे में 7 दहेज हत्याएँ होती हैं और हर 7 मिनट में महिलाओं के खिलाफ एक आपराधिक कृत्य होता है। आँकड़े दिखाते हैं कि स्क्रॉल हिंसा न केवल भारत में बल्कि दूसरे देशों में भी बढ़ रही है। राष्ट्रीय सुरक्षा, सैन्य उद्‌देश्यों और आतंकवाद तथा अलगाववादी आंदोलन से लड़ने में बहुमूल्य मानव संसाधन के व्यर्थ होने से स्वास्थ्य, शिक्षा तथा आवास जैसे

क्षेत्रों में प्रगति मंद हो गई है। आज मानवजाति के सामने आनेवाली अधिकांश समस्याएँ, जैसे, आर्थिक विषमताएँ, मुद्रास्फीति, अधिक जनसंख्या, बेरोजगारी, आतंकवाद, प्रदूषण, कुपोषण, अशिक्षा, भूख, आदि भौतिक विकास के परिणामस्वरूप हैं।

मानवता को सुरक्षित रखने और एक न्यायसंगत तथा व्यावहारिक वैश्विक व्यवस्था के विकास से संबंधित विभिन्न मुद्दों के संदर्भ में पाश्चात्य सभ्यता के खतरों के बारे में महात्मा गांधी की आशंकाएँ सही साबित हुई हैं। गांधी ने बहुत पहले ही नैतिक पतन तथा सांस्कृतिक क्षय को स्पष्ट देख लिया था। आम लोगों के सामने औद्योगिक सभ्यता के नकारात्मक परिणाम आने से काफी पहले 1908 में प्रकाशित महात्मा गांधी की 'हिंद स्वराज', उनकी पीढ़ी के लोगों को आधुनिकता तथा सभ्यता से भय तथा भागनेवाली पुस्तक लगी होगी। सच्चाई यह है कि नई सहस्राब्दी में अबाधित आर्थिक विकास तथा प्रौद्योगिकीय नवप्रवर्तनों की बुराइयों और सीमाओं के लोगों के सामने आने से बहुत समय पहले गांधीजी ने औद्योगिकीकरण की बुराइयों और प्रकृति तथा मनुष्यों को हुई क्षति की ओर ध्यान दिलाया था और जीवन के सभी क्षेत्रों में उपभोक्ता संस्कृति के उभरते रुझानों की जोरदार आलोचना की और विकास में सादगी तथा नैतिक सिद्धांतों पर जोर दिया, जो नई सहस्राब्दी के लिए अनिवार्य हैं।

अनिल दत्त मिश्रा की 'डिसेंट्रलाइज्ड प्लानिंग : ए स्टडी ऑफ ऑब्जेक्टिव्स एंड ऑपरेशनल फ्रेमवर्क' (1994) में संकल्पना की गई है कि विकेंद्रीकृत नियोजन एक ऐसी प्रणाली है जिसके माध्यम से नियोजन प्रक्रिया को लोगों के नजदीक लाया जाता है, जो विकास के अंतिम लक्ष्य होते हैं। यह एक बहुस्तरीय नियोजन प्रणाली है जिसमें विभिन्न राजनीतिक-प्रशासनिक और कार्यकारी स्तरों पर नियोजन का प्रयास किया जाता है ताकि छोटे और विभिन्न सामाजिक-आर्थिक वर्गों की विकास आवश्यकताओं और प्राथमिकताओं के साथ क्षेत्रीय, उप-राष्ट्रीय तथा राष्ट्रीय स्तर की विकास नीतियों और लक्ष्यों के बीच अधिक समन्वय हो। अवधारणात्मक ढाँचे के विश्लेषण के बाद यह पुस्तक विकेंद्रीकृत नियोजन के बारे में राज्यों के प्रायोगिक अनुभवों तथा प्रगति की विस्तार से जाँच करती है। इसमें विकेंद्रीकृत

नियोजन को सशक्त बनाने के उपयोगी सुझाव और भावी ढाँचा भी दिया गया है।

लेस्टर कुर्ज की 'गॉड्स इन द ग्लोबल विलेज : द वर्ल्ड रिलीजन्स इन सोशलॉजिकल पर्सपेक्टिव' (1995) में धर्म-प्रथाओं के समाजविज्ञान, आस्थाओं, नैतिकताओं, धर्मनिरपेक्षता, धार्मिक संघर्षों में आम मुद्दों को विभिन्न धार्मिक संदर्भ में देखते हुए आज के विविध समाज के बहुसांस्कृतिक हितों पर विचार किया गया है। यह मुख्य रूप से विभिन्न आस्थाओं के बीच विविध वैश्विक अंतर्संबंधों पर विचार करते हुए और दूसरे, दुनिया के प्रत्येक धर्म की मूलभूत चीजों से पाठकों का परिचय कराते हुए हमें आज की दुनिया में धार्मिक जीवन को समझने के लिए एक माध्यम प्रदान करती है।

भीखू पारिख की 'गांधीज पॉलिटिकल फिलॉसफी : ए क्रिटिकल एक्जामिनेशन' (1995) में गांधी के नैतिक तथा राजनीतिक दर्शन का महत्त्वपूर्ण और विस्तृत वर्णन है। इसमें उन्हें एक ऐतिहासिक संदर्भ में रखा गया है और उनकी केंद्रीय दार्शनिक धारणाओं की जाँच-पड़ताल की गई है। यह पुस्तक दर्शाती है कि पाश्चात्य नैतिक व राजनीतिक दर्शन उनके साथ एक समानुभूतिपूर्ण संवाद से काफी कुछ सीख सकता है।

रॉबर्ट जे. बरोवेस की 'द स्ट्रेटजी ऑफ नॉन-वॉयलेंट डिफेंस : ए गांधियन एप्रोच' (1996) रणनीतिक प्रतिरोध के अहिंसक तरीकों पर एक बहुआयामी शोध है। इस शोध में प्रधान सामाजिक विश्व विज्ञान के विश्लेषणात्मक और व्याख्यात्मक माध्यम का एक व्यवस्थित प्रयोग करते हुए इस प्रस्ताव पर विशेष ध्यान दिया गया है कि रणनीतिक प्रतिरोध के अहिंसक तरीकों की तर्ज पर सामाजिक बदलाव के किसी परिवर्तनकारी आदर्श का अर्थ मानवीय आवश्यकताओं की संतुष्टि पर केंद्रित करते हुए प्रधान विश्व विज्ञान के बरोवेस के चारों घटकों को विस्थापित करने की एक दीर्घकालीन रणनीति को अपनाना होगा। यह शोध गहरे संरचनात्मक और संरक्षित विवादों के समाधान के लिए तैयार की गई एकमात्र रणनीति के एक संभावित भाग के रूप में अहिंसक जन आंदोलन, खासकर गांधीवादी अवधारणाओं पर काफी जोर देता है। यह अपने तर्कों को समझाने के लिए दुनिया के कई हिस्सों में अहिंसक संघर्षों के इतिहास से लिए गए बहुत-

से उदाहरण प्रस्तुत करता है।

गांधी के लेखों में से चुने गए लेखों का एक संग्रह, डेनिस डाल्टन की 'महात्मा गांधी : सेलेक्टेड पॉलिटिकल राइटिंग्स' (1996) सत्याग्रह और स्वराज के उनके दो परस्पर संबंधित सिद्धांतों के आस-पास केंद्रित है। इन लेखों का पहला हिस्सा अहिंसा की शक्ति, उसकी मजबूतियों और कमजोरियों तथा वह किस प्रकार सत्य और प्रेम की ऊँचाइयों से सशक्त रूप से प्रवाहित हो सकती है, के बारे में गांधी के विचारों से संबंधित है। स्वराज या आजादी संबंधी दूसरे हिस्से में, गांधी तर्क देते हैं कि अहिंसा व्यक्तिगत तथा राजनीतिक स्वतंत्रताओं को जोड़ते हुए विनाशकारी व्यवहार के चक्रों से मानव जाति को आजाद करती है।

अनिल दत्ता मिश्रा की 'गांधियन एप्रोच टू कंटेंपररी प्रॉब्लम्स' (1996) में इस बात पर जोर दिया गया है कि नई शांतिपूर्ण विश्व व्यवस्था की स्थापना में गांधी का दर्शन अधिक से अधिक प्रासंगिक होता जा रहा है। छह भागों, अर्थात्, धर्म और राजनीति, स्वदेशी, सांप्रदायिकता, धर्मनिरपेक्षता और लोकतंत्र, पर्यावरणीय चुनौतियाँ, शांतिपूर्ण विश्व व्यवस्था और विविध शीर्षकों में संकलित इस पुस्तक में भारत और विदेश के महत्त्वपूर्ण शिक्षाविदों और गांधीवादी विद्वानों तथा कार्यकर्ताओं द्वारा लिखे गए विचारोत्तेजक लेख और शोधपत्र शामिल हैं। यह नीति निर्माताओं के लिए एक उपयोगी पुस्तक है जो वर्तमान युग की समस्याओं को हल करने के लिए गांधीवादी दृष्टिकोण का इस्तेमाल कर सकते हैं।

वसंत कुमार बावा द्वारा संपादित 'गांधी इन द ट्वेंटी फर्स्ट सेंचुरी : एन आल्टरनेटिव एप्रोच टू डेवलपमेंट' (1999) आजादी के बाद की अवधि में भारत में गांधीवादी सिद्धांतों के प्रयोग और भविष्य में उनके संभावित प्रयोग से संबंधित एक बहुमूल्य शोध है। यह पुस्तक गांधीवादी विचारों और कार्यों की व्याख्या मात्र नहीं है। यह समकालीन रूपों, आकारों और दिशा में गांधीवादी विचारों की एक व्याख्या है।

मनमोहन चौधरी की 'एक्सप्लोरिंग गांधी' (1999) सामाजिक विज्ञान की एक उत्कृष्ट कृति है। गांधीजी चिंतन का विश्लेषण करते हुए वे उन्हें विचारों के संदर्भ के अपने पसंदीदा ढाँचों में ढालने की कोशिश करते हैं,

जिनमें से प्रमुख हैं, पारंपरिक आध्यात्मिक विचार और आधुनिक वैज्ञानिक विचार, इस प्रकार वे उनके व्यक्तित्व और सिद्धांत के महत्त्वपूर्ण पहलुओं को अनदेखा कर देते हैं। गांधी को अक्सर आधुनिक वैज्ञानिक सोच के खिलाफ पारंपरिक आध्यात्मिक विचार के समर्थक के रूप में देखा जाता है। चौधरी इस पुस्तक में जोर देकर कहते हैं कि वास्तविकता में गांधी ने कभी भी अपने आपको आध्यात्मिक परंपरा तक सीमित नहीं किया, हालाँकि वह उसके प्रति अपना आभार स्वीकार करते थे। इसी प्रकार उन्होंने अपने आपको आधुनिकता की आँधी में नहीं उड़ने दिया, हालाँकि वह आधुनिक विचारों से परहेज नहीं करते थे। गांधी ने दुनिया को विचार और कार्यों का एक ऐसा दर्शन दिया जो पुराने वर्गों से परे था और उसमें जीवन जीने का एक अधिक संतोषजनक तरीका प्रदान करने की कोशिश की गई थी। लेखक इस दृष्टिकोण से गांधी का विश्लेषण करता है।

एंथनी जे. पटेल की 'गांधी, फ्रीडम एंड सेल्फ रूल' (2000) में महात्मा गांधी के आजादी के चार अर्थों : स्वायत्त राष्ट्रीय आजादी के रूप में, व्यक्तियों की राजनीतिक आजादी के रूप में, गरीबी से आजादी के रूप में और स्व-शासन या आध्यात्मिक आजादी की क्षमता के रूप में, का एक मौलिक वर्णन प्रस्तुत किया गया है। गांधी ने सिखाया कि व्यक्तिगत तथा सामूहिक स्तर पर मनुष्य के कल्याण के लिए इन चारों पक्षों का साथ-साथ होना आवश्यक है। गांधी ने इस विषय पर पूर्वी तथा पश्चिमी दोनों स्रोतों से अपने विचार ग्रहण किए। इसलिए वे आजादी की गुंजाइश और प्रकृति को लेकर पूर्व और पश्चिम दोनों में जारी बहस में एक महत्त्वपूर्ण योगदान करते हैं। वे पश्चिम में उदारवाद के प्रचलित सिद्धांतों—जैसे पश्चिम में अधिकारों और कर्तव्यों, वैयक्तिक राजनीतिक स्वतंत्रता तथा आध्यात्मिक स्वतंत्रता के भेदों—की उपयुक्तता के मूल्यांकन के लिए एक लाभप्रद बिंदु प्रदान करते हैं। इसी तरह, वे उदीयमान भारतीय हिंदुत्व विचारधारा में अंतर्निहित खतरों पर उपयोगी प्रकाश डालते हैं, जो राष्ट्रीय स्वतंत्रता और आर्थिक स्वतंत्रता पर बल देती है और वैयक्तिकता को गौण मानती है।

येशुआ मोजर-पुआंगसुवान और थॉमस वेबर संपादित 'नॉनवॉयलेंट इंटरवेंशन एक्रॉस बॉर्डर्स : ए रिकरेंट विजन' (2000) एक पठनीय पुस्तक

है। संपादकों ने साथ मिलकर विशिष्ट और बड़े पैमाने के संघर्षों को रोकने और सीमित करने के तेरह विविध पारदेशीय अहिंसक प्रयासों का जीवंत वर्णन एकत्र किया है। संपादक पूर्व, वर्तमान और भावी अहिंसक हस्तक्षेपों को समझने के लिए उपयोगी सामग्री भी उपलब्ध कराते हैं।

रवींद्र कुमार की 'थ्योरी एंड प्रैक्टिस ऑफ गांधियन नॉनवॉयलेंस' (2002) आज के आधुनिक विश्व में हमारे सामाजिक जीवन में गांधीवादी अहिंसा को समझने में एक महत्त्वपूर्ण योगदान करती है। लेखक ने दुनिया के विभिन्न हिस्सों, जैसे दक्षिण अफ्रीका, बंगलादेश, इजराएल, फिलीस्तीन, उत्तरी व दक्षिणी कोरिया, पश्चिमी एशिया, मालदीव, कुवैत तथा फिजी द्वीप में अहिंसक प्रयोगों तथा अहिंसक आंदोलनों का सावधानी से विश्लेषण किया है। वास्तव में अंतरराष्ट्रीय स्तर पर गांधीवादी विचारधारा का कोई अन्य विकल्प नहीं है। स्थानीय स्तर से लेकर अंतरराष्ट्रीय स्तर तक, विवादों और संघर्षों को पूर्ण रूप से सुलझाने का एकमात्र तरीका अहिंसा है। सभी संघर्षों के समाधान के लिए अहिंसा सर्वश्रेष्ठ माध्यम है और हर कोई विश्व शांति तथा अहिंसा में योगदान कर सकता है।

जेने शार्प की 'देयर आर रियलिस्टिक ऑल्टरनेटिव्स' (2003) में हिंसा की समस्या को समझाने के लिए एक विशिष्ट परिप्रेक्ष्य ढूँढ़ने की बात कही गई है और इस बात पर विचार किया गया है कि उसका शांतिपूर्ण समाधान कैसे हो सकता है। यह स्पष्ट है कि शार्प शांतिपूर्ण प्रतिरोध के गांधी के तरीकों से काफी प्रभावित हैं, परंतु जब राज्य आतंकवाद को सहन करने की बात आती है, तो वे उन्हें 'महात्मा' नहीं स्वीकार करते। मजलूमों, शोषित और पीड़ित जनों पर किए जा रहे अन्याय के विरुद्ध चलाए जाने वाले एक सफल अहिंसक रणनीतिक नियोजन के लिए अपनाई जाने वाली रणनीतियाँ, युक्तियाँ और पद्धतियाँ अपने साध्य के कारण महत्त्वपूर्ण हैं। शार्प के विश्लेषण में गांधीवादी मूल्यों का तीव्र प्रतिबिंब देखने को मिलता है जो आधुनिक राजनीति में गांधी को और भी अधिक प्रासंगिक बना देता है।

जय नारायण शर्मा की 'ऑल्टरनेटिव इकोनॉमिक्स : इकोनॉमिक्स ऑफ महात्मा गांधी एंड ग्लोबलाइजेशन' (2003) तर्क देती है कि महात्मा गांधी अर्थशास्त्र को एक नैतिक विज्ञान मानते थे और समस्या के नैतिक पक्ष पर

बहुत जोर देते थे। जो अर्थशास्त्र किसी व्यक्ति या देश के नैतिक हितों को नुकसान पहुँचाता है और गरीबों तथा पददलितों की आवश्यकताओं पर ध्यान नहीं देता, वह अनैतिक है, और इस प्रकार बुरा है। उसका लक्ष्य शुद्ध भौतिक लाभ नहीं है बल्कि प्रगति के पथ पर मानवता को आगे ले जाना है। किसी का लाभ, किसी का नुकसान नहीं होना चाहिए, चाहे वह वित्तीय, शारीरिक, नैतिक या आध्यात्मिक हो। महात्मा ने 'अर्थशास्त्रीय व्यक्ति' की अवधारणा की आलोचना की क्योंकि किसी मनुष्य की आजादी और जिम्मेदारियों के संबंध में इस औद्योगीकृत रोबोट का दिमाग लगभग पूरी तरह बंद हो जाता है। यही वजह है कि गांधी ने एक आदर्श सामाजिक व्यवस्था : एक अहिंसक, अशोषणकारी, मानवीय और समतावादी समाज के अपने ढाँचे के संदर्भ में अपने आर्थिक सिद्धांत बनाए। मानव आवश्यकताओं की संतुष्टि और व्यक्ति का नैतिक उत्थान उनके लिए विरोधाभासी नहीं थे।

यह अध्ययन गांधीवादी राजनीतिक दर्शन पर पहले से समृद्ध साहित्य को और भी समृद्ध बनाने और समकालीन समस्याओं को हल करने के लिए वर्तमान युग में अपनाए जाने के लिए उपाय सुझाने का एक प्रयास है। इस बात की भी जाँच और विश्लेषण किया गया है कि महात्मा गांधी किस हद तक भारत और मानवता की नियति को आकार देने में प्रभावी रहे थे। अपने आप में इस समस्या के स्थानीय और स्थायी शैक्षिक मूल्य हैं।

भारतीय समाज का स्वभाव गांधीजी के चिंतन के करीब है। वह सोच और व्यवहार में गांधीजी विचारधारा के अनुरूप है। किंतु तथाकथित अभिजात वर्गों की सोच के कारण समाज में प्रदूषण बढ़ गया है, विकृतियाँ बढ़ गई हैं। इसे मैं एक उदाहरण से स्पष्ट करती हूँ। जल का धर्म ठंडक पहुँचाना है, लेकिन जब वह अग्नि के सान्निध्य में जाता है तब अग्नि की दाहकता (जलाने का धर्म) स्वीकार कर लेता है। गरम जल जब किसी के शरीर पर गिरता है तो कहा जाता है, पानी ने जला दिया। क्या सच है ऐसा कहना? बिलकुल नहीं। जलाया तो है दाहकता ने, जो अग्नि का धर्म है, लेकिन माध्यम बनाया जल को। जल भी अपना स्वभाव भूल स्वयं को गरम स्वभाववाला मानने लगा, बस यही स्थिति हमारे समाज की दिखती है। ठीक इसी तरह आभिजात वर्ग के संसर्ग में भारतीय समाज अपनी गांधीवादी

मौलिकता से दूर चला गया है। भारतीय समाज को उसके स्वाभाविक रूप में गांधीजी चिंतन की जरूरत है।

आज जब विकास के नाम पर अशांति बढ़ी है, धर्म के नाम पर वातावरण व्यावसायिक हो रहा है। कथा एक कला हो गई है, प्रेम का बाजार गरम है, श्रेय की सही राह को प्रशस्त करनेवाले इस ग्रंथ के स्वाध्याय की आवश्यकता है। हमने प्रयास किया है कि इस पुस्तक में गांधीजी के विचारों को समग्र रूप से समझा जाए। पुस्तक आपके हाथ में है। संभव है, सबकुछ के बाद भी कुछ छूट गया हो। सुधी पाठकों से अपेक्षा है, हमें इस ओर ध्यान दिलाएँ, ताकि उसमें अपेक्षित सुधार किया जा सके। हमें पुस्तक के संदर्भ में अपने पाठकों से सुझावों की अपेक्षा सदैव रहेगी। मैं पुस्तक लेखन के लिए तिलका माँझी विश्वविद्यालय, भागलपुर के तत्कालीन उप-कुलपति डॉ. रामाश्रय यादव, प्रो. वाइस चांसलर, ललित नारायण मिथिला विश्वविद्यालय, डॉ. गोपाल प्रसाद सिंह, तिलका माँझी विश्वविद्यालय, भागलपुर के गांधीवादी विचार विभाग के प्रोफेसर डॉ. सी.पी. सिंह तथा उप निदेशक, राष्ट्रीय गांधीजी संग्रहालय, राजघाट, दिल्ली के डॉ. अनिल दत्त मिश्रा के अपेक्षित सहयोग के लिए आभार व्यक्त करती हूँ।

एक राजनीतिज्ञ होने के नाते मैं अपना सारा समय जनता के कल्याण में लगाती हूँ। अपनी व्यस्ततम जीवन चर्या में भी पुस्तक लिखने की प्रेरणा अपने अभिभावक तथा बड़े भाई माननीय मुख्यमंत्री नीतीश कुमारजी से लगातार मिलती रही। आज उसी का परिणाम है कि मैं यह पुस्तक आपके हाथों तक पहुँचा पाई हूँ। साथ-ही-साथ जनता दल (यू) के राष्ट्रीय अध्यक्ष एवं सांसद माननीय श्री शरद यादवजी तथा माननीय विधानसभाध्यक्ष श्री उदय नारायण चौधरीजी के प्रति हार्दिक आभार प्रकट करती हूँ, जिनके अपेक्षित सहयोग से यह कृति पुस्तक रूप में आ पाई है।

घर-गृहस्थी के दायित्वों के निर्वहन के साथ पुस्तक लेखन के लिए प्रेरणा एवं सहयोग करनेवाली अपनी पुत्रियों प्राची-विजय, प्रियंवदा एवं राजश्री के मंगलमय जीवन की कामना करते हुए अपने परिवार के सभी सदस्यों पूज्य श्री राम नारायण सिंह (श्वसुर), पू. चंद्रकला देवी (सासुमाँ), संजय-अनुराधा (देवर-देवरानी), वंदनीय श्री प्रभु नारायण सिंह (पिताजी),

प्रेरणा-स्तंभ श्रीमती प्रतिभा देवी (माँ), श्री राज किशोर सिन्हा (चाचाजी), श्री सूरज कुमार सिंह (चाचाजी), श्री अनिल एवं अमरेंद्र (भाई) के साथ संवेदना। लाड़ले सम्राट् तथा कुमार की सद्भावना एवं धैर्य की सराहना करते हुए उन्हें असीम धन्यवाद देती हूँ।

अंत में दो शब्द उनके लिए लिखना चाहूँगी, जिनके गृहस्थ जीवन के साथ-साथ राजनीतिक जीवन में भी चिर-संगिनी हूँ। जी हाँ! श्री विजय कुमार सिंह। दीपक की लौ को लगातार जलते रखने के लिए उन्होंने जो कुछ किया है, उसे व्यक्त करने के लिए मेरे पास शब्द नहीं हैं। आज जब यह पुस्तक आप सभी के हाथों में सौंप रही हूँ तो उनके लिए 'तेरा तुझको अर्पण क्या लागे मेरा' कहकर अपनी कृतज्ञता अर्पित करती हूँ, अपनी खुशी जाहिर करती हूँ।

—डॉ. रेणु कुमारी कुशवाहा

अनुक्रमणिका

राजनीतिक दर्शन के रूप में गांधीवाद

धरती पर मनुष्य की कहानी में सबसे बड़ा तथ्य उसकी उपलब्धि, उसके बनाए और नष्ट किए साम्राज्य नहीं, बल्कि सत्य और अच्छाई की तलाश में एक युग से दूसरे युग तक उसकी आत्मा का विकास है। जो लोग आत्मा की इस तलाश में हिस्सा लेते हैं, वे मानव संस्कृति के इतिहास में एक स्थायी जगह बना लेते हैं। समय नायकों को भी उतनी ही आसानी से भुला देता है, जिस तरह वह हर किसी को भुला देता है, लेकिन संत कभी नहीं भुलाए जाते। गांधीजी की महानता उनके साहसिक संघर्षों से अधिक उनकी पवित्र जीवन-शैली में, आत्मा की सृजनात्मक शक्ति पर उनके जोर और जिस समय विनाशकारी शक्तियाँ उत्कर्ष पर थीं, उस समय उनकी जीवनदात्री विशेषताओं में है।

गांधीजी को दुनिया में एक ऐसे व्यक्ति के रूप में जाना जाता है, जिन्हें मुख्य रूप से भारत के उत्कर्ष का श्रेय जाता है, जो अपने बंधन तोड़कर आजाद हुआ। आम तौर पर राजनेताओं की धर्म को गंभीरता से लेने की ख्याति नहीं है, क्योंकि वे जिन मूल्यों के प्रति समर्पित होते हैं, जैसे एक व्यक्ति द्वारा दूसरे का राजनीतिक नियंत्रण, गरीब और कमजोर लोगों का आर्थिक शोषण, वे धर्म के मूल्यों से इतने स्पष्ट रूप से विरोधाभासी होते हैं कि धर्म को अधिक गंभीरता से नहीं लिया जा सकता, या उसकी सही-सही व्याख्या नहीं की जा सकती। लेकिन गांधीजी के लिए यह सब एक ही है—''सत्य की सार्वभौमिक और सर्वव्यापी भावना को स्पष्ट रूप से देखने के लिए हमें छोटे-से-छोटे जीव को अपनी तरह प्रेम करने में समर्थ

होना चाहिए। और जो व्यक्ति इसकी अभिलाषा करता है, वह जीवन के किसी भी क्षेत्र को बाहर नहीं रख सकता। यही कारण है कि सत्य के प्रति मेरा समर्पण मुझे राजनीति के क्षेत्र में ले आया; मैं बिना किसी हिचकिचाहट के और पूरी विनम्रता से यह कह सकता हूँ कि जो लोग कहते हैं कि धर्म का राजनीति से कोई संबंध नहीं है, वे धर्म का अर्थ नहीं जानते! फिर मुझे धरती के नश्वर राज की कोई चाह नहीं है, मैं तो स्वर्ग के राज की कामना करता हूँ जो आध्यात्मिक मुक्ति है। मेरे लिए मोक्ष का मार्ग अपने देश और मानवता की सेवा में अथक परिश्रम से होकर जाता है। मैं उन सभी चीजों से अभिन्न होना चाहता हूँ, जिनमें जीवन है। गीता के शब्दों में, मैं मित्रों और शत्रुओं, दोनों के साथ शांति से रहना चाहता हूँ। इसलिए मेरी देशभक्ति मेरे लिए शाश्वत स्वतंत्रता और शांति की धरती की मेरी यात्रा में एक चरण है। इसलिए मैं यह सुनिश्चित करूँगा कि मेरे लिए धर्म से रहित कोई राजनीति न हो। वह राजनीति में सहायक हो। धर्म से रहित राजनीति खतरनाक है, क्योंकि वह आत्मा को मार देती है।''

यदि एक राजनीतिक व्यक्ति के रूप में कोई व्यक्ति अधिक कामयाब नहीं रहा है, तो उसकी वजह यह होती है कि उसने धर्म और राजनीति को अलग रखा है, और इस प्रकार दोनों को गलत रूप से समझा है। गांधीजी के लिए मानव कार्यकलाप से अलग कोई धर्म नहीं है। हालाँकि भारत की वर्तमान परिस्थितियों में गांधीजी एक राजनीतिक क्रांतिकारी हैं, जो तानाशाही या दासता की मौन स्वीकृति को स्वीकार करने से इनकार करते हैं, वह कट्टर क्रांतिकारी प्रकार के नहीं हैं, जिनकी कल्पना लोगों को अप्राकृतिक और अमानवीय आकारों में धकेलती है। अनुभव की अग्नि-परीक्षा में वह एक राजनेता या एक सुधारक नहीं, दार्शनिक या नैतिकतावादी नहीं, बल्कि इनमें से सबसे संतुलित, सर्वश्रेष्ठ तथा अधिकांश मानवीय गुणों से संपन्न एक धार्मिक व्यक्ति के रूप में उभरते हैं, जो अपनी सीमाओं को जानते हुए और भी विनोदप्रियता की भावना से और सम्मोहक बन जाते हैं।

गांधीजी ने अपने बारे में कहा, ''मैं ऐसा व्यक्ति नहीं हूँ, जो बैठकर तर्कसंगत रूप से समस्याओं के बारे में सोचता है। मैं तुरंत काम करने वाला व्यक्ति हूँ। मैं सहज रूप से किसी स्थिति के प्रति प्रतिक्रिया करता हूँ। तर्क बाद में आता है, वह घटना से पहले नहीं आता।'' जैसा कि सर्वज्ञात है,

वे एक राजनीतिक कार्यकर्ता और प्रयोगधर्मी दार्शनिक थे, वे सिद्धांतवादी नहीं थे।'' प्रो. निर्मल कुमार बोस के शब्दों में, ''प्राचीन भारत की पारंपरिक भाषा में, वह एक क्षत्रिय हैं, ब्राह्मण नहीं।'' लेकिन उनकी महानता इस बात में है कि उन्होंने हमारे अस्तित्व के सर्वोच्च नियम के रूप में प्रेम के नियम को स्वीकार किया है और उसी के अनुसार अपना जीवन जिया; उन्हें एक योद्धा-ब्राह्मण की उपमा दी जा सकती है, लेकिन उन्हें संत-दार्शनिक ब्राह्मण नहीं कहा जा सकता। गांधीजी के बारे में मोंटेग्यू का आकलन कितना गलत था—'वह हवा पर रहते हैं और शुद्ध स्वप्नदर्शी हैं!'

गांधीजी ने राजनीतिक क्रियाकलाप की प्रकृति के बारे में अपनी राय को व्यवस्थित रूप में प्रस्तुत नहीं किया। एक राजनीतिक दर्शन की व्यवस्था स्थापित करने में कभी उनकी दिलचस्पी नहीं रही। उनके विचार निश्चित, ठोस वास्तविकताओं पर टिप्पणियों के रूप में सामने आए। उनका उद्देश्य घटनाओं को एक नया आकार देना और मनुष्य का नैतिक व्यक्ति के रूप में पुनर्निर्माण करना था। यह परिस्थितियों की प्रकृति में था कि गांधीजी ने एक निश्चित और स्पष्ट राजनीतिक सिद्धांत विकसित नहीं किया, न वे कर सकते थे। उनके लिए 'सिद्धांत नीरस होता है—जीवन सदाबहार होता है' (गोथे)। जैविक एकता, अर्थात्, जीवन की तुलना में सिद्धांत का स्थान गौण था। गांधीजी के लेखों में एक सुसंगत, व्यवस्थित विचार प्रक्रिया की तलाश करना निरर्थक होगा, क्योंकि वे किसी भी 'प्रचलित विचारधारा-तानाशाही, मार्क्सवादी, उदारवादी, लोकतांत्रिक' आदि से पूर्ण रूप से संबद्ध नहीं थे। किसी दृढ़ एवं नियत 'वाद' का सृजन उनकी प्रकृति के विरुद्ध था—वह लगातार विकसित होते व्यक्तित्ववाले व्यक्ति थे। गांधीजी के लेखों की सूक्ष्म जाँच से हम इस निष्कर्ष पर पहुँच सकते हैं कि उनका राजनीतिक दर्शन समझना वास्तव में कठिन है। लेकिन इसकी वजह से उनके मूलभूत विचार का महत्त्व कम नहीं हो जाता। जैसा कि डॉ. बोंडुरेंट ने कहा है, ''गांधीवादी राजनीतिक सिद्धांत का योगदान सिर्फ एक सामाजिक और राजनीतिक क्रियाविधि के विकास तक सीमित नहीं रहा है। वह और आगे राजनीतिक विचार के क्षेत्र तक जाता है और मुख्यधारा के राजनीतिक सिद्धांतों की महत्त्वपूर्ण पूर्वधारणाओं को चुनौती देता है।'' उसका महत्त्व वर्तमान राजनीतिक विचारों की इसी चुनौती में निहित है। उस दृष्टिकोण से

गांधीजी के राजनीतिक सिद्धांत का अध्ययन महत्त्वपूर्ण है।

कार्यप्रणाली के दृष्टिकोण से गांधीजी की पद्धति निगमनात्मक, अनुभवजन्य और व्यावहारिक थी। उन्होंने अपनी बुनियादी—आध्यात्मिक और नैतिक—धारणाओं से कुछ निष्कर्ष निकाले। इसमें तत्वमीमांसा, नैतिकता, अर्थशास्त्र, समाजशास्त्र और राजनीति परस्पर संबद्ध थे। वे राजनीति का आध्यात्मीकरण करना चाहते थे। गांधीजी के लिए आध्यात्मीकरण का अर्थ राजनीति को नैतिक रूप देना था। लेकिन वे नैतिक फेडिस्ट नहीं थे। गांधीजी के राजनीतिक विचारों और उनके विख्यात जीवन का कोई विद्यार्थी स्वयं देख सकता है कि उन्होंने सामान्य रूप से जीवन और विशेष रूप से राजनीतिक तथा सामाजिक घटनाओं के प्रति एक अत्यंत अनुभवसिद्ध दृष्टिकोण विकसित किया। उन्होंने परखा, अनुभव किया और उसका हल सुझाया। अस्पृश्यता को समाप्त करने की उनकी अपील, सांप्रदायिक सद्‌भाव के लिए उनका साहसिक मिशन, गरीबी से आक्रांत भारत के आर्थिक पुनरुद्धार के लिए उनके समाधान अनुभवजन्य परीक्षणों पर आधारित जीवन के उनके समृद्ध अनुभव का प्रमाण हैं। उनकी प्रकृति ऐसी थी कि वह चीजों को अनुभवजन्य और व्यावहारिक दृष्टि से देखते थे। यह व्यावहारिकता उनके राजनीतिक विचारों में स्पष्ट होती है। लेकिन, कौन इस व्यावहारिक दुनिया में व्यावहारिक बने बिना रह सकता है? और व्यावहारिक पद्धति अनिवार्य रूप से व्यक्ति को विभिन्न दर्शनों को ग्रहण करने के लिए प्रेरित करती है। उन्होंने विभिन्न स्रोतों और विचारधाराओं से चीजें ग्रहण कीं, जो सत्य और अहिंसा के उनके बुनियादी दृष्टिकोण में सटीक बैठती थीं। गांधीजी के राजनीतिक दर्शन की 'विभिन्नदर्शनग्राही ऐल्कमी' (रसायन विद्या) ने उनके बुनियादी विश्वास और प्रेरणा के विविध स्रोतों से एक मिश्रण विकसित किया।

राजनीति के प्रति उनका दृष्टिकोण वास्तव में नैतिक था। और वह अनैतिक राजनीति के इस युग में उनके सिद्धांत को विशिष्ट महत्त्व प्रदान करता है। यह सही है कि वे राजनीति की ऐतिहासिक और मात्रात्मक विधियों की अधिक परवाह नहीं करते थे, जैसा कि डॉ. वी.पी. वर्मा ने महसूस किया, परंतु उनसे उत्पन्न कमियों की क्षतिपूर्ति राजनीति को एक नैतिक दिशा देने के रूप में हुई है। यह नैतिक अभिरुचि राजनीतिक सिद्धांत

की अवधारणाओं के उनके विश्लेषण में स्पष्ट है, जैसे राज्य, लोकतंत्र, स्वतंत्रता, अधिकार आदि। उन्होंने राजनीतिक सिद्धांत की अपनी अवधारणाओं को एक मानदंड संबंधी या मूल्यात्मक दृष्टिकोण से स्पष्ट किया, क्योंकि वह मानदंडों या मूल्यों को बुनियादी मानते थे।

इससे यह लग सकता है कि गांधीजी की ऐसी पद्धति में राजनीति से अधिक नीतिशास्त्र है। डॉ. बिनय सरकार ने इस दृष्टिकोण का खंडन किया। उन्हें उद्‌धृत करें तो ''ऐसी आलोचना सिर्फ ऐसे लोग कर सकते हैं जो राजनीति का अर्थ सिर्फ या मुख्य रूप से संविधान-निर्माण, कार्यक्रम बनाना—योजना बनाना या पार्टी की अगुआई करना समझते हैं।'' लेकिन राजनीति के इस प्रकार के नीतिशास्त्र में गांधीजी 'बादेन ऐन आई डच नेशन' के लेखक के रूप में, 'फिक और नीतिसार' के लेखक के रूप में, शुक्राचार्य और 'रिपब्लिक' के लेखक के रूप में प्लेटो के साथ हैं।

चूँकि वे किसी खास राजनीतिक विचारधारा से संबंधित नहीं थे, और चूँकि उनके लेख विशिष्ट परिस्थितियों, हालाँकि एक बुनियादी अवधारणात्मक ढाँचे के भीतर, के प्रति प्रतिक्रियाएँ होती थीं, उनकी विचारधारा को श्रेणीबद्ध करना वास्तव में एक समस्या है। वे अपने विचारों को लेबलबद्ध करने की बजाय चीजों के महत्त्व को लेकर अधिक गंभीर थे और इसी को साकार करने के लिए उन्होंने काम किया। गांधीवादी राजनीतिक सिद्धांत के एक पश्चिमी छात्र के लिए 'राम राज' जैसे स्वदेशी शब्दों को समझना अपेक्षाकृत कठिन है, जिसका इस्तेमाल उन्होंने अपने राजनीतिक आदर्श को परिभाषित करने के लिए विभिन्न अवसरों पर किया। लेकिन गांधीजी परंपरावादी नहीं थे कि वह उन शब्दों के सदियों पुराने अर्थों से चिपके रहते। यह उनकी विशेषता के अनुरूप था कि वह उनमें नए अर्थ जोड़ते ताकि वे गुणवत्ता में अपने लोकप्रिय अर्थों से काफी भिन्न हो जाएँ। जैसा कि प्रो. निर्मल कुमार बोस ने कहा है, ''शायद यह एक ऐसी क्रियाविधि थी जिसके द्वारा गांधीजी खुद को अतीत से जुड़ा रखते थे और फिर भी भारत को प्राचीन परंपरा से काफी अलग दिशाओं में आगे की ओर ले जाने की कोशिश करते थे।'' फ्रांसीसी इतिहासकार और समाजशास्त्री प्रो. लुईस मेसिगनन ने बहुत सटीक टिप्पणी की है, ''वह साधारण शब्दों को असाधारण अर्थ देने में माहिर थे।'' अतः हमें उनके द्वारा प्रयुक्त शब्दों को उनके ही अर्थों और

लक्ष्यार्थों में समझने का प्रयास करना चाहिए। एक और मुश्किल उनकी राष्ट्र की अवधारणा के सैद्धांतिक विश्लेषण में पेश आती है। बिल्कुल विपरीत गुणों से निर्मित एक पैगंबर और एक प्रतिभावान राजनेता के अद्वितीय मिश्रण के रूप में गांधीजी कभी तो परम आदर्श के शब्दों में बोलते और लिखते थे और कभी तत्काल निष्पाद्य लक्ष्य के रूप में। यहाँ पर दो गांधीजी उभरते हैं—एक दार्शनिक और दूसरे व्यावहारिक राजनेता, जो लक्ष्य को ध्यान में रखते हुए यथार्थ को समझने के लिए उत्सुक रहते थे। नागरिक-नेता गांधीजी समय के साथ बदलते थे और उनका मत लगातार विकास की प्रक्रिया में रहता था। यह विकास गांधीवादी मत की एक खास विशेषता है। यदि गांधीजी समय के साथ नहीं चलते और भारतीय जनता की ऐतिहासिक प्रेरणाओं और आकांक्षाओं को प्रतिबिंबित करते, तो उन्हें एक साधारण महत्त्व का राजनेता माना जाता। उन्होंने जिस आदर्श राजनीतिक व्यवस्था की कल्पना की थी, और वह राष्ट्रीय लोकतांत्रिक देश, जिसके निर्माण के लिए उन्होंने भारत की अगुआई की, के बीच अंतर जरूर था। आदर्श और यथार्थ के बीच का यह अंतर उनकी देन नहीं थी—वह गांधीजी के भारत में किसी निश्चित वस्तुनिष्ठ स्थिति में अंतर्निहित था। यह राजनीतिक अवसरवाद नहीं था, जैसा कि कुछ लोगों का आरोप है, बल्कि यथार्थवाद की एक स्पष्ट अभिव्यक्ति थी जो उनकी दूरदर्शिता तथा राजनीतिक परिपक्वता बयान करती है।

निम्नलिखित बिंदु हमें गांधीजी के राजनीतिक सिद्धांत का एक सही परिप्रेक्ष्य पाने में मदद करेंगे।

पहला, धर्म हिंदू राजनीतिक विचार की बुनियादी अवधारणा है, जिसके प्रभाव व्यापक हैं और उसकी कई परिभाषाएँ हो सकती हैं। सर्वपल्ली राधाकृष्णन ने धर्म को प्रभावों का समूह बताया है जो लोगों के नैतिक भावों और चरित्र को आकार देता है तथा लोगों के सामान्य विवेक के सहयोग से एक आचार-संहिता के रूप में काम करता है। वह मशीनी नियमों की एक तय संहिता नहीं है बल्कि एक जीवंत भाव है जो समाज के विकास के अनुरूप विकसित होता है और आगे बढ़ता है। धर्म के दो मुख्य अर्थ ये हैं कि वह राजनीतिक, सामाजिक और धार्मिक कर्तव्यों का एक स्रोत है जो उन्हें बदलने में सक्षम है और वह मनुष्यों की दुनिया में इन कर्तव्यों को

कार्यान्वित करता पूर्ण सत्य का एक साधन है। जैसा कि डॉ. पॉल एफ. पावर द्वारा उचित रूप से टिप्पणी की गई, ''गांधीजी ने दोनों अर्थों का इस्तेमाल किया'', लेकिन उनकी प्रवृत्ति सामान्य रूप से धर्म को एक सार्वभौमिक नैतिकता के रूप में समझने की थी, जिसके अनुरूप लोगों और राष्ट्रों के कार्य होने चाहिए, जैसा कि पहले मत में निहित है। कई महत्त्वपूर्ण मामलों में धर्म के रूढ़िवादी प्रकारों को न स्वीकार करते हुए भी गांधीजी ने हिंदू विचारधारा की विस्तृत परंपराओं का समर्थन किया।

दूसरे, सार्वभौमिक नैतिकता की उनकी अवधारणा इस रूप में हिंदू अवधारणा से आगे बढ़ गई कि उन्होंने इसमें ईसाई नीतिशास्त्र को समाविष्ट कर लिया और बुनियादी नैतिकता की उनकी अवधारणा श्रेष्ठ हिंदू और ईसाई परंपराओं का एक सम्मिश्रण थी।

तीसरे, वह आधुनिक राजनीतिक परंपराओं से काफी प्रभावित थे। जैसा कि प्रो. हुमायूँ कबीर ने महसूस किया, वह समाजवादी विचारधारा में मौजूद समूहीकरण की परंपरा और दार्शनिक अराजकता की परंपरा की उदार धारा के उत्तराधिकारी थे।

चौथे, मूलभूत मानवता राष्ट्र के प्रति गांधीजी के दृष्टिकोण का सार है।

पाँचवें, उन्हें दुनिया के सबसे शक्तिशाली देश के साथ लड़ाई में लगे देश के सर्वोच्च कमांडर के रूप में जो भूमिका निभानी थी, उसने काफी हद तक राष्ट्र की सत्ता-संरचना की ओर उनके दृष्टिकोण को निर्धारित किया।

गांधीजी इस बात पर दृढ़ रहे कि हिंसा बुरी चीज है। हिंसा में सिर्फ शारीरिक उत्पीड़न नहीं बल्कि आर्थिक और सामाजिक उत्पीड़न भी शामिल होता है। शारीरिक उत्पीड़न की शक्ति राष्ट्र से संबंधित होती है। आधुनिक पूर्ण राष्ट्र में इस शक्ति की कोई सीमा नहीं होती। गांधीजी के मुताबिक राष्ट्र की दबाने की यह ताकत एक प्रकार की संगठित हिंसा है जिसमें आधुनिक राष्ट्र का तत्त्व निहित होता है। गांधीजी को उद्धृत करें तो, ''मैं सत्ता की शक्ति में वृद्धि को बहुत आशंका की नजर से देखता हूँ, क्योंकि प्रत्यक्ष रूप से शोषण को कम करने के द्वारा अच्छा काम करते हुए भी वह वैयक्तिकता को नष्ट करते हुए मानवजाति को बहुत अधिक नुकसान पहुँचाती है, जो हर विकास की जड़ में होता है।

"सत्ता एक सकेंद्रित और संगठित रूप में हिंसा का प्रतिनिधित्व करती है। व्यक्ति के पास आत्मा होती है, लेकिन चूँकि सरकार एक आत्माहीन मशीन है, उसे कभी हिंसा से दूर नहीं रखा जा सकता, जो उसके अस्तित्व की वजह होती है।"

"मैं बल पर आधारित किसी भी संगठन के खिलाफ हूँ, जो एक राष्ट्र होता है।"

गांधीजी द्वारा 'एक संकेंद्रित और संगठित रूप में हिंसा' के अंग के रूप में राष्ट्र का वर्णन दर्शाता है कि वह सत्ता की सर्वव्यापकता और दबाव डालने के चरित्र पर कितने क्षुब्ध थे। व्यक्ति की शुचिता में विश्वास करनेवाले व्यक्ति के रूप में, जिसके लिए अहिंसा एक मूलभूत सिद्धांत था, यह स्वाभाविक था कि वह सत्ता को इस रूप में वर्णित करेंगे। लेकिन सिद्धांत या व्यक्तिपरक धर्म के अलावा, उन्होंने जिस दुनिया का सामना किया, उससे पर्याप्त सबक सीखा, जहाँ साम्राज्यवादी प्रभुत्व, आर्थिक शोषण और भेदभाव राजनीतिक प्रभुत्व से अभिन्न रूप से जुड़े थे।

व्यक्तिपरक रूप से विचार किए जाने पर निम्नलिखित घटनाओं और कारकों ने सत्ता के प्रति ऐसा रुख विकसित करने के लिए गांधीजी को प्रेरित किया होगा।

1. जुलू विद्रोह (1906) का उनका प्रत्यक्ष अनुभव। गांधीजी की आत्मकथा के अनुसार उस समय वह खुद को नैटल का नागरिक मानते थे और उस समय उन्हें लगता था कि ब्रिटिश साम्राज्य दुनिया के हित के लिए है। निष्ठा की एक सच्ची भावना उन्हें साम्राज्य के लिए बुरी इच्छा रखने से भी रोकती थी। उन परिस्थितियों में विद्रोह के तनाव से उनके निर्णय पर प्रभाव पड़ने की संभावना नहीं थी। इसलिए उन्होंने सरकार के सामने सैनिकों के साथ स्ट्रेचरधारी कोर बनाने का प्रस्ताव रखा। उनका यह प्रस्ताव स्वीकार कर लिया गया। युद्धभूमि का दृश्य उनके जैसे संवेदनशील व्यक्ति के लिए बहुत ही भयावह और घिनौना था। गांधीजी के शब्दों में, "जुलू 'विद्रोह' नए अनुभवों से भरा हुआ था और उसने मुझे सोचने पर मजबूर कर दिया। बोअर युद्ध ने मुझे इस विद्रोह की तरह युद्ध की विभीषिका से परिचित नहीं कराया था। यह युद्ध नहीं, नरसंहार था।"

2. एशियाई पंजीकरण कानून के निरस्तीकरण के लिए सत्याग्रह

आंदोलन (1907-08) के दौरान जनरल स्मट के 'विश्वासघात' ने उन्हें काफी आघात पहुँचाया। इस 'हृदयहीन व्यक्ति' की मक्कारी ने उनकी विचार प्रक्रिया पर गहरा प्रभाव डाला होगा।

3. ब्रिटिश शासन के इस घटियापन और विरूपता और इस देश के लोगों की अमानवीय स्थितियों ने उनके अस्तित्व की जड़ों पर प्रहार किया और फिर वहाँ एक विद्रोही उत्पन्न हुआ जिसने ब्रिटिश सरकार के प्रतिनिधित्ववाली राजनीतिक सत्ता की 'भारी हिंसा' के खिलाफ देश की अहिंसक शक्ति को संगठित और लामबंद किया।

दक्षिण अफ्रीका में रंगभेद करनेवालों से उनका सामना और भारत में ब्रिटिश साम्राज्यवादियों ने उन्हें उस शासन का मूलभूत हिंसक चरित्र दिखाया।

गांधीजी के लिए आधुनिक युग उत्कृष्ट राजनीति का युग था। व्यक्तिगत और सामाजिक जीवन के लगभग सभी पहलू प्रत्यक्ष या अप्रत्यक्ष रूप से राष्ट्र द्वारा व्यवस्थित और शासित किए जाते थे। उसकी उपस्थिति सर्वव्यापी थी और सभी मानवीय संबंधों की राजनीतिक रूप से मध्यस्थता की जाती थी। उन्हें लगा कि यह भारत और सभी अन्य उपनिवेशों के संबंध में खास तौर पर सत्य है। चूँकि राजनीति व्यापक थी, गांधीजी ने इस सम्मोहक धारणा का समर्थन किया कि वह आधुनिक युग में केंद्रीय कार्य क्षेत्र था। राजनीतिक प्रभुत्ववाले युग में सक्रिय राजनीतिक भागीदारी के बिना अपने देशवासियों की सेवा करना और सामाजिक तथा आर्थिक बुराइयों को समाप्त करना असंभव था। गांधीजी ने सोचा कि यदि राजनीतिक जीवन को आध्यात्मिक रूप दिया जाए, तो इसका समाज के बाकी हिस्से पर गंभीर रूप से महत्त्वपूर्ण प्रभाव पड़ेगा। हर युग में जीवन का एक विशिष्ट क्षेत्र, धर्म और नैतिकता की अनूठी परीक्षण भूमि थी जो उन्हें अपने आपको नया रूप देने का एक अद्वितीय अवसर प्रदान करती थी। आधुनिक युग में वह क्षेत्र राजनीति था और किसी भी धर्म को गंभीरता से नहीं लिया जा सकता था, जो अपनी राजनीतिक चुनौतियों का समाधान प्रस्तुत नहीं कर सकता था। आधुनिक युग में और खासकर भारत में इसी कारण राजनीतिक कार्यकलाप मोक्ष का एकमात्र उपलब्ध मार्ग था, जो भारतीय संदर्भ में एक सच्चा क्रांतिकारी दृष्टिकोण है। हिंदुत्व के मूलभूत सिद्धांतों को राजनीति की तराजू में तोला जा रहा था और अपने आपको पुनर्जीवित करने का उसका एकमात्र

अवसर राजनीतिक धरातल पर उनकी पुष्टि करना था। जैसा कि गांधीजी ने कहा—

"हर युग में मोक्ष की प्राप्ति के लिए सबसे उपयुक्त एक मुख्य आध्यात्मिक पद्धति होती है। जब भी धार्मिक भावना का पतन होता है, ऐसी ही समयानुकूल पहल से उसे पुनर्जीवित किया जाता है। इस युग में हमारा पतन हमारी राजनीतिक स्थिति से प्रदर्शित होता है···गोखले ने अपने सार्वजनिक जीवन की शुरुआत में ही इसे न केवल समझ लिया बल्कि इस पर अमल भी किया। हर किसी को एहसास हो गया था कि सिर्फ राजनीतिक क्रिया द्वारा ही जन जागरण हो सकता है। यदि ऐसी गतिविधि का आध्यात्मीकरण किया जाता, तो वह मोक्ष की राह दिखा सकता था।

"···इस युग में, केवल राजनीतिक संन्यासी ही संन्यास के आदर्श को पूर्ण और सुशोभित कर सकते हैं; अन्य लोग संन्यासी के केसरिया बाने की गरिमा कम कर सकते हैं। जो भारतीय सच्चे धर्म की राह पर चलना चाहता है, वह राजनीति से उदासीन नहीं रह सकता। दूसरे शब्दों में, जो एक सच्चा धार्मिक जीवन जीना चाहता है, वह जन सेवा को अपना लक्ष्य बनाना नहीं भूल सकता, और आज हम राजनीति में इतने अधिक संलिप्त हैं कि राजनीति में हिस्सा लिए बिना लोगों की सेवा करना असंभव है। पुराने दिनों में हमारे किसान अपने शासकों के बारे में अनजान रहते हुए भयमुक्त होकर सरल जीवन जीते थे; अब वे इतने उदासीन नहीं हो सकते। आज की परिस्थितियों में धर्म की राह पर चलते हुए उन्हें राजनीतिक स्थितियों पर भी ध्यान देना होगा। यदि हमारे साधु, ऋषि, मुनि, मौलवी और पादरी इस बात की सच्चाई को समझ लेते, तो हमारे हर गाँव में एक भारत सेवक सोसाइटी होती, धर्म की भावना पूरे भारत में व्यापक होती, घृणित हो चुकी राजनीतिक व्यवस्था सुधर जाती।"

गांधीजी के लिए आधुनिक युग में राजनीति में संलिप्त होना हर भारतीय का कर्तव्य था। राजनीतिक दिलचस्पी का उद्देश्य ऊपर चर्चित तर्ज पर भारत का पुनर्निर्माण करना था। इसलिए राजनीतिक संलिप्तता ने कई रूप ले लिए और यह विभिन्न स्तरों पर सामने आया। हालाँकि स्वतंत्रता संघर्ष में शामिल होना निश्चित रूप से महत्त्वपूर्ण था, वह सबसे महत्त्वपूर्ण नहीं था और विभिन्न रूप धारण कर सकता था। चूँकि राष्ट्रीय पुनर्निर्माण

के बिना आजादी सिर्फ औपचारिकता थी और उसका कोई अर्थ नहीं था, गांधीजी के मत में 'असली राजनीति' गाँवों में काम करते हुए, अन्याय के खिलाफ लड़ते हुए, लोगों में साहस और आत्मसम्मान उत्पन्न करने में मदद करते हुए, उनकी संगठित शक्ति बनाते हुए और सामान्य तौर पर सृजनात्मक कार्यक्रम की 18 मदों में से किसी के प्रति समर्पित होते हुए भारतीय समाज, संस्कृति और चरित्र को नया जीवन देने में निहित थी। भारत के पुनरुत्थान में योगदान देनेवाली और उसे न्यायपूर्ण और संबद्ध बनानेवाली हर क्रिया राजनीतिक प्रकृति की थी। राजनीति तब अनिवार्य रूप से सत्ता से संबंधित नहीं थी। वास्तव में यह तथ्य कि उसे इस रूप में समझा जाता है, भारत और अन्य कहीं पतन की सीमा को प्रदर्शित करता था। सत्ता राजनीतिक गतिविधि का एकमात्र क्षेत्र बन गई थी क्योंकि आधुनिक व्यक्ति ने अपनी सभी नैतिक और सामाजिक शक्तियाँ उसे समर्पित कर दी थीं। उसका पुनरुत्थान अपनी शक्तियों को वापस प्राप्त करने और दूसरों के सहयोग से अपना जीवन चलाने में निहित था। चूँकि 'सच्ची राजनीति' मुख्य रूप से आध्यात्मिक विकास से संबंधित थी, उसमें सत्ता के प्रति उसका 'मोह' हटाना और उसके बाहर उसका उद्भव जरूरी था।

गांधीजी के लिए मोक्ष की राह में आत्मशुद्धि और जनता की सक्रिय सेवा आवश्यक थी। कभी-कभार वह आत्म-शुद्धि को आध्यात्मिकता और जनसेवा को नैतिकता तथा दोनों के साथ आने को धर्म कहते थे। उन्होंने उसे आध्यात्मिक आधार और केंद्रवाली नैतिकता के रूप में परिभाषित किया। अन्य अवसरों पर उन्होंने दोनों को नैतिकता कहा, एक आंतरिक और दूसरा बाह्य, और उसे धर्म के बराबर बताया। दोनों मामलों में वह इस बात पर जोर देना चाहते थे कि नैतिकता आत्मा और व्यवहार का गुण है। वह एक वृक्ष की तरह है जिसकी जड़ें और फल दोनों एक-दूसरे से पूरी तरह संबद्ध हैं और एक समान महत्त्वपूर्ण हैं। दुनिया को मुख्य रूप से उसके फल या व्यवहार में ही दिलचस्पी थी और वह उसी पर ध्यान केंद्रित करती थी; कर्ता सिर्फ जड़ों का महत्त्व जानता था और उसने उनके पोषण का प्रयास किया तथा सिर्फ चरित्र या उद्देश्य की विशेषता पर जोर दिया। गांधीजी ने जोर दिया कि इनमें से प्रत्येक ने नैतिकता के सिर्फ एक पहलू को पकड़ा और इनमें से एक भी पहलू को बाहर रखनेवाली कोई क्रिया

नैतिक नहीं हो सकती। जब तक एक अच्छा उद्देश्य कार्रवाई को प्रेरित नहीं करता, वह सिर्फ एक विचार है, क्रिया का उद्देश्य या सिद्धांत नहीं। यदि कोई व्यक्ति वास्तव में दूसरों के लिए समर्पित महसूस करता है, तो उसे उस विचार को क्रिया में बदलना चाहिए, जो इस बात की एकमात्र परीक्षा है कि वह वास्तव में ऐसा महसूस करता है अथवा नहीं। इसके विपरीत, उनके हितों का संवर्धन करना तभी नैतिक है जब एजेंट के अपने सांसारिक और आध्यात्मिक हितों से नहीं बल्कि 'शुद्ध प्रेम' से प्रेरित हो। गांधीजी के लिए नैतिकता एक ही साथ सामाजिक और आध्यात्मिक थी, अन्य-निर्देशित और आत्म-निर्देशित दोनों, और एक नैतिक व्यक्ति को एक साथ दो आधारों— संसार तथा अपनी आत्मा—पर काम करना चाहिए।

विश्व के सभी धार्मिक परंपराओं ने आत्मा और संसार के मामलों के बीच एक संभावित संघर्ष माना है और समाजसेवा के नैतिक स्वीकार्य रूप में भी संसार के साथ अत्यधिक मोह के खिलाफ चेताया है। गांधीजी ने इससे असहमति जताई और तर्क दिया कि परंपरागत दृष्टिकोण तीन मिथ्या धारणाओं पर आधारित है—पहला, ईश्वर संसार से अलग है क्योंकि अन्यथा उसकी सेवा दुनिया से नहीं टकराती; दूसरे, अपनी मुक्ति हर व्यक्ति का एकमात्र और सर्वोच्च ध्येय है और तीसरा, उसका मोक्ष सांसारिक संलिप्तता से टकरा सकता है और उससे बाधित हो सकता है।

गांधीजी के लिए ईश्वर जीवों से अलग नहीं बल्कि उनसे अभिन्न है और इसलिए उसकी सेवा के अन्य मनुष्यों की सेवा से टकराव का कोई प्रश्न नहीं है। चूँकि सभी मनुष्य ब्रह्मांड से उत्पन्न हुए हैं और इस प्रकार एक हैं, उनकी मानवता की तरह उनका मोक्ष अविभाज्य है। इसलिए व्यक्तिगत मोक्ष की अवधारणा दार्शनिक रूप से असंगत है। वास्तव में, चूँकि यह इस गलत धारणा पर आधारित है कि हम और अन्य लोग अलग हैं, व्यक्तिगत मोक्ष की अवधारणा एक भ्रम है जिसे हर आध्यात्मिक महत्त्वाकांक्षी को त्याग देना चाहिए। अंत में गांधीजी ने निष्कर्ष निकाला कि आध्यात्मिकता में बाधा होने की बजाय सांसारिक संलिप्तता उसकी आवश्यक प्रशिक्षण और परीक्षण भूमि है। सक्रिय जीवन के क्रम में ही लोग अपने आपको अनुशासित करना, प्रलोभनों पर काबू पाना, इच्छाशक्ति और सहयोगात्मक आवेग विकसित करना, सामाजिक हितों के आगे व्यक्तिगत हितों को गौण

करना और अपने दिमागों को 'व्यर्थ कल्पनाओं' से मुक्त रखना सीखते हैं। 'लाखों में से किसी एक' के पास सख्त अनुशासन के बिना एक पवित्र आत्मा विकसित करने की अंदरूनी शक्ति होती है। इसके अलावा सक्रियता के क्षेत्र में ही लोगों की पूर्ण परीक्षा होती है और वे अपने आपको अधिकतम विस्तृत कर पाते हैं और अपने आपको तलाश पाते हैं। सभी प्रकार के संभावित प्रलोभनों और उत्तेजनाओं से पूरी तरह सुरक्षित होकर एक जंगल या मठ में बैठे हुए कोई व्यक्ति आसानी से अपने आपको भरोसा दिला सकता है कि उसने क्रोध, इंद्रियों, स्वार्थ और ईर्ष्या पर विजय प्राप्त कर ली है। यदि वह असली दुनिया में प्रवेश करे और अपने आपको परीक्षा की स्थितियों में रखे, तो हो सकता है कि दुखद आश्चर्य उसकी प्रतीक्षा कर रहे हों। गांधीजी के लिए, संसार में संलिप्तता के बिना आत्म-बोध असंभव था।

यहाँ उन स्पष्ट किंतु वास्तव में महत्त्वपूर्ण कदमों को संक्षेप में दुहराना उचित होगा जिनके द्वारा गांधीजी ने न केवल लौकिक और अलौकिक जीवन को एक-दूसरे से जोड़ा, बल्कि उन्हें पहचाना और राजनीतिक जीवन को एक आध्यात्मिक आधार प्रदान किया। पहला, मोक्ष की पहचान ब्राह्मण से थी। दूसरे, चूँकि ब्राह्मण का अर्थ सभी जीवित प्राणियों से है, मोक्ष सभी जीवित प्राणियों, खासकर मनुष्यों से संबंधित है। तीसरे, प्रेम पहचान का एकमात्र माध्यम था और इसलिए मोक्ष में सार्वभौमिक प्रेम शामिल है। चौथे, इसका अर्थ बाकी मनुष्यों की सेवा में सक्रिय और समर्पित होना है जिसमें असमता और अन्याय के खिलाफ संघर्ष शामिल है। पाँचवें, राजनीतिक प्रभुत्ववाले आधुनिक युग में और खासकर भारत जैसे गरीब और अधीन देश में गांधीजी के अनुरूप व्यापक अर्थ में राजनीतिक गतिविधि में संलिप्त हुए बिना अन्याय से लड़ा नहीं जा सकता। छठे, इस प्रकार की राजनीति आधुनिक युग में मोक्ष का एकमात्र और किसी भी स्थिति में सबसे प्रभावी मार्ग है। पूरी तरह कहें तो इन छह सिद्धांतों में केवल पहला ही हिंदू धार्मिक परंपरा का एक अभिन्न अंग था। दूसरे में कुछ आधार था, लेकिन उस रूप में नहीं जिसमें गांधीजी ने उसे परिभाषित किया। बाकी सब नए थे और उनमें गांधीजी का बड़ा योगदान था।

सही-सही कहें तो गांधीजी का यह निष्कर्ष नया नहीं था कि राजनीति

एक आध्यात्मिक क्रिया है, और इस मत को उनके बहुत से पूर्ववर्तियों, जैसे गोखले, तिलक, रानाडे, बी.सी.पॉल और अरबिंदो ने आगे बढ़ाया था। वास्तव में 'राजनीति का आध्यात्मीकरण' शब्द का प्रयोग सबसे पहले गोखले ने किया था और गांधीजी ने स्वयं स्वीकार किया कि उन्होंने यह शब्द अपने 'राजनीतिक गुरु' से लिया है। लेकिन बहुत-सी महत्त्वपूर्ण भिन्नताएँ उन्हें गांधीजी से अलग करती थीं। पहला, उनके विपरीत गांधीजी ने राजनीति को एक आध्यात्मिक क्रिया मानने के तर्कपूर्ण कारण दिए। दूसरे, जबकि उनमें से कई ने राजनीति और आध्यात्मिकता को अलग माना और राजनीति के आध्यात्मीकरण की बात कही, गांधीजी के लिए ये दोनों एक ही थे। उनकी परिभाषा के अनुसार, राजनीति खुद एक आध्यात्मिक क्रिया थी और सारी सच्ची आध्यात्मिकता राजनीति में परिणत होती है। तीसरे, उनमें से अधिकतर के लिए आध्यात्मिकता का अर्थ बड़े पैमाने पर नैतिकता था, और राजनीति एक नैतिक गतिविधि होने के अर्थ में आध्यात्मिक थी। उनमें से शायद ही किसी ने उसे मोक्ष के माध्यम के रूप में देखा। वास्तव में वे ऐसे विचार से आतंकित हो जाते। अंत में उनमें से कई सामान्य रूप से नैतिकता को सामाजिक अर्थों में परिभाषित करते थे और उन्होंने राजनीति को समाज सुधार से जोड़ा। गांधीजी नैतिकता को राजनीतिक अर्थों और राजनीति को अन्याय और दमन के खिलाफ सक्रिय संघर्ष के अर्थों में परिभाषित करनेवाले पहले व्यक्ति थे।

गांधीजी का राजनीतिक मत कई नैतिक, धार्मिक और दार्शनिक परंपराओं से आगे है और एक असाधारण रूप से व्यापक दार्शनिक आधार पर स्थित है, जिसमें विभिन्न सांस्कृतिक विचारों के आदान-प्रदान से उठाए जा सकनेवाले लाभों और उससे संबद्ध समस्याएँ प्रदर्शित होती हैं। उन्हें कई संस्कृतियों का ज्ञान था, लेकिन वह उनमें से किसी से अभिभूत नहीं हुए और उन्होंने एक स्वतंत्र स्थान तैयार किया, जहाँ से उनका मूल्यांकन किया जा सके। बहुत दक्षता से विभिन्न भाषाओं के शब्दों और छवियों के साथ खेलनेवाले एक बहुभाषी उपन्यासकार की तरह वह विभिन्न परंपराओं से विचार उधार लेते हैं, जिन सब को वह अपनी सामान्य मानवीय विरासत का एक हिस्सा मानते हैं और उनसे शानदार संयोग उत्पन्न करते हैं, कुछ अस्थिर, कुछ खूबसूरती से समन्वित, लेकिन सभी सम्मोहक।

मानव के अपने सिद्धांत के आधार पर गांधीजी प्रस्ताव करते हैं कि राजनीति के एक सुविचारित दर्शन को व्यक्ति, राजनीतिक समुदाय और मानवजाति, उनके लिए नैतिक जीवन की तीन बुनियादी शाखाओं के दावों में सामंजस्य स्थापित करने के तरीके खोजने चाहिए। हर मनुष्य अनिवार्य रूप से एक व्यक्ति-विशेष है, एक अद्वितीय रूप से बना, आत्मनिर्भर मनुष्य जो अपने तरीके से और अपनी गति में स्वयं और दुनिया के साथ पहचान स्थापित करता है। वह संबंधों के एक अद्वितीय विश्व का निर्माता और केंद्र है जो उसे अपने विशिष्ट रूप में निर्मित और व्यवस्थित करता है। उसके जीवन पर अधिकार स्थापित करना और उसका जीवन चलाना उसकी अखंडता का उल्लंघन करना, उसकी पूर्णता को नष्ट करना और नैतिक हिंसा के एक सबसे अस्वीकार्य रूप को उकसाना है।

जैसा कि गांधीजी उचित रूप से तर्क देते हैं, एक व्यक्ति एक अमूर्त अणु नहीं, बल्कि एक विशिष्ट समुदाय का एक सदस्य है जो उसके गहन आवेगों, आकांक्षाओं, अचेतन स्मृतियों, आदतों और जीवन-शैली तथा विचारशैली को आकार देता है और गढ़ता है। चूँकि वह उसे एक आत्म-निर्धारक तत्त्व के रूप में निर्मित करता है, यह उसके अस्तित्व का आवश्यक आधार और अनिवार्य तत्त्व है। वह उसका आध्यात्मिक आवास है; जिससे वह संबंध रखता है और उसके साथ सहज महसूस करता है और उसके बाहर आधारहीन और शुष्क हो जाता है। उसका आत्मसम्मान और आत्मप्रेम उसके लिए उसके सम्मान और प्रेम से अलग नहीं हैं। जैसा कि गांधीजी तर्क देते हैं, स्नेह, प्यार और निष्ठा के गहरे बंधन, जिनके द्वारा वह उससे बँधा है, सजग चयन का मामला नहीं है। वे पूर्व-तार्किक और पूर्व-मौलिक हैं और उसके नैतिक विकल्पों की सीमाएँ निर्धारित करते हैं। चूँकि वह अपने समुदाय से इतना लाभ प्राप्त करता है, उसे किसी से भी बेहतर जानता है और पारस्परिक उम्मीदों के बंधनों द्वारा उसके सदस्यों से जुड़ा है, तार्किक चिंतन पूर्व-नैतिक बंधनों को पुष्ट और प्रबलित करता है।

गांधीजी के लिए मानवजाति नैतिक जीवन की तीसरी मूलभूत इकाई है। चूँकि सभी मनुष्य नैतिक जीव हैं, उनमें तात्विक समानता होती है और वे एक-दूसरे पर नकारात्मक और सकारात्मक, दोनों प्रकार के दावे करते हैं जिनकी क्षमता और अत्यावश्यकता शारीरिक दूरी के अनिश्चित कारक

से नष्ट नहीं की जा सकती। अगर एक मनुष्य यह दावा करता है कि एक नैतिक तत्त्व के रूप में, उसकी अखंडता को अक्षत माना जाना चाहिए और उसकी स्वतंत्रता तथा आत्म-निर्णय में हस्तक्षेप नहीं किया जाना चाहिए, तो वह दूसरों के ऐसे ही दावों में हस्तक्षेप करना तो दूर, उन्हें स्वीकार करने से भी इनकार नहीं कर सकता। बहुत से समतावादी विचारकों के विपरीत गांधीजी नैतिक समानता का आधार सभी मनुष्यों की एकता में स्थापित करते हैं, इस प्रकार उसे एक दार्शनिक और नैतिक गहराई प्रदान करते हैं। चूँकि मानवता अविभाज्य है, लोग एक-दूसरे के प्रति और एक-दूसरे के लिए उत्तरदायी हैं और हर किसी के लिए यह मायने रखता है कि दूसरे लोगों का जीवन कैसा है।

चूँकि व्यक्ति, उसका राजनीतिक समुदाय और मानवजाति तात्विक और नैतिक रूप से अविभाज्य हैं, वे सब समान रूप से महत्त्वपूर्ण हैं और किसी को मात्र अन्य दोनों के माध्यम के रूप में देखा या उपेक्षित नहीं किया जा सकता। जैसा कि गांधीजी महसूस करते हैं, जो समुदाय अपने सदस्यों को मात्र 'संसाधन' या तथाकथित सामूहिक कल्याण के माध्यम के रूप में देखता है, वह हिंसा के गहनतम रूप का दोषी है और बिल्कुल भी एक नैतिक समुदाय नहीं है। इसी प्रकार, एक व्यक्ति जो अपने समुदाय को सिर्फ अपने आत्महित के माध्यम के रूप में देखता है, वह अपने अस्तित्व की बुनियादी शर्त का खंडन करता है और उसके साथ-साथ अपने प्रति हिंसा करता है। हालाँकि आम तौर पर अधिकतर राजनीतिक दार्शनिकों द्वारा इसे महसूस किया गया है, पर गांधीजी की तरह किसी ने समुदाय और मानवजाति के बीच संबंध स्थापित नहीं किया। वह उचित रूप में कहते हैं कि कोई राजनीतिक समुदाय अपनी सीमाओं से 'बाहर' के लोगों के दावों को अनदेखा करके खुद को नैतिक नहीं कह सकता। क्षेत्रीय रूप में उससे बाहर के होने के बावजूद वे एक समान नैतिक प्रकृति और तात्विक तथा सांस्कृतिक अंतर्निर्भरता के द्वारा उसके भीतर हैं। एक अधीन देश और नस्ल के सदस्य के रूप में गांधीजी असामान्य रूप से इसके प्रति संवेदनशील थे और अच्छी तरह जानते थे कि क्षेत्रीय सीमाओं के साथ नैतिक सीमाओं की बराबरी ने हिंसा के कुछ बदतरीन और सबसे भयावह रूपों को प्रेरित किया था। वह उचित रूप में जोर देते हैं कि हर समुदाय को दूसरों के समान रूप

से वैध नैतिक दावों को स्वीकार करना चाहिए और अपने राष्ट्रीय हितों को उसके अनुसार परिभाषित करना और अपनाना चाहिए। ऐसा न करना एक नैतिक समुदाय होने के दावे को छोड़ना है।

गांधीजी का आध्यात्मिक परिप्रेक्ष्य उन्हें आधुनिक राष्ट्र के कुछ नैतिक रूप से समस्यांग्रस्त पहलुओं पर ध्यान देने और जोर देने के लिए भी प्रेरित करता है। यदि एक व्यक्ति की अखंडता का अतिक्रमण नहीं किया जा सकता, तो जेल, आतंक का घरेलू प्रयोग और लड़ाइयाँ निश्चित रूप से परेशान करनेवाले सवाल उठाते हैं। यह कहना पर्याप्त नहीं है कि कुछ लोग वास्तव में नीच होते हैं और उन्हें ताले में बंद रखना चाहिए क्योंकि उनसे हार मान लेना, उन्हें नैतिकता की सीमा के बाहर रखना और उनके साथ क्रूर व्यवहार करना मानव गरिमा में विश्वास के अनुरूप आचरण नहीं है। ऐसी ही एक समस्या दूसरे समुदायों में भी और खासकर अपने समुदाय में गरीब, कमजोर और सुविधाहीनों से संबंधित है। वे अकसर एक दुष्चक्र में फँसे होते हैं जिसमें उनकी अपनी कोई गलती नहीं होती और उनकी दुर्दशा अकसर सत्ता द्वारा अनुमोदित और सुरक्षित एक सामाजिक व्यवस्था का परिणाम होती है। जैसा कि गांधीजी तर्क देते हैं, आधुनिक राष्ट्र एक अत्यंत जटिल संस्था है। उसकी अधिकांश हिंसा संस्थापित, सुनियोजित, बाहर निर्यातित और अपने सदस्यों के पीठ पीछे से प्रेरित होती है और उसकी चतुराई से तर्कसंगत व्याख्या की जाती है। उसका अस्तित्व इसलिए समाप्त नहीं होता क्योंकि वह हमें सड़कों पर नहीं दिखती; वास्तव में वहाँ जो होता है वह सिर्फ उसकी एक प्रतिक्रिया हो सकती है। गांधीजी सही टिप्पणी करते हैं कि हिंसा के एक रूप को अनुचित ठहराना लेकिन दूसरे रूपों की ओर से आँखें मूँद लेना नैतिक तानाशाही है। हिंसा के सभी रूप, चाहे वे सत्ता की ओर से हों या सड़कों पर दंगाइयों की ओर से, स्पष्टीकरण के सवाल उठाते हैं। कानून–व्यवस्था या जनहित के अस्पष्ट विचारों के अर्थ में सत्ता की हिंसा को उचित नहीं ठहराया जा सकता, क्योंकि हमें यह पूछने की जरूरत है कि व्यवस्था बनाए रखने और जनहित के लिए इस प्रकार की हिंसा की आवश्यकता क्यों है और क्या सिर्फ व्यापक हिंसा से संरक्षित की जानेवाली सामाजिक व्यवस्था को पूरी तरह पुनर्व्यवस्थित करने की जरूरत नहीं है?

गांधीजी यह महत्त्वपूर्ण सवाल भी उठाते हैं कि क्या अपनी सरकार के कार्यों के लिए नागरिक की कोई जिम्मेदारी नहीं है। जैसा कि वह कहते हैं, राष्ट्र आखिरकार एक अनिवार्य और संस्थानिक सहयोग की व्यवस्था से अधिक कुछ नहीं है और उसका प्रत्येक नागरिक उसके कार्यों में सहायक है और उनके परिणामों के लिए एक हद तक जिम्मेदार है। जब तक कि वह पूरी तरह उससे बाहर नहीं हो जाता, जो स्पष्ट रूप से वह कर नहीं सकता, वह उसके फैसलों में शामिल है। चाहे वह इसे स्वीकार करे या नहीं, वह जो कुछ भी करता है, उसका एक राजनीतिक आयाम होता है। वह कभी भी अराजनीतिक नहीं हो सकता और उदासीनता वास्तव में नैतिक गैरजिम्मेदारी का एक रूप है। एक नागरिक सामूहिक उत्तरदायित्व की आड़ में नहीं छिप सकता, क्योंकि वह व्यक्तिगत उत्तरदायित्व से बना है और उसका विकल्प नहीं है। एक नैतिक जीव के रूप में इस बारे में सोचना उसका कर्तव्य है कि उसके समुदाय के अंदर और बाहर उसके नाम पर उसके देशवासियों के साथ क्या किया जा रहा है। जैसा कि गांधीजी कहते हैं, सरकार की यह प्रवृत्ति होती है कि वह राजनीतिक जीवन की जटिलता और सूचना के अपने एकाधिकार का अपने नागरिकों को नैतिक रूप से वश में करने और पंगु बनाने के लिए और नैतिक निष्क्रियता की संस्कृति को बढ़ावा देने के लिए इस्तेमाल करती है। चूँकि सत्ता की पूरी ताकत का उनके विवेक को निष्क्रिय करने के लिए इस्तेमाल किया जाता है, इसलिए विशेष रूप से सतर्क रहना उनका कर्तव्य है वरना उन्हें नैतिक रूप से बहकाकर या ब्लैकमेल करके अस्वीकार्य समझौते करने के लिए प्रेरित (मजबूर) किया जा सकता है।

किसी व्यक्ति के लिए पूरी दुनिया को सुधारने के बारे में सोचना अव्यावहारिक है। उसे वह काम हाथ में लेना चाहिए जो उसके लिए सबसे सुलभ हो। दक्षिण अफ्रीका से लौटने के बाद जब गांधीजी ने भारत के लोगों को आत्मसम्मान की कमी, दुःख और पतन से पीड़ित पाया, तो उन्होंने उनकी मुक्ति के काम को एक चुनौती और एक अवसर के रूप में लिया। कमजोरों के लिए दमन को स्वीकार करना और शक्तिशाली को दमन करने की अनुमति देना गलत है। उन्होंने महसूस किया कि राजनीतिक स्वतंत्रता के बिना कोई सुधार संभव नहीं है। सीक्रेट सोसाइटियों, हथियारबंद व्रिदोह,

आगजनी और हत्याओं के घिसे-पिटे तरीकों से आजादी नहीं मिलनेवाली थी। आजादी का रास्ता न तो दीन-हीन याचना के द्वारा और न ही क्रांतिकारी हिंसा द्वारा मिलनेवाला था। लोगों के लिए आजादी आसमान से नहीं गिरती बल्कि उन्हें अपने प्रयासों से ऊँचे उठकर उसे हासिल करना होता है। आत्मशुद्धि में आजादी की राह होती है। बल कोई उपचार नहीं है। ऐसी परिस्थितियों में बल प्रयोग गलत है। हिम्मत का बल अजेय होता है। गांधीजी ने कहा, ''ब्रिटिश हमें मशीनगन के मैदान में लाना चाहते हैं। उनके पास हथियार हैं और हमारे पास नहीं हैं। उन्हें हराने का तरीका सिर्फ यह है कि हम उन्हें ऐसे मैदान में लाएँ जहाँ हमारे पास हथियार हैं और उनके पास नहीं।'' अगर हम गलत को सहने की हिम्मत और उपयुक्त उदारता के साथ उसके विरोध, जिसमें दमनकर्ता को नुकसान या उससे घृणा से परहेज हो, को साथ मिलाएँ, तो हमारे दमनकर्ता में मौजूद मनुष्य के प्रति हमारी अपील अजेय हो जाती है। सदियों से विदेशियों के दमन से पीड़ित लोगों को उन्होंने एक नया आत्मसम्मान, अपने आप में एक नया आत्मविश्वास, शक्ति का एक नया आश्वासन दिया। उन्होंने आम जनता को भरोसे में लिया। जिन लोगों में साहस और दंभ, गौरव और हेयता का विश्वसनीय मिश्रण था, उसमें से नायक बनाए और अंग्रेजी शासन के खिलाफ एक निस्शस्त्र विद्रोह छेड़ दिया। उन्होंने देश को तानाशाही और अराजकता से मुक्त कराया तथा राजनीतिक संघर्ष को अपनी आत्मा खोने से बचाया। भारत के स्वतंत्रता संघर्ष में ऐसे अनेक अवसर आए जब उन्होंने ऐसे उपायों को अपनाया जिन्हें सिर्फ राजनेता के लिए समझना मुश्किल था। ऐसे महान् नेता भी हैं जो जानते हैं कि दूसरे लोगों को अपनी ओर खींचने के लिए किस तरह झुकना और फुसलाना है। जब वे अपनी आँखें लक्ष्य पर टिकाए रखते हैं, तो लक्ष्य तक पहुँचने के साधनों के बारे में कोई नैतिक संकोच नहीं करते। गांधीजी ऐसे नहीं थे, ''अगर भारत तलवार के सिद्धांत पर चले, तो उसे क्षणिक जीत मिल सकती है, फिर भारत का मेरे दिल में गर्व का स्थान नहीं रहेगा। मैं पूर्णत: विश्वास करता हूँ कि भारत के पास पूरी दुनिया के लिए एक ध्येय है; हालाँकि भारत द्वारा तलवार के सिद्धांत को स्वीकार करना मेरी परीक्षा की घड़ी होगी। मेरा जीवन अहिंसा के धर्म के द्वारा भारत की सेवा के लिए समर्पित है। मैं मानता हूँ कि अहिंसा हिंदुत्व का आधार

है।'' जब उन्होंने देखा कि लोग उनके उच्च मानदंडों का पालन नहीं कर रहे हैं, तो उन्होंने असहयोग आंदोलन समाप्त करने का आदेश दिया। इस तरह पीछे हटते हुए वह विरोधियों के उपहास का शिकार बने। ''दुश्मन को हमारे अपमान और तथाकथित हार में मगन होने दो। अपनी शपथ से पीछे हटने और ईश्वर के खिलाफ जाने का अपराधी होने से बेहतर है कि हम पर कायरता का आरोप लगे। अपने साथ बेईमानी करने की बजाय दुनिया के उपहास का विषय बनना लाख गुना बेहतर होगा···मैं जानता हूँ कि इस आक्रामक आंदोलन को अचानक पूरी तरह वापस लेना राजनीतिक रूप से अनुचित और मूर्खतापूर्ण होगा, लेकिन इसमें कोई संदेह नहीं है कि धार्मिक रूप से यह उचित है।'' जो नैतिक रूप से गलत था वह राजनीतिक रूप से सही नहीं हो सकता था। 8 अगस्त, 1942 की शाम को जब अखिल भारतीय कांग्रेस समिति में 'भारत छोड़ो' प्रस्ताव पारित किया गया था, गांधीजी ने कहा, ''हमें शांत और स्पष्ट निगाहों से दुनिया की आँखों में आँखें डालकर देखना चाहिए, भले ही दुनिया की आँखें आज रक्तरंजित हों।'' जब बंबई में नौसेना का विद्रोह शुरू हुआ, तो उन्होंने उसे आयोजित करनेवालों को फटकार लगाई, ''नफरत हवा में फैली है और देश के अधीर प्रेमी आजादी के मकसद को आगे बढ़ाने के लिए हिंसा का सहारा लेकर खुशी-खुशी इसका लाभ उठा सकते हैं। मेरा कहना है कि यह किसी भी समय और हर कहीं गलत है। लेकिन यह एक ऐसे देश में और अधिक गलत और अनुचित है जहाँ आजादी के लड़ाकों ने दुनिया को बता दिया है कि वे सत्य और अहिंसा की नीति पर चलते हैं।'' उनका विश्वास था कि हिंसा की भावना 'एक ऐसी प्रथा है जो समय के साथ खुद को खत्म कर देगी। वह भारत की भावना के बिल्कुल विपरीत है।' ''मैंने अपने पूरे जीवन भारत की आजादी के लिए संघर्ष किया है। लेकिन अगर मुझे वह हिंसा से ही मिलता है, तो मैं वह नहीं चाहता।' जिन साधनों से आजादी प्राप्त की गई वे भी उतने ही महत्त्वपूर्ण हैं, जितना कि परिणाम। अनैतिकता के द्वारा आजाद कराया गया भारत वास्तव में आजाद नहीं हो सकता। उन्होंने पूरी गरिमा के साथ बिना किसी नस्ली भावना के दक्षिण अफ्रीका की तरह भारत में सत्ताधारी सरकार के खिलाफ संघर्ष शुरू किया। 15 अगस्त, 1947 को सत्ता का हस्तांतरण उस संघर्ष का अंत था, वह विनम्रता

और मित्रता की भावना में हुए एक समझौते पर जाकर खत्म हुआ।

गांधीजी के लिए आजादी सिर्फ एक राजनीतिक चीज नहीं थी, वह एक सामाजिक हकीकत थी। उन्होंने भारत को न केवल विदेशी शासन बल्कि सामाजिक भ्रष्टाचार और सांप्रदायिक तनाव से आजाद कराने के लिए संघर्ष किया। उन्होंने एक जगह कहा है: ''मैं एक ऐसे भारत के निर्माण के लिए काम करूँगा जिसमें गरीब से गरीब व्यक्ति यह महसूस करेगा कि यह उसका देश है जिसके निर्माण में उनका एक प्रभावी योगदान है; ऐसा भारत जिसमें लोगों का कोई उच्च वर्ग और निम्न वर्ग नहीं होगा; ऐसा भारत जिसमें सभी समुदाय पूर्ण सद्भाव के साथ मिल-जुलकर रहेंगे। ऐसे भारत में अस्पृश्यता के अभिशाप या शराब और नशीली दवाओं के अभिशाप के लिए कोई जगह नहीं होगी। महिलाओं को पुरुषों के समान अधिकार होंगे। चूँकि हम बाकी दुनिया के साथ शांतिपूर्वक रहेंगे, न तो किसी का शोषण करेंगे और न शोषण का शिकार होंगे, इसलिए हमारी सेना सबसे छोटी होगी। लाखों लोगों के हितों को नुकसान न पहुँचानेवाले हितों को पूरी निष्ठा से सम्मान दिया जाएगा। व्यक्तिगत रूप से मुझे विदेशी और स्वदेशी के बीच का अंतर पसंद नहीं है। यह मेरे सपनों का भारत है।''

राजनीतिक स्वतंत्रता का अर्थ किसी देश के सपने की पूर्ति नहीं है। वह सिर्फ किसी देश के जीवन के पुनरुत्थान की गुंजाइश और अवसर प्रदान करती है। एक आजाद भारत विवेकशील लोगों का देश होना चाहिए, जो सच्ची सभ्यता, शांति व्यवस्था, मनुष्यों के बीच सद्भावना, सत्य के प्रति प्रेम, सौंदर्य की चाह और बुराई से घृणा जैसे मूल्यों का अनुसरण करते हों।

जब हम अपने साथियों पर शासन करने की ताकत, धन कमाने की ताकत, जीवन को और अधिक बदसूरत बनाने की ताकत के लिए छीना-झपटी करते हैं, तो इसका अर्थ है कि हम जीवन की मर्यादा और सभ्यता की गरिमा खो चुके हैं।

भारतीय समाज को वास्तव में एक स्वतंत्र समाज बनाने के लिए गांधीजी चरखे, अस्पृश्यता उन्मूलन और सांप्रदायिक सद्भाव को अपने सृजनात्मक कार्यक्रम के केंद्र में रखते हैं। जब तक लोगों को पेट भर भोजन नहीं मिलता, पहनने को कपड़े नहीं मिलते और उनकी आवाज नहीं सुनी जाती, तब तक आजादी एक उपहास है।

चरखा आम आदमी को गरीबी और अज्ञानता, रोग और मलिनता के अभिशापों को दूर करने में मदद करेगा। "राजनीतिक स्वतंत्रता का उन लाखों लोगों के लिए कोई मतलब नहीं है, जो नहीं जानते कि थोपी गई निष्क्रियता को कैसे दूर करें। अस्सी फीसदी भारतीय जनसंख्या आधे वर्ष अनिवार्य रूप से बेरोजगार होती है। उनकी मदद सिर्फ एक ऐसे काम को पुनर्जीवित करते हुए और उसे आय का एक नया स्रोत बनाते हुए की जा सकती है, जो विस्मृत हो चुका है।" गांधीजी ने कृषि के अनुपूरक व्यवसाय के रूप में चरखे के इस्तेमाल पर जोर दिया।

यह जीवन के बढ़ते मशीनीकरण के खिलाफ एक नियंत्रण के रूप में भी काम करता है। अत्यंत औद्योगीकृत समाज में लोगों का दिमाग मशीनों की तरह काम करता है, जीवित प्राणियों की तरह नहीं। वे संगठन के बड़े और पेचीदा रूपों, पूँजीवादी संघों और श्रमिक संघों पर निर्भर हैं और वे उनके फैसलों को बहुत प्रभावित करते हैं। फिर, लाखों मनुष्यों में स्वाभाविक रचनात्मक आवेग दबे होते हैं, जो काम का एक छोटा हिस्सा करते हैं, पूरा काम नहीं। जब हम अपने समाज में जिम्मेदार व्यक्तियों की तरह व्यवहार नहीं करते, तो हम जो काम करते हैं उसमें संतुष्टि नहीं मिलती, हमारा जीवन थकाऊ और अर्थहीन हो जाता है और हम उत्साह और जोश के अनुभव के लिए उसकी गलत तरीकों से क्षतिपूर्ति करते हैं। मशीनीकृत समाज में अमीर और गरीब दोनों दुःखी होते हैं।

गांधीजी ने परंपरागत ग्रामीण सभ्यता को बहाल रखने की काफी कोशिश की जिसमें एक ही जगह सद्भावपूर्वक रहने और जीवन, धरती और ब्रह्मांड के बारे में समान भावनाएँ रखनेवाले लोगों की एकता अभिव्यक्त होती थी। मनुष्य की महत्त्वाकांक्षी भावना खुली जगहों और हरियालीवाले गाँवों में सशक्त और मुक्त महसूस करती है, न कि अँधेरे और गंदगी, बदबू और ठहरी हुई हवा, बीमारियोंवाले भीड़ भरे शहरों में। ग्रामीण समुदाय में, लोग महसूस करते हैं कि वे समाज मे सक्रियता से भाग लेनेवाले जिम्मेदार व्यक्ति हैं। जब ये ग्रामीण शहरों की ओर जाते हैं, तो वे बेचैन, बेजान और निराश हो जाते हैं। किसान और बुनकर का स्थान मैकेनिक और व्यवसायी ले लेते हैं और जीवन की बोरियत को दूर करने के लिए मनबहलाव के रोमांचक साधन ढूँढे जाते हैं। इसमें कोई शक नहीं कि व्यक्ति का उत्साह

जीवन की इस निर्जनता में गुम हो जाता है। अगर हमें समाज का मानवीकरण करना है और कार्यों तथा रिश्तों में नैतिकता का महत्त्व स्थापित करना है, तो हमें एक विकेंद्रीकृत ग्रामीण अर्थव्यवस्था के लिए काम करना चाहिए जहाँ मशीनरी को उस हद तक इस्तेमाल करना चाहिए जब तक कि वह समाज के बुनियादी ढाँचे और मानवीय भावना की स्वतंत्रता में खलल न डाले।

एक धार्मिक और सामाजिक सुधारक के रूप में गांधीजी ने हमें सामाजिक बुराइयों के प्रति नई जागरूकता महसूस कराई, जिनसे हम पीड़ित थे। उन्होंने हमें धर्म को उन कई बुराइयों से आजाद कराने के लिए प्रेरित किया जिनके साथ वह अपने लंबे इतिहास में दूषित हो गया था, विशेष रूप से अस्पृश्यता की बुराई। हिंदुत्व ने सामाजिक जिम्मेदारियों की उपेक्षा की कीमत चुकाई है। नए भारत का प्रारूप संविधान एक समतापूर्ण सामाजिक व्यवस्था स्थापित करने का लक्ष्य रखता है, जिसमें नैतिकता और स्वतंत्रता के आदर्श, आर्थिक व राजनीतिक, सामाजिक और सांस्कृतिक संस्थानों को प्रेरित करेंगे।

गांधीजी के नेतृत्व में भारतीय राष्ट्रीय कांग्रेस ने एक असांप्रदायिक लोकतांत्रिक राष्ट्र की स्थापना के लिए भारत के विभिन्न धर्मों और समुदायों के बीच सद्भावपूर्ण रिश्तों के लिए काम किया। वह एकजुट भारत चाहते थे। उनकी जीत का पल उनके अपमान का पल साबित हुआ। देश का विभाजन एक भयावह गलती थी, जिसका खामियाजा हमने भुगता है। निराशा की भावना से जूझते कुछ महीनों से देश की प्रतिष्ठा को दागदार बनाती सांप्रदायिक हत्याओं से थक चुके और दुःखी, निराश जनता को राहत देने के लिए अधीर हमारे नेताओं ने भारत के विभाजन को मौन सहमति दी जो उनकी बेहतरी और गांधीजी की सलाह के विपरीत थी। चाहे हम कितना भी पछतावा कर लें, एक खोया अवसर वापस नहीं ला सकते। घंटों की गलतियों का प्रायश्चित वर्षों के दुःख से होगा। फिर भी हम एक सीमा तक ही गलती सुधार सकते हैं। भारत के विभाजन जैसे बड़े फैसले को पूरी तरह समझने में सक्षम बनने में सदियों का इतिहास लगेगा। हमें भविष्य में घुसने का वरदान प्राप्त नहीं है। लेकिन फिलहाल विभाजन से हमें सांप्रदायिक शांति नहीं मिली है, बल्कि उसने सांप्रदायिक कड़वाहट को और भी बढ़ाया

है। गांधीजी नई दिल्ली में 15 अगस्त को हुए आजादी के जश्न में शामिल नहीं हुए। वह अकेले बंगाल के गाँवों में व्यस्त थे, पैदल चलते हुए गरीबों और बेघरों को दिलासा दे रहे थे, उनसे अपने दिलों से संदेह, कड़वाहट और रोष का एक-एक कतरा निकालने का अनुरोध कर रहे थे। बड़े पैमाने पर लोगों का बेघर होना, हजारों लोगों का अपनी जड़ों से उखड़कर, घबराए हुए, सामानों से लदे हुए यहाँ-वहाँ भटकना, सांप्रदायिक हिंसा का तांडव, चारों ओर आध्यात्मिक पतन का वातावरण, संदेह, क्रोध, शक, दया, दुःख, निराशा ने गांधीजी को गहरी पीड़ा से भर दिया और उसने उन्हें अपना बाकी का जीवन इस समस्या का मनोवैज्ञानिक समाधान ढूँढने में बिताने के लिए प्रेरित किया। कलकत्ता और दिल्ली में उनके उपवास का कुछ असर हुआ लेकिन खाई इतना गहरी हो चुकी थी कि उसे इतनी आसानी से भरना संभव नहीं था। 2 अक्तूबर, 1947 को अपने अट्ठत्तरवें जन्मदिन पर गांधीजी ने कहा—'मैं हर साँस के साथ ईश्वर से प्रार्थना करता हूँ कि वह मुझे इन ज्वालाओं को शांत करने की शक्ति दे या मुझे इस धरती से उठा ले। मैंने भारत की आजादी के लिए अपना जीवन दाँव पर लगा दिया, अब मैं उसके विनाश का जीवित गवाह नहीं बनना चाहता।'

डॉ. एस. राधाकृष्णन लिखते हैं, जब मैं दिसंबर 1947 की शुरुआत में उनसे आखिरी बार मिला, तो मैंने उन्हें गहरी व्यथा में और समुदायों के बीच संबंधों को सुधारने का हर संभव प्रयास करने या इस प्रक्रिया में अपनी जान दे देने के लिए प्रतिबद्ध पाया। उपवास करने के अपने निर्णय की घोषणा करते हुए, गांधीजी ने दिल्ली में 12 जनवरी, 1948 को अपनी प्रार्थना सभा में कहा—'...किसी व्यक्ति के पास, यदि उसका अंतर्मन शुद्ध है, देने के लिए अपने जीवन से अधिक कीमती कुछ नहीं होता। मैं आशा और प्रार्थना करता हूँ कि मेरे अंदर इस कदम को उचित ठहराने के लिए वह शुद्धता हो। मैं आप सब से इस प्रयास को सफल बनाने और मेरे लिए तथा मेरे साथ प्रार्थना करने का अनुरोध करता हूँ। यह उपवास तब समाप्त होगा यदि मुझे संतुष्टि हो जाए कि बिना किसी बाहरी दबाव के, बल्कि कर्तव्य की एक जाग्रत भावना से सभी समुदायों के दिल फिर से मिल गए हैं। इसका पुरस्कार एशिया तथा दुनिया भर में भारत की घटती प्रतिष्ठा और उसके तेजी से समाप्त होते महत्त्व को फिर से वापस लाना होगा। मैं अपने

आपको यह विश्वास दिलाता हूँ कि भारत की आत्मा को खोने का अर्थ पीड़ित, मुसीबत में फंसे और भूखे विश्व की उम्मीद को खोना होगा। मैं हर किसी से अनुरोध करता हूँ कि वे निष्पक्ष रूप से इस उद्‌देश्य पर गौर करें और यदि मुझे मरना है, तो मुझे शांति से मरने दें, जिसकी मुझे आशा है। मेरे लिए भारत हिंदू धर्म, सिख धर्म और इसलाम के विनाश का गवाह बनने की बजाय मृत्यु एक गौरवपूर्ण मुक्ति होगी। हमारे प्यारे भारत में उत्पन्न सड़न पर विचार कीजिए और आपको यह सोचकर प्रसन्नता होगी कि उसका एक विनीत बेटा यह आनंदपूर्ण कदम उठाने के लिए पर्याप्त सशक्त और शुद्ध है। यदि ऐसा नहीं है, तो वह धरती पर बोझ है। वह जितनी जल्दी गायब होकर भारत के वातावरण से इस बोझ को हटाता है, उसके और बाकी सभी के लिए उतना ही बेहतर होगा।'' उन्होंने इस महान कार्य को करते हुए ही मृत्यु का वरण किया। महान लोग अपने आपको दुःख और पीड़ा में खत्म कर लेते हैं ताकि उनके बाद आनेवाले शांति और सुरक्षा के साथ रह सकें।

□

धर्म और राजनीति में गांधीवाद

राजनीति में धर्म का गांधीजी का सिद्धांत बहुत महत्त्वपूर्ण है। धार्मिक जीवन का अर्थ एक शुद्ध और संयमित जीवन होता है। ऐसे जीवन का व्यापक सामाजिक और राजनीतिक प्रभाव पड़ता है। अगर राजनीति आचारों और नैतिकता की परवाह न करे, तो वह निश्चित रूप से ऐसी परिस्थितियों को प्रेरित करेगी, जिसमें मानवता ध्वस्त हो जाएगी और शून्य में कहीं खो जाएगी। इसलिए राजनीति के आध्यात्मीकरण का उनका दृष्टिकोण सब के लिए अर्थपूर्ण और महत्त्वपूर्ण है। बहरहाल, धर्म तथा राजनीति के संबंध में महात्मा के विचारों को ध्यान से समझना अधिक महत्त्वपूर्ण है, क्योंकि ये दोनों मानव जीवन और प्रगति के दो सबसे महत्त्वपूर्ण पहलू हैं।

वास्तव में गांधीजी सिर्फ एक राजनीतिक विचारक नहीं हैं, वे एक सामाजिक सुधारक या एक संत हैं जो लगातार सात दशकों से अधिक समय तक राजनीति में नैतिक अनुशासन लाने का प्रयास करते रहे। इसका आधार यह है कि राजनीतिक विचार कभी भी धार्मिक आधार के बिना प्राप्त नहीं किए जा सकते। फलस्वरूप उनकी राजनीतिक विचारधारा सर्वोदय का वातावरण निर्मित करती है, लेकिन सिक्के का एक और पहलू भी है। कुछ लोग राजनीति की गांधीवादी अवधारणा को पूरी तरह स्वीकार करने में हिचकते हैं। इसमें कोई संदेह नहीं कि पंचायती राज व्यवस्था एक प्रशंसनीय प्रणाली है जो काफी गतिशील है। वह राजनीति में भ्रष्टाचार की सीमा को न्यूनतम कर सकती है, क्योंकि वह आर्थिक और राजनीतिक ताकत के लोकतांत्रिक विकेंद्रीकरण के सिद्धांत पर आधारित है। यहाँ तक कि दलीय

राजनीति की भूमिका भी कम-से-कम बुनियादी स्तर पर न्यूनतम की जा सकती है। वैसे, स्वस्थ जनमत की अपने-अपने स्तर पर भ्रष्ट तथा बेईमान राजनेताओं को उखाड़ फेंकने में एक विशिष्ट और महत्त्वपूर्ण भूमिका है।

भारतीय ग्लैडस्टन के नाम से प्रसिद्ध और महात्मा गांधीजी के राजनीतिक गुरु गोपाल कृष्ण गोखले राजनीति का आध्यात्मीकरण करना चाहते थे। उसी के अनुसार, उन्होंने राजनीति में नैतिक मूल्यों के समावेश पर जोर दिया। इसमें कोई संदेह नहीं कि गांधीजी उनके एक सच्चे अनुयायी थे, लेकिन अहिंसा की अवधारणा से उनका जुड़ाव अधिक गहरा और अधिक व्यापक था। वह अपने देश और मानवता की सेवा के लिए राजनीति में धर्म को मिलाना चाहते थे। वह कहा करते थे कि वह उस हर चीज को अपनाना चाहते थे जिससे मानवता की सेवा हो सके। गीता की भाषा में, वह मित्रों और शत्रुओं दोनों के साथ शांति से रहना चाहते थे। इसलिए उनका देशप्रेम उनके लिए शाश्वत स्वतंत्रता और शांति की भूमि के सफर का एक मुकाम है। इसी वजह से उनके लिए धर्म से रहित कोई राजनीति नहीं है।

उनके लिए धर्म का अर्थ ईश्वर से एकत्व का दावा है और वह एक गतिशील नैतिक शक्ति है। इसलिए राजनीति में धर्म के समावेश का अर्थ न्याय की ओर आगे बढ़ना था और व्यक्तिगत, सामाजिक तथा राजनीतिक जीवन में धार्मिक आचारों को मजबूत बनाया जाना चाहिए। वह हमें सत्य की सार्वभौमिक और सर्वव्यापी भावना का सामना करने का स्मरण दिलाते हैं। इस संबंध में हमें साधारण-से-साधारण जीव को अपनी तरह प्रेम करने में समर्थ होना चाहिए और ऐसा चाहनेवाला व्यक्ति जीवन के किसी क्षेत्र को नहीं त्याग सकता। इसीलिए सत्य के प्रति उनके समर्पण ने उन्हें राजनीति के क्षेत्र की ओर खींचा और हम यह कह सकते हैं कि धर्म का राजनीति से कोई संबंध न माननेवाले लोग गांधीजी के धार्मिक विचारों का अर्थ नहीं जानते।

कुछ राजनीतिज्ञों ने धर्म को राजनीति से गौण ठहराने का प्रयास किया है। लेकिन, गांधीवादी राजनीतिक विचारधारा के तहत धार्मिक मान्यताओं को राजनीतिक मान्यताओं से श्रेष्ठ माना गया है। प्लेटो, सिसेरो और कैंट की तरह गांधीजी ने सामाजिक और राजनीतिक जीवन में नैतिक मूल्यों की वकालत की। धर्म हमारी जंगली प्रवृत्तियों को शांत करने के लिए होता है

और वे मनुष्य को ईश्वर से और मनुष्य को मनुष्य से जोड़ते हैं। इसी प्रकार, उनका उद्देश्य व्यक्ति के अंदर मौजूद पशुवृत्ति को दबाना और उसकी तार्किक तथा नैतिक इच्छाशक्ति को उभारना होता है। इस प्रकार, हम देखते हैं कि जब वह धार्मिक आधार की बात करते थे, तो वह आदिमवाद की शिक्षा नहीं दे रहे थे, बल्कि अपनी आत्मा और मानवता की भलाई की तलाश में कठोर मेहनत के जीवन पर बल देते थे।

गांधीजी तर्क देते थे कि धर्म हमारे लिए कोई अनजान चीज नहीं है। वह हमेशा से हमारे अंदर रहा है, कुछ में जानबूझकर और कुछ के अंदर अनजाने में। गांधीजी चाहते थे कि भावी भारत के लिए सामाजिक और राजनीतिक योजनाएँ मानव सजगता की ठोस और महत्त्वपूर्ण बुनियाद पर बनाई जानी चाहिए। गांधीजी के मुताबिक धर्म सिर्फ व्यक्तिगत शुद्धीकरण का माध्यम नहीं है, लेकिन वह एक व्यापक शक्तिशाली सामाजिक बंधन है। इस रूप में भविष्य का अहिंसक समाज, जो लगभग पंचायती राज, या राम राज की तरह था, को धर्म पर आधारित होना चाहिए था। इसका अर्थ है कि वह सिर्फ धर्मनिरपेक्षता पर आधारित नहीं होगा बल्कि उसका आधार आध्यात्मिक आम सहमति होगा। इसी प्रकार, धर्म से रहित राजनीति बिल्कुल अर्थहीन होगी और हम अपने राष्ट्रीय संस्थानों को समझने में असफल होंगे। इस बात पर ध्यान देना जरूरी है कि जब गांधीजी राजनीति के धार्मिक आधार की बात कर रहे थे, तो वह धर्मांधता का पाठ नहीं पढ़ा रहे थे। राजनीति के धार्मिक आधार से गांधीजी का तात्पर्य शासकों, राजाओं और अन्य संपन्न समूहों के दिव्य अधिकार के स्थान पर नैतिक अधिकार की अवधारणा से था। राजनीति के आध्यात्मीकरण के संबंध में गांधीजी की परिकल्पना यह थी कि कोई भी सामाजिक ढाँचा सिर्फ बल, ताकत या कानूनी बाध्यता के आधार पर कायम नहीं रह सकता। उसका आधार लोगों की नैतिक इच्छाशक्ति में होना चाहिए। इस अर्थ में धार्मिक सजगता, व्यक्तिगत आजादी और एक स्थिर सामाजिक और राजनीतिक ढाँचे का आधार है।

गांधीजी का मत है कि मनुष्य के जीवन का अंतिम लक्ष्य आत्मबोध या आत्मशुद्धि है तथा आत्मबोध का मतलब मोक्ष होता है, यानी अपने आपको जानना। गांधीजी के लिए आत्म त्याग समाज सेवा से संबंधित है।

वह अकेले में प्राप्त मोक्ष में यकीन नहीं रखते। उनके लिए मोक्ष का अर्थ सभी का कल्याण था। गांधीजी हमेशा इस सिद्धांत के विरुद्ध थे और इसकी आलोचना करते थे कि परिणाम सही हो, तो साधन कोई मायने नहीं रखता। वह कहते हैं कि इस सिद्धांत पर चलना खतरनाक और घातक है और यह नैतिक रूप से उचित नहीं है। हिंसा का समर्थन और उसे उचित ठहरानेवाले किसी भी सिद्धांत को खारिज कर देना चाहिए और उसकी निंदा होनी चाहिए। यह सच है कि इस तरीके से हम जल्दी अपना लक्ष्य प्राप्त कर सकते हैं, लेकिन गांधीजी कहते हैं कि वह अल्पजीवी होता है। हिंसा और धोखा, आतंक और कपटपूर्ण कूटनीति कुछ समय के लिए सत्य, प्रेम, न्याय और शांति से अधिक कामयाब दिख सकती है, लेकिन ऐसी जीत क्षणिक होती है, क्योंकि इतिहास ने यह बताया है कि हिंसा से अधिक हिंसा उत्पन्न होती है, प्रतिशोध और अधिक प्रतिशोध को प्रेरित करता है और क्रोध, ईर्ष्या, घृणा और अंततः एक और युद्ध के बीज बोता है।

दूसरी ओर गांधीजी हक्सले की तरह सोचते हैं और जो कहते हैं, कि समाज का वास्तविक लक्ष्य अधिकतम संख्या का अधिकतम हित नहीं बल्कि सब का अधिकतम हित है, अर्थात्, यथासंभव एकीकरण और संगति की अवस्था। इसे सिर्फ अच्छे और शुद्ध माध्यमों से ही प्राप्त किया जा सकता है। लेकिन यह नहीं मान लेना चाहिए कि अंत या परिणाम महत्त्वपूर्ण नहीं है। वह मानते थे कि साध्य और साधन अभिन्न रूप से एक-दूसरे से संबंधित हैं, लेकिन अंत उन साधनों का शुद्ध परिणाम है, जिनका हम उस अंत को प्राप्त करने के लिए इस्तेमाल करते हैं।

गांधीजी राजनीति की ओर मुड़े क्योंकि वह स्वयं इस बात पर जोर देते थे कि वह 'एक धार्मिक व्यक्ति थे और जीवन को पूर्ण रूप में देखते थे।' वह राजनीतिक स्वतंत्रता को भारत की जनता के लिए वास्तविक स्वराज की ओर एक सोपान के रूप में देखते थे। उनके अनुसार स्वराज वह अवस्था है जिसमें लोग अपने आप पर शासन करना सीखते हैं। ऐसे स्वराज का अनुभव हर व्यक्ति को करना चाहिए। उनके लिए 'स्वराज' का अर्थ वास्तव में 'आत्म-नियंत्रण' था। यहाँ पर व्यक्ति उनके स्वराज की इमारत की आधार-शिला था। वह कहते हैं कि यदि राष्ट्रीय जीवन इतना संपूर्ण हो जाता है कि वह आत्म नियंत्रित हो जाए, तो उसका कोई प्रतिनिधित्व जरूरी

नहीं रह जाता। इसके बाद प्रबुद्ध अराजकता की अवस्था है। ऐसे राज्य में हर कोई अपना शासक होता है। ऐसी अराजकता राजनीतिक आदर्श थी, लेकिन उनके मुताबिक किसी आदर्श को भी पूरी तरह प्राप्त नहीं किया जाता। इसलिए उन्होंने लोकतांत्रिक स्व-शासन का समर्थन किया जो स्वतंत्र वयस्क नागरिकों का प्रतिनिधित्व करता हो। गांधीजी ने सलाह दी थी कि भारत सरकार को न ब्रिटेन, रूस, इटली, न किसी दूसरे देश की नकल करनी चाहिए। "उनके पास उनकी योग्यता के अनुरूप व्यवस्थाएँ हैं, हमारी शासन प्रणाली हमारी योग्यताओं के अनुरूप होनी चाहिए।"

गांधीजी को आशंका थी कि संकेंद्रित और केंद्रीकृत सरकार आम लोगों के लिए उत्पीड़क साबित होगी, क्योंकि राष्ट्र एक संकेंद्रित और संगठित रूप में हिंसा का प्रतिनिधित्व करता है। इसलिए वह विकेंद्रीकृत ग्रामीण गणतंत्रों के पक्ष में थे, जिनके माध्यम से लोग शासन को नियंत्रित कर सकते थे और उसे शोषण करने से रोक सकते थे। गांधीजी के अनुसार, ऐसे सुव्यवस्थित समाज में, आर्थिक और सामाजिक, दोनों प्रकार की आजादी होगी। उन्होंने तर्क दिया कि स्वराज व्यापक औद्योगिकीरण से या बड़ी फैक्टरियाँ खड़ी करके नहीं प्राप्त किया जा सकता, क्योंकि वे शोषण को प्रेरित करते हैं। असत्य और हिंसक साधनों से एकत्रित धन मानव समाज को दूषित करता है। दूसरी ओर, इस स्वराज में हर किसी को अपनी आवश्यकताओं के अनुसार पर्याप्त मिलता है। इसी के अनुसार, वह सामूहिक उत्पादन का समर्थन करने से इनकार कर देते हैं। सामूहिक उत्पादन का तकनीकी अर्थ है, अत्यंत जटिल मशीनरी की सहायता से यथासंभव कम लोगों द्वारा उत्पादन। वह आगे कहते हैं, "मेरी मशीनरी सबसे साधारण प्रकार की होगी जिसे मैं लाखों लोगों के घर में रख सकूँ।" और सिर्फ ऐसी विकेंद्रीकृत व्यवस्था ही सभी का पेट भरने में समर्थ होगी तथा यह तभी संभव है जब राजनीति साफ-सुथरी हो।

इसके अलावा, गांधीजी के दृष्टिकोण में पंचायत राज में हर किसी से अपनी पसीने की कमाई अर्जित करने की उम्मीद की जाती है। रस्किन की 'अनटू दि लास्ट' पढ़ने के बाद गांधीजी शारीरिक श्रम के महान समर्थक हो गए। इसने उनके लिए नियम का रूप ले लिया जब उन्होंने टॉल्सटॉय की किताबें पढ़ीं। एक अच्छा जीवन जीने के लिए हर पुरुष और महिला को

काम करना चाहिए तथा अपने हाथों से श्रम करके अपनी रोटी कमानी चाहिए, इस विचार का प्रतिपादन टी.एम. बांडरेफ नामक एक रूसी लेखक द्वारा किया गया था।

टॉल्सटॉय ने इस नियम को अपनाया और उसका व्यापक प्रचार किया। इस नियम के पीछे यह विचार है कि "हर स्वस्थ व्यक्ति को अपने भोजन के लिए पर्याप्त श्रम करना चाहिए और उसकी बौद्धिक क्षमताएँ अनुभवजन्य होनी चाहिए, जीविका अर्जित करने या धन कमाने के लिए नहीं बल्कि सिर्फ मानवता की सेवा के लिए।"

इसी के अनुसार, गांधीजी ट्रस्टीशिप के इस नए सिद्धांत के साथ आगे आए। उनके अनुसार, समाजवाद द्वारा प्रस्तावित राज्य स्वामित्व इसका हल नहीं था। राज्य की मशीनरी के पास आत्मा नहीं होती, व्यक्तियों के पास आत्मा होती है और न्याय के लिए उनके पास जाया जा सकता है। इसके अलावा, जब "किसी व्यक्ति के पास उसके आनुपातिक हिस्से से अधिक होता है, तो वह ईश्वर के बच्चों के लिए उस हिस्से का ट्रस्टी बन जाता है।" वास्तव में ट्रस्टीशिप समाज की वर्तमान पूँजीवादी व्यवस्था को एक समतावादी समाज में रूपांतरित करने का एक माध्यम प्रदान करता है। वह पूँजीवाद को कोई आश्रय नहीं देता, बल्कि वर्तमान विजयी वर्ग को खुद को सुधारने का एक अवसर देता है। यह इस विश्वास पर आधारित है कि मानव प्रकृति कभी सुधार से परे नहीं होता। गांधीजी के अनुसार, कोई दूसरा सिद्धांत अहिंसा के अनुरूप नहीं है। अगर लोग इस सिद्धांत को स्वीकार कर लें, तो स्वामित्व या एकत्र करने की भावना समाज में अपनी हानिकारक स्थिति के साथ अपना महत्त्व खो देगी। किसी के पास जो है, वह तभी महत्त्वपूर्ण होना चाहिए जब तक कि वह चीज पूरे समाज के कल्याण में योगदान न करे। इस अर्थ में ट्रस्टीशिप किसी व्यक्ति के आध्यात्मिक जीवन में असंग्रहण के सिद्धांत का सामाजिक रूप है।

किसी व्यक्ति की महानता का सही पैमाना यह कहा जाता है कि उसके जीवन और विचारों का भावी पीढ़ियों पर क्या प्रभाव पड़ता है। इस मानदंड से अगर देखें, तो गांधीजी को एक 'युग पुरुष' के रूप में देखा जाना होगा, वह उस युग के सर्जक थे, जिसमें वह रहते थे। यही वजह है कि अब उन्हें बीसवीं सदी के महानतम व्यक्ति और 'सहस्राब्दि के महान् पुरुष' के

रूप में मान्यता दी गई है। समय के साथ गांधीजी के विचारों ने, भारत में और विदेश में एक लगातार बढ़ती संख्या को आकृष्ट किया है। हमारी राष्ट्रीय, अंतरराष्ट्रीय और विदेश नीति कुछ हद तक उनके उपदेशों से प्रेरणा ग्रहण करती है। वह मूल रूप से कर के दिखानेवाले व्यक्ति थे। लोग उन्हें एक राजनेता, एक आध्यात्मिक विचारक और एक रचनात्मक समाज सुधारक के रूप में जानते हैं, लेकिन बहुत कम लोग जानते हैं कि वह औद्योगिक और श्रम समस्याओं से भी गहरे और करीब से जुड़े हुए थे।

एस. राधाकृष्णन ने महसूस किया, ''और अंततः, महात्मा गांधीजी एक और कारण से एक अत्यंत महान ऐतिहासिक शख्सियत बने रहेंगे, व्यक्तिगत रूप से मैं इस बारे में आश्वस्त हूँ, क्योंकि वह पूरी तरह और ठीक-ठीक दो विभिन्न युगों के बीच की देहरी पर खड़े हैं। एक ओर, गांधीजी भारत में संत की परंपरा का अवतार लगते हैं, लेकिन दूसरी ओर, वह सबसे आधुनिक प्रकार के जननायक के रूप में उभरते हैं।'' वास्तव में यह टिप्पणी दर्शाती है कि गांधीजी धर्म के जोरदार समर्थक थे। उनके लिए धर्म सिर्फ आस्था का विषय नहीं, बल्कि उनके जीवन के सभी कार्यकलापों की आधारशिला थी। कोई भी ऐसी चीज उन्हें प्रभावित नहीं कर सकती थी, जो अधार्मिक और अनैतिक हो। तदनुसार, धर्म की गांधीवादी अवधारणा का वास्तविक आध्यात्मिक आधार है। गांधीजी इतने विनम्र थे कि वह 'महात्मा' की पदवी के साथ सहज नहीं थे और इतने खरे थे कि उनके समकालीनों ने सरलता से उन्हें समझा। हमने महसूस किया कि उन्होंने अपने पूरे जीवन अपने और अपने विचारों को दूसरों द्वारा विकृत या सरलीकृत किए जाते देखा। वह धैर्यपूर्वक अपने आदर्शों को दोहराते और विस्तृत करते रहे ताकि परवाह करनेवाले लोग समझ सकें। राजनीतिक और धार्मिक रूप से वह लोगों के दिलों को छूना चाहते थे ताकि लोगों की अपने आप में और सामाजिक तथा धार्मिक रूपांतरण की उनकी स्थायी दृष्टि में आस्था को जगा सकें। साथ ही, वह उन विवादास्पद पंडितों से बचने में समर्थ रहे जो धैर्यपूर्ण समामेलन या साहसिक प्रयोग की बजाय मौखिक विवाद को प्राथमिकता देते थे। आत्मालोचन की अपनी उल्लेखनीय क्षमता, दूसरों की जटिल प्रतिक्रियाओं से स्वतंत्रता और अत्यावश्यक वस्तुओं पर अपने दृढ़ आग्रह के द्वारा उन्होंने अन्याय, शोषण और भेदभाव के खिलाफ लड़ने के

लिए व्यापक शक्ति और नैतिक दृढ़ता विकसित की।

राजनीति और धर्म के संदर्भ में गांधीजी स्वतंत्र रूप से आगे बढ़ते थे; संभावित चीजों की सीमाओं के बारे में धार्मिक मतों को चुनौती देते हुए उन्होंने साहसिक रूप से सरल विकल्पों को ढूँढा। आधुनिक सभ्यता के भारी ग्लैमर के अपने आरंभिक अनुभव के कारण उन्होंने कहा कि उसका प्रभाव घातक है और इस बात से इनकार किया कि वह अपरिहार्य है। भावहीन उदासीनता में सिमट जाने की बजाय उन्होंने दुनिया में आग्रहपूर्वक रहते हुए यह दिखाया कि एक अपूर्ण व्यक्ति भी राजनीति के शुद्धीकरण और वास्तविक धर्म को उदाहरण से समझाने का प्रयास कर सकता है, इस प्रकार उन्होंने मानवता के खोए हुए अर्थ को वापस लाने की कोशिश की। इस तरह से, प्रत्येक व्यक्ति में सर्वोच्च क्षमता को विस्तृत करते हुए उन्होंने आवाज उठाई और मानव व्यवहार की गुणवत्ता को परिष्कृत किया।

एक आम आदमी गांधीजी के लेखों की व्यापक शृंखला (महात्मा गांधीजी के संकलित लेखों के 100 खंड) पर हैरान होगा, उन्होंने कोई विस्तृत राजनीतिक निबंध नहीं लिखे, कोई पारिभाषिक सिद्धांत नहीं तैयार किए और सामान्य रूप में एक लेखन शैली विकसित नहीं की। एक उल्लेखनीय रूप से आदर्श और व्यावहारिक विचारक के रूप में वह हमेशा एक सक्रिय व्यक्ति (कर्मयोगी) रहे जो मानवजाति के नैतिक रूपांतरण के लिए समर्पित था। अपने लिए उन्होंने कहा, ''कार्य मेरा क्षेत्र है और जहाँ तक मेरी समझ है, उसे मैं अपना कर्तव्य समझता हूँ और मेरे सामने जो कुछ भी आता है, मैं वह करता हूँ। मेरे सभी कार्य सेवा की भावना से प्रेरित होते हैं।'' बहरहाल, एक विचारक के रूप में गांधीजी कठोर से अधिक लचीले थे। दक्षिण अफ्रीका में अपने अभियान के मार्गदर्शक दिनों के दौरान अपनी विचारधारा की बुनियाद रखते हुए उन्होंने अपने घटनापूर्ण जीवन में समस्याओं के उभरने के साथ उसके विविध और सक्रिय प्रयोगों को विस्तृत किया। अवसर की उत्कृष्ट पहचान और अपने दृढ़ विश्वास के साथ वह पूरी तरह आश्वस्त थे कि उन्हें कभी आगे कदम नहीं उठाना चाहिए, जब तक वह तैयार न हों क्योंकि वह जरूरत पड़ने पर बिना किसी मसीहाई आवरण के अगुआई करना पसंद करते थे। उन्हें विवश या बाध्य नहीं किया जा सकता था; इसकी बजाय वह अपने अंतर्मन की आवाज द्वारा रास्ता दिखाए जाने की

प्रतीक्षा करते थे और उस आवाज के मौन होने पर अक्सर व्यापक पैमाने के आंदोलनों को भी बंद कर देते थे। एक ऐसे ही अवसर पर जब बहुत से लोग उनके परामर्श की प्रतीक्षा कर रहे थे, गांधीजी ने यह कहते हुए अपने मौन को स्पष्ट किया, ''मैं अँधेरे में रोशनी देखने की कोशिश कर रहा हूँ।'' इस प्रकार, वह बिना अवसरवादिता दिखाए, अवसरों को समझने में कोई गलती नहीं करते थे, वह स्वार्थपूर्ण उद्देश्यों का सहारा लिए बिना एक प्रभावशाली नेता के रूप में जनता की सेवा करते थे। धर्म के संबंध में वह किसी संप्रदाय का जनक बनने में अपनी गहरी अरुचि की वजह से अपने लिखित शब्दों के महत्त्व पर अधिक जोर देने की बजाय उसे कम आँकने की ओर अधिक प्रवृत्त थे। जिस प्रकार उन्होंने 'महात्मा' की पदवी ठुकरा दी, उन्होंने 'गांधीवाद' जैसी किसी धारणा को भी खारिज कर दिया। 'सच के साथ मेरे प्रयोगों की कहानी' को उन्होंने सिर्फ अपना वर्णन बताते हुए अनजाने में अपने पाठकों को सलाह दी कि वे एक असामान्य रूप से ईमानदार लेकिन खुद में मग्न व्यक्ति के रूप में उनकी कल्पना करें। अपने नवीन सामाजिक प्रयोगों में गांधीजी ने अपने आपको एक अपूर्ण प्रयोगशाला में एक अपूर्ण जीव का अध्ययन करने वाले एक नैतिक वैज्ञानिक के रूप में देखा। उन्होंने जोर देकर कहा कि वह एक आम आदमी हैं जिसने अपने लिए असाधारण, असंभव दिखनेवाले मानदंड निर्धारित करते हुए विकास किया। जैसा कि उन्होंने एक से अधिक जगहों पर लिखा कि सच के साथ मेरे प्रयोगों की कहानी को एक आत्मकथा के रूप में नहीं लिखा गया था। इसकी बजाय, वह उनकी उम्र के दूसरे दशक के दौरान जेल में लिखी गई लघु टिप्पणियों की एक शृंखला के रूप में था जो बाद में पुस्तक रूप में प्रकाशित हुआ। अपने आप में ये टुकड़े एक अत्यंत संवेदनशील व्यक्तित्व को दर्शाते हैं, लेकिन निश्चित रूप से यह उनके संघर्षपूर्ण जीवन के आखिरी सबसे महत्त्वपूर्ण पच्चीस वर्षों को स्पर्श नहीं करते।

यह दर्शाता है कि गांधीजी की नैतिक और राजनीतिक अंतर्दृष्टि सुसंबद्ध अवधारणाओं, बारीकियों से उभरी थी जो उन्होंने छह दशकों के अपने व्यक्तिगत अनुभवों और प्रयोगों से खोजा था। कुछ लोगों के लिए यह दावा भी भ्रामक हो सकता है कि वह आत्मनिरीक्षण की बजाय कर्म करनेवाले व्यक्ति थे। गांधीजी ने भीतर से बाहर की ओर काम किया।

प्रतिदिन प्रार्थना करते हुए, बार-बार अपनी अंतरात्मा की आवाज को सुनते हुए, अपने उद्देश्यों की जाँच करते हुए, वह सामान्य निष्कर्ष पर पहुँचते थे। इसके बाद, सावधानीपूर्वक दूसरों के मतों पर विचार करते हुए वह क्रियाविधि निर्धारित करते थे। यह दुष्प्राप्य और अवर्णनीय प्रक्रिया, जिसे वह हृदय को मथने का नाम देते थे, खुद उनके इस दृढ़ विश्वास से उभरी कि रचनात्मक विचार और समय पर क्रिया अभिन्न हैं।

इस संबंध में गांधीजी अच्छाई के प्रति ईमानदारी पर जोर देते थे, भले ही वह आँखों से ओझल हो, साथ ही वह धैर्य पर बल देते थे जो विश्वास से उत्पन्न होता है। ऐसी आस्था गांधीजी के लिए असली भक्ति थी। अपरिवर्तनीय विश्वास के आधार पर हम अपने विचारों को परिष्कृत कर सकते हैं और क्रिया को प्रेरित कर सकते हैं। गांधीजी के लिए यह मूल सिद्धांत गहन खोज और गहन ध्यान से प्राप्त आध्यात्मिक सत्य था; सत्य और अहिंसा के प्रति ईमानदार प्रतिबद्धता की विकसित कला और अपने चुनी हुई शपथों और त्याग के प्रति एक नैतिक समर्पण था।

गांधीजी के लिए सभी मनुष्य एक जैसे नहीं होंगे, लेकिन वह दृढ़ता से यह मानते हैं कि सारी मानवता अतींद्रिय ईश्वर से उत्पन्न हुई है। यह मानते हुए कि वह उस पवित्र स्रोत को परिभाषित नहीं कर सकते, उन्होंने उसकी सर्वश्रेष्ठ अभिव्यक्ति सत्य में पाई। ईश्वर सत्य है और सत्य ईश्वर है। चूँकि हर मनुष्य कोई सत्य जानता है और उसका उदाहरण प्रस्तुत कर सकता है, हर मनुष्य में 'दिव्य' शक्ति होती है। इस विश्वास के साथ हम सार्वभौमिक भाईचारे की पुष्टि करते हैं जिसे धार्मिक सहिष्णुता, पारस्परिक सम्मान और नम्रता के माध्यम से प्रदर्शित करते हैं। यदि सत्य ईश्वर है तो मनुष्य, जो किसी प्रकार के अंदरूनी सत्य के बिना अपना अस्तित्व नहीं बनाए रख सकता, को किसी-न-किसी स्तर पर ईमानदार और निष्ठावान होना पड़ेगा। हर व्यक्ति असहमतियों को स्वीकार करते हुए सत्य में विकसित होने की क्षमता और पवित्र बाध्यता रखता है। गांधीजी बिना किसी अतिशयोक्ति के कह सकते हैं कि जीवन में उनका एकमात्र लक्ष्य सत्य के रूप में ईश्वर की खोज और उसकी सेवा करना था। मोक्ष यानी धार्मिक मुक्ति प्राप्त करने के लिए उन्होंने कहा कि वह ढेर सारी विद्या प्राप्त करने या उपदेशों से प्राप्त नहीं हो सकता, बल्कि सिर्फ त्याग और आत्म-नियंत्रण से हासिल हो सकता

है। आत्म नियंत्रण क्रिया के द्वारा प्राप्त हो सकता है और गांधीजी ने अपने जीवन को जो क्रियाविधि दी, वह थी पददलितों, सबसे कमजोर और समाज के आखिरी व्यक्ति की सेवा।

उनके लिए मानवता की सेवा ही आध्यात्मिक मुक्ति के लिए आवश्यक आत्म नियंत्रण उत्पन्न हो सकता है। गांधीजी मानते थे कि अहिंसा और सत्याग्रह की स्वार्थहीन अभिव्यक्ति के माध्यम से परोपकारी लोग अपने आपको सांसारिक आशाओं और आशंकाओं से मुक्त करते हुए मानव दुःखों को समाप्त कर सकते हैं। उन्होंने महसूस किया कि आजादी अनासक्ति यानी स्वार्थहीन सेवा में निहित है। उन्हें यकीन था कि वह कभी उन सिद्धांतों का समर्थन नहीं कर सकते जो अपने अस्तित्व के लिए तुच्छ राजनीति या बाहरी समर्थन पर निर्भर हों। जबकि सामाजिक कार्य भी राजनीति के बिना असंभव है, राजनीतिक कार्य को सामाजिक और नैतिक प्रगति के अर्थों में आँका जाना चाहिए जो आध्यात्मिक पुनर्जीवन से अभिन्न हैं। यह राजनीति में धर्म के प्रति गांधीजी के दृष्टिकोण का सार है।

इसी तरह उन्होंने सामाजिक विकास को नैतिक उत्कृष्टता के रूप में देखा जो व्यक्तियों और समाज को सत्य तथा अहिंसा की ओर ले जाती है। वास्तविक सभ्यता आत्मबोध में सहायता करती है और सार्वभौमिक भाईचारे को विकसित करती है। गांधीजी ने पश्चिमी आधुनिक सभ्यता की आलोचना की क्योंकि उन्होंने महसूस किया कि वह अपने आप में एक अंत अधिक आत्मा के विकास की विधि कम है। उसकी तथाकथित बौद्धिक और प्रौद्योगिकी संबंधी उपलब्धियाँ उसे नैतिक कल्याण से संबंधित किसी ईमानदार चिंता से दूर रखती है। उसकी पद्धतियाँ और सामाजिक ढाँचा व मशीनें अपने आप में बुरी नहीं हैं—हालाँकि एक सच्ची सभ्यता में उनमें से कई विद्यमान नहीं रहेंगी, बल्कि वे सक्रिय रूप से भ्रष्टाचार के संक्रामक रोग में भागीदारी करते हैं। आधुनिक सभ्यता इस अर्थ में रुग्ण है कि वह आत्मा को अंधा बना देती है, उसमें नैतिक मूल्यों का अभाव होता है और वह सत्य को धुँधला बना देता है। गांधीजी तर्क देते हैं कि इस धरती के पास मनुष्य की मूलभूत आवश्यकताओं के लिए पर्याप्त है, लेकिन मनुष्य के लालच के लिए नहीं। उन्होंने कहा कि यदि दुनिया के सभी हिस्सों में संपत्ति का अधिक वितरण हो, तो हर पुरुष, महिला और बच्चों को पर्याप्त भोजन मिल

सकता है और सुविधाजनक कपड़े और आश्रय प्राप्त हो सकते हैं। पूँजीवाद की कभी तृप्त न होनेवाली संग्रहशीलता और साम्यवाद के मशीनी भौतिकवाद, दोनों को समान रूप से खारिज करते हुए गांधीजी ने आधुनिक पाश्चात्य सभ्यता के आधार की आलोचना की। सच्ची सभ्यता की उनकी धारणा में आध्यात्मिक और सामाजिक बाध्यता की भावना और प्राकृतिक पारस्परिकता की एक सहज भावना का मिश्रण होता है। इसके अलावा उन्होंने अठारहवीं शताब्दी से लगातार कमजोर पड़ती इस धारणा का समर्थन किया कि सामाजिक संस्थान और राजनीतिक क्रिया किसी भी प्रकार से नीतियों से स्वतंत्र नहीं हैं। क्योंकि, उन्होंने महसूस किया कि सामाजिक संस्थान नैतिक मूल्यों की प्रत्यक्ष अभिव्यक्ति हैं जो लोगों के दिलो-दिमाग को आकार देते हैं। इसलिए पहले उन नीतियों, संस्कारों और मूल्यों को प्रभावित किए बिना संस्थानों को बदलना असंभव है।

चूँकि आधुनिक सभ्यता पारस्परिक संबंधित बुराइयों का एक जटिल टिशू है, इसलिए आज की राजनीति में तनाव और अशांति को कम करने के लिए व्यवस्था के भीतर से आंशिक और क्रमिक सुधार की किसी योजना का स्थायी प्रभाव नहीं होगा।

इसी के अनुसार, गांधीजी इस व्यवस्था को नष्ट करना चाहते थे, व्यक्तियों को नहीं; लेकिन उन्होंने तर्क दिया कि 'आत्माहीन व्यवस्था' को नष्ट करना जरूरी है, न कि उसके सुधारकों का स्वयं आत्माहीन हो जाना। इसी प्रकार यह कहते हुए कि हमें गलती करनेवालों को भला-बुरा कहे बिना गलतियों को त्यागना चाहिए, गांधीजी ने अंग्रेजों को उनकी गलतियों के लिए और यहाँ तक कि भारत में उनके दुष्कर्मों के लिए नहीं धिक्कारा। उन्होंने महसूस किया कि वे भी एक मानवजन्य कमजोरी-वाणिज्यिक सभ्यता के असहाय शिकार थे। इसलिए, 'हिंद स्वराज' का संदेश सिर्फ आधुनिक सभ्यता की नैतिक अनुपयुक्तता और अनावश्यक मिथ्याभिमान को दिखाने के लिए नहीं, बल्कि उसकी अत्यंत छलपूर्ण आत्म-विध्वंशता को दर्शाने के लिए था। "यह सभ्यता अधार्मिक है," उन्होंने निष्कर्ष निकाला, "और इसने यूरोप के लोगों को इतना अधिक अपनी गिरफ्त में ले लिया है कि उसमें रहनेवाले लोग आधे पागल लगते हैं।" फिर भी उन्होंने आगे कहा, "भारत के दुर्भाग्य के लिए अंग्रेज नहीं, बल्कि हम जिम्मेदार हैं जो आधुनिक

सभ्यता के आगे झुक गए हैं।'' गांधीजी के लिए, खलनायक पाखंडपूर्ण भौतिकवाद है, न्यायाधीश वह है जो सामूहिक मतिभ्रम से खुद को आजाद करता है और जल्लाद नैतिक नियम (कर्म) है जो अनवरत रूप से पूरे ब्रह्मांड में संतुलन को बनाए रखता है।

इस प्रकार, गांधीजी ने अपनी सुविधानुसार अलग-थलग रहते हुए आम मनुष्यों के लिए अपनी भावना को गोपनीय नहीं रखा। उन्होंने गरीबी और मलिनता को प्रत्यक्ष रूप से महसूस किया; वह उन लोगों में पाए जानेवाली उग्र हिंसा को भी पहचानते थे जो भुखमरी के कगार पर रह रहे थे। फिर भी वह जोरदार ढंग से भारतीय किसान की सराहना करते थे, ''आप जिस क्षण उनसे बात करेंगे और वे बोलना शुरू करेंगे, आप पाएँगे कि उनके होंठों से बुद्धिमत्ता टपक रही है। रूखे बाहरी आवरण के पीछे आप पाएँगे कि सख्त पपड़ी के नीचे आध्यात्मिकता का एक गहरा स्रोत है। उस पपड़ी को हटाइए, उसकी स्थायी दरिद्रता और अशिक्षा को दूर कीजिए तथा आपके पास एक सुसंस्कृत, सभ्य, स्वतंत्र नागरिक का सर्वोत्तम उदाहरण होगा।''

समकालीन सभ्यता को रूपांतरित करने की गांधीजी की चाह उनकी राजनीतिक सोच और क्रिया में प्रतिबिंबित हुई। उन्होंने धर्म और राजनीति के बीच आधुनिक विभाजन को अस्वीकृत करने में भारतीय परंपरा का आह्वान किया, लेकिन पूरी तरह राजनीति में भ्रष्टाचार की प्रवृत्ति और सीमा का सामना करने के विचार के साथ उसका समाधान खोजने में वह अधिकतर पारंपरिक भारतीय विचारकों से और आगे निकल गए। चाहे सभी लोग अपने झूठे दावे छोड़ दें और एक आदर्श विश्व समुदाय की 'प्रबुद्ध व्यवस्था' विकसित करें, राजनीति एक अनिवार्यता होगी क्योंकि सभी मनुष्य अपने दृष्टिकोणों, आकांक्षाओं, आवश्यकताओं और इच्छाओं में भिन्न होते हैं। एक व्यावहारिक व्यक्ति होते हुए और यह स्वीकार करते हुए कि राजनीति को समाप्त नहीं किया जा सकता, गांधीजी ने यह दर्शाते हुए राजनीति का शुद्धीकरण करने की कोशिश की कि उसका मुख्य सिद्धांत न तो बल है और न ही छल, बल्कि नैतिक और सामाजिक प्रगति है जो स्वस्थ प्रगति और चहुँमुखी विकास को प्रेरित करता है।

इसके अलावा उन्होंने राज्य और समाज दोनों के सामूहिकतावादी

सिद्धांतों को खारिज कर दिया। उन्होंने तर्क दिया कि सिर्फ व्यक्ति के पास विवेकशक्ति होती है और इसलिए उनके पास नैतिक रूप से उपयुक्त शक्ति होती है। स्वयं राजनीतिक पद ग्रहण करने या पद पर आसीन होनेवाले अपने देशवासियों का प्रचार करने से इनकार करते हुए उन्होंने सत्ता को व्यक्तिगत या सामुदायिक स्तर पर सामाजिक कार्यकलाप के एक परिणाम के रूप में देखा। उन्होंने सत्याग्रह के माध्यम से घरेलू जीवन के नियम को राजनीतिक कार्यक्षेत्र तक विस्तृत करते हुए राजनीति में धार्मिक मूल्यों को लाने की कोशिश की। सत्य के प्रति समर्पित सत्याग्रही के लिए एकमात्र शक्ति जिसे उपयुक्त रूप से अपनाया जा सकता है, वह है दूसरों की गलतियों के लिए और सभी के कल्याण, चाहे वह परिवार हो, देश या विश्व, के लिए सजा भुगतने की क्षमता। इसलिए व्यक्ति को हमेशा अपने आप में एक अंत के रूप में देखा जाना चाहिए, जबकि सामाजिक संस्थानों को हमेशा किसी बड़े उद्देश्य के सुधारयोग्य माध्यम के रूप में देखना चाहिए।

बहरहाल, गांधीजी मानते थे कि सत्याग्रही को राजनीति में सक्रिय होना चाहिए, यदि वह सामाजिक न्याय के लिए आवाज उठा सके और सर्जनात्मक बदलाव शुरू कर सके। जहाँ पर वह ऐसा नहीं कर सकता उसे असहयोग का सहारा लेना चाहिए। वह जिन बुराइयों को प्रत्यक्ष रूप से समाप्त नहीं कर सकता, कम-से-कम उसमें भागीदारी करने से इनकार कर सकते है, चाहे बाद में सत्याग्रही को यह पता चल जाए कि वह अपनी अपेक्षा से कहीं अधिक बदलाव ला सकता हैं। हितों के टकराव की मौजूदगी को अस्वीकार करने की बजाय गांधीजी ने अहिंसा को इस रूप में आगे बढ़ाया ताकि ऐसे टकराव में हिंसा को अगर पूरी तरह समाप्त नहीं, तो कम-से-कम सीमित करते हुए उसका समाधान किया जा सके। इसके अलावा गांधीजी ने किसी सामाजिक या राजनीतिक कार्यकर्ता के लिए एक अनिवार्य पूर्वशर्त के रूप में स्वैच्छिक दरिद्रता का समर्थन किया, जो सत्ता की राजनीति के अनुचित लोभ से बचे रहना चाहता है। उन्होंने यह भी कहा कि संपत्ति एकत्र करना असामाजिक हो सकता है। इस भ्रम में चीजों को एकत्र करना पर्याप्त नहीं है कि किसी ने उन्हें अपनी इच्छा से दिया है। उनका मानना था कि वस्तुओं को ट्रस्ट में रखना चाहिए ताकि वास्तविक अर्थों में जिन लोगों को उनकी आवश्यकता है उनकी मदद की जा सके।

इसके अलावा, जो लोग अनिवार्य आवश्यकताएँ प्रदान करने के लिए समुदाय पर भरोसा करते थे, वे सच्ची आजादी का अनुभव कर सकते थे।

जीवन की मूलभूत एकता में दृढ़ विश्वास रखते हुए उन्होंने सार्वजनिक और निजी, धर्मनिरपेक्ष और पवित्र और अंत में राजनीति और धर्म के बीच किसी प्रकार की भिन्नता को खारिज कर दिया। गांधीजी के लिए धर्म एक आध्यात्मिक प्रतिबद्धता है जो पूर्ण लेकिन अत्यंत व्यक्तिगत है और जो जीवन के प्रत्येक पहलू में व्याप्त है, क्योंकि गांधीजी का दृष्टिकोण पूर्णतावादी है।

इसी के अनुसार, गांधीजी आस्थाओं से अधिक धार्मिक मूल्यों को महत्त्वपूर्ण समझते थे; वह मूलभूत मूल्यों को महत्त्वपूर्ण मानते थे जो उनके अनुसार सभी धर्मों में समान थे, बजाय उन सिद्धांतों के औपचारिक पालन को, जो धार्मिक अनुभव में मदद देने की बजाय उसमें अवरोध डालते हैं। उन्होंने धर्म को किसी प्रकार के संप्रदायवाद से जोड़ने से सख्ती से इनकार कर दिया। उनके ख्याल में 'वाद' सिर्फ अपरिपक्व लोगों को आकृष्ट करते हैं; वह धर्म के माध्यम से और कुछ नहीं, स्वयं सत्य को प्राप्त करना चाहते थे।

उनके मत में, प्रत्येक आत्मा दिव्यता के समुद्र से एक गँदले ताल में गिरी जल की एक बूँद के समान है। ईश्वर से साथ एकात्म का अनुभव करने के लिए उसे अपनी गंदगी को साफ करना होगा। चाहे उसके सिद्धांत, अनुमान या पद्धति जो भी हों, हर सच्चे धर्म में आत्म-शुद्धि की यह आशा होती है। इसलिए गांधीजी के आकलन में सभी सच्चे धर्म समान हैं। वह नियमित रूप से जिज्ञासुओं को 'कर्म' के अधीन अपने धर्म का वास्तविक अर्थ खोजने की सलाह देते थे। लेकिन सत्य के प्रति निष्ठा की शपथ लेनेवाले जिज्ञासुओं को दूसरों को धर्मांतरित करने से परहेज करना चाहिए। इसलिए बजाय उसे दूसरों को अपने-अपने धर्मों की आंतरिक और बाह्य प्रथाओं को उन्नत करने के लिए प्रोत्साहित या प्रेरित करना चाहिए। विभिन्न धर्म और संपद्राय इसलिए उभरते हैं क्योंकि कोई परंपरा और कोई व्यक्ति सीमाहीन सत्य का अनन्य ग्रहणकर्ता नहीं हो सकता।

इसके अलावा, गांधीजी अपने धर्म को स्वीकार करने में कोई कठिनाई नहीं पाते, जबकि यह भी स्वीकार करते हैं कि दिल से वह एक ईसाई, एक

जैन, एक मुसलमान और एक बौद्ध हैं। वह तर्क देते हैं कि बाइबिल को स्वीकार करने के लिए कुरान को अस्वीकार करने की आवश्यकता नहीं है, क्योंकि एक ग्रंथ किसी अन्य की अपेक्षा किसी व्यक्ति से अधिक प्रत्यक्ष रूप से बात करता है। भगवद्गीता गांधीजी का 'आध्यात्मिक शब्दकोश' था, लेकिन उन्होंने लगातार उसका आश्रय लेते हुए भी भारतीय परंपरा के किसी अन्य पवित्र ग्रंथ का खंडन नहीं किया। चूँकि गीता में यह कहा गया कि ईश्वर पूर्ण सत्य का प्रतिनिधि है और अपूर्ण व्यक्ति, अपने किसी भी मार्ग पर चलकर, उसके सिद्धांतों का अनुसरण करते हुए ईश्वर के करीब आ सकता है, इसलिए गीता की उपयोगिता सार्वभौमिक है। गांधीजी ने महसूस किया कि स्थायी मदद केवल अपने भीतर से, जो चीज व्यक्ति आत्म-नियंत्रण से सीखता है, उससे मिल सकती है। गांधीजी ने मत व्यक्त किया कि धर्म और धार्मिक अवधारणाएँ मनुष्य के अनुभव से विकसित होती हैं, जब लोग नैतिक, सामाजिक और आध्यात्मिक रूप से परिपक्व होते हैं। कोई धर्म समय पर पूर्ण होने का दावा नहीं कर सकता। इसी तरह, कोई सिद्धांत अंतिम नहीं होता। इस प्रकार वह बिना किसी रियायत के हिंदू संप्रदायवादी मतभेदों और धर्मांधता की मुक्त रूप से आलोचना करते हुए कह सकते थे कि हिंदू धर्म में जैन धर्म और बौद्ध धर्म के तत्त्व शामिल हैं; उन्होंने कुछ मुसलिम कट्टरपंथियों की कट्टरता की आलोचना करते हुए इसलामी भाईचारे की तारीफ की; उन्होंने ईसाई धर्म को 'भक्ति योग का चमकता मार्ग' बताते हुए भी उसकी अधिकांश उपदेशों को खारिज कर दिया क्योंकि उसमें द्वेषपूर्ण ढंग से यह समझाने की प्रवृत्ति है कि क्या अपनाया जाना चाहिए। बुद्ध के संदेश की रोशनी में हिंदू मूल्यों की गांधीजी की मौलिक पुनर्व्याख्या पतन की ओर अग्रसर भारत के आरंभिक बौद्ध उद्धार के नैतिक प्रभाव के प्रति एक विलंबित किंतु रचनात्मक प्रतिक्रिया थी। इसी प्रकार, गांधीजी ने अस्पृश्यता और हिंदू धर्म की कई अन्य प्रथाओं की आलोचना की।

ऐसे मतों को देखते हुए, धर्म अंततः धर्मगुरु से रहित होता है क्योंकि प्रार्थना की क्षमता मानव प्रकृति के भीतर छिपी होती है। गांधीजी के लिए प्रार्थना और भक्ति एक प्रकार की विनती है। सबसे उत्तम और सबसे पवित्र विनती यह है कि हमें बाहर से भी वैसा ही बनना चाहिए, जो हम अंदर से हैं—हमारे विचार, शब्द और कार्य आत्मा में मौजूद सत्य और अहिंसा को

पूरी तरह से अभिव्यक्त करें। जो सत्य के लिए विचार है, वही ईश्वर के लिए प्रार्थना है लेकिन चूँकि ईश्वर और सत्य सभी सीमित करनेवाली धारणाओं से परे हैं, वे स्वार्थपूर्ण विनतियों को नहीं मान सकते। प्रार्थना वास्तव में अपनी आंतरिक अवर्णनीय प्रकृति के प्रति एक भावुक विनती है, मनुष्य के अस्तित्व और शक्ति का स्रोत, मनुष्य के सक्रिय जीवन की कसौटी। जिस प्रकार राजनीति और धर्म को सिद्धांत और व्यवहार के बीच अंतर को कम करने का प्रयास करना चाहिए, उसी प्रकार प्रार्थना को भी मनुष्य की वास्तविक प्रकृति और उसके प्रत्यक्ष रूप का अंतर कम करना चाहिए।

इस तरह से, सभी धर्मों और उनके आध्यात्मिक संस्थापकों तथा अनुयायियों के लिए गांधीजी की हार्दिक श्रद्धा और उनमें से किसी को भी सर्वोच्च दैविक पूर्णता का श्रेय देने में उनका संयम, ईश्वर की उनकी अवधारणा से उत्पन्न हुआ। ईश्वर किसी भी मनुष्य के लिए अपरिचित नहीं है, किसी अनीश्वरवादी के लिए भी नहीं जो अपने ही स्रोत से खुद को अलग करने का जोखिम लेता है। गांधीजी के शब्दों में ईश्वर को नकारना आत्मघात करने जैसा है। चूँकि दिव्यता प्रत्येक व्यक्ति के भीतर उसके सत्य के अभिन्न केंद्रबिंदु के रूप में प्रदर्शित होती है, ईश्वर उतने रूपों और प्रकारों में प्रकट हो सकता है, जितनी मानव विचारों की संभावनाएँ होती हैं। इसी तरह, ईश्वर की उतनी ही परिभाषाएँ हैं, जितनी व्यक्तियों की संख्या है और ईश्वर उन सबसे परे है। तर्क और कल्पना की सीमाओं के परे, ईश्वर अनिर्वचनीय, अवर्णनीय, बिना किसी रूप या विशेषता के है। गांधीजी मानते थे कि उनके अपने निरूपणों समेत ईश्वर को व्यक्त करने के लिए इस्तेमाल किए जानेवाले विचार और छवियाँ व्यापक लेकिन आंशिक सत्य की झलकों से प्राप्त किए जाते हैं। ये छवियाँ मानव प्रगति में मदद कर सकती हैं; लेकिन रूढ़ियों के रूप में वे संप्रदायवाद और अहिंसा को बढ़ाने का रुझान रखती हैं। सहायक के रूप में वे कर्तव्य और वैराग्य के सार्वभौमिक धर्म को बढ़ावा दे सकते हैं, लेकिन रूढ़ियों के रूप में वे अधिकारों और विशेषाधिकारों पर सख्त जोर डालने की प्रवृत्ति रखते हैं। गांधीजी के लिए ईश्वर की सभी अवधारणाएँ सत्य और सिर्फ सत्य की राह में इस्तेमाल किए जानेवाले माध्यम हैं।

1947 में, अपने 78वें जन्मदिन के अवसर पर, जब उनके शुभचिंतक

उन पर अभिवादनों की बरसात कर रहे थे, गांधीजी सिर्फ उस हिंसा और पीड़ा के बारे में सोच रहे थे, जो उनका हाल में स्वतंत्र और तुरंत विभाजित हुआ स्वदेश भुगत रहा था। वह दुःखी और शोकाकुल थे, ''मैं इतना अहंकारी नहीं हूँ कि यह सोचूँ कि यह दिव्य उद्देश्य सिर्फ मेरे द्वारा ही पूर्ण होगा। मैं एक ताकतवर नहीं कमजोर राष्ट्र का प्रतिनिधित्व करने के लिए अच्छा था। हो सकता है कि एक अधिक शुद्ध, अधिक बहादुर, अधिक दूरदर्शी व्यक्ति की अंतिम उद्देश्य के लिए आवश्यकता है। मैं दिव्य इच्छा के आगे पूरी तरह नतमस्तक हूँ यदि मुझमें 125 वर्ष तक जीवित रहने की इच्छा को खुलेआम घोषित करने की धृष्टता होती, बदली परिस्थितियों में मुझमें उस इच्छा को खुलेआम त्यागने की नम्रता होनी चाहिए…उस स्थिति में मैं सारी शक्तियों का आह्वान करूँगा कि वे मुझे 'आँसुओं के इस समुद्र' से निकालकर ले जाएँ, ताकि मैं आदमी को बर्बर बनते देखकर इस बर्बरता का एक असहाय गवाह न बनूँ, चाहे वह आदमी खुद को मुसलमान कहता हो, या हिंदू या कुछ और। फिर भी मैं रोता हूँ। मेरी नहीं, बल्कि तुम्हारी इच्छा चलेगी।'' साथ ही, उन्होंने कहा कि शपथ को निभाते हुए कोई भी व्यक्ति अपना व्यवहार जीवन के पहिए के अचल केंद्र पर केंद्रित कर सकता है। लेकिन व्यक्ति को सबसे पहले दैनिक उतार-चढ़ावों, अपने हर विचार की पड़ताल या उसके चयन में अपने मस्तिष्क को नियंत्रित करने के लिए सख्त उपाय अपनाने चाहिए। सिर्फ इस तरह ही हम एकनिष्ठ हो सकते हैं और अपने विचारों को 'धर्म' के क्षेत्र में ला सकते हैं। गांधीजी ने महसूस किया कि सिर्फ इरादे से नहीं, बल्कि कार्य की शुद्धता द्वारा विवेकशक्ति को जाग्रत रखा जा सकता है। इसके अलावा उन्होंने व्यक्ति के आध्यात्मिक मोक्ष की बजाय सभी के सामूहिक लाभ पर अधिक जोर दिया। इसलिए, गांधीजी के सिद्धांत अलग-अलग काम नहीं करते, उन्हें पूर्ण रूप में समाज पर लागू करना होगा।

इस प्रकार, गांधीजी की मूलभूत धारणाएँ एक दूरगामी आयामवाले विश्व दर्शन की संरचना करती हैं। उन्हें किसी प्रमाण की आवश्यकता नहीं है क्योंकि 'सत्य खुद अपना प्रमाण होता है, और अहिंसा उसका सर्वश्रेष्ठ फल है।' लेकिन गांधीजी को इस बारे में कोई संदेह नहीं था कि यदि इन आदर्शों पर ईमानदारी और विनम्रता से अमल किया जाए, जिनका उद्देश्य

दुनिया की तारीफ पाना नहीं बल्कि आत्मा को विकसित करना हो, तो वे धीरे-धीरे आत्मपुष्ट हो जाएँगे जो व्यक्ति को थोड़े कष्ट से लेकिन निश्चित रूप से आध्यात्मिक मुक्ति तथा आत्म नियंत्रण की एक आनंदमय स्थिति तक पहुँचने में मदद करेंगे। यह अद्‍भुत लेकिन आश्चर्यजनक नहीं है कि अपने हत्यारे की गोलियाँ लगने के बाद, गांधीजी ने अंत में भी क्षमा की भावना दिखाई और सिर्फ 'हे राम! हे राम!' कहा। गांधीजी ने कभी कोई पैगंबर होने की इच्छा या दावा नहीं किया। उनकी आध्यात्मिक धारणाओं ने मानव एकता में उनके विश्वास को और गहरा किया। वह खुद को अपने सख्त आदर्शों के एक अयोग्य अनुयायी के रूप में देखते थे। अपनी प्रतिज्ञाओं के प्रति अपनी आजीवन निष्ठा द्वारा गांधीजी ने दृढ़ इच्छाशक्ति से आध्यात्म और व्यवहार, सिद्धांत और प्रयोग के समन्वय की मुक्त और रूपांतरित करनेवाली ताकत को प्रदर्शित किया। उनकी हत्या के कुछ महीने पहले, नमक आंदोलन में एक मुख्य भूमिका निभानेवाली सरोजिनी नायडु ने बीसवीं सदी के संदर्भ में गांधीजी के कुछ गूढ़ प्रश्नों पर रोशनी डालने की कोशिश की।

इसी प्रकार, रामराज्य का उनका सिद्धांत न केवल राजनीतिक और आर्थिक आदर्शों पर आधारित एक आदर्श राज्य का प्रतीक है, बल्कि वह सद्‍भावना को प्रेरित करते हुए तनाव, संघर्ष तथा अहंवादी हितों से मुक्ति, नैतिक विचारों के फलीभूत होने का प्रतिनिधित्व करता है। वह रामराज्य के माध्यम से कोई 'हिंदू राज्य' नहीं स्थापित करना चाहते थे, बल्कि वह श्रेष्ठ नैतिक विचारोंवाले एक राष्ट्र की स्थापना चाहते थे। रामराज्य का अर्थ है, न्याय, प्रेम, सहयोग और नैतिकता से पूर्ण ईश्वर का राज्य। वह राजनीति को सत्य व अहिंसा, बल से मुक्ति के आध्यात्मिक तथा नैतिक सिद्धांतों के आधार पर स्थापित करना चाहते थे।

इसके अलावा, राजनीति के धार्मिक आधार से सुसज्जित गांधीजी ने धर्म की महानता बताई और इस प्रकार उनका धर्म उनकी राजनीति का केंद्र बन गया। एक नेता के रूप में अपनी महानता और कलम की ताकत के साथ वह प्लेटो और हेजल के प्रकार के व्यवस्थित सामाजिक व राजनीतिक दार्शनिक नहीं माने जा सकते, लेकिन गांधीजी की महानता उनके उदात्त चरित्र, उनके राजनीतिक और नैतिक नेतृत्व, उनके आंतरिक सहजज्ञात

अनुभवों और सत्य व अहिंसा के उनके संदेश में थी। वह इसी आधार पर कहते थे कि सरकार के हाथ में पूर्ण सत्य सरकार को तानाशाह बना देगी और इस स्थिति में जन कल्याण सिर्फ कल्पना का विषय होगा।

वास्तव में उनके आर्थिक विचारों की मार्क्स, एंजेल, कीन्स और शुंपीटर के विचारों से तुलना करते हुए उनके दर्शन की नवीनता को समझा जा सकता है। उनकी नैतिक तथा मनोवैज्ञानिक धारणाओं को पाश्चात्य सामाजिक, राजनीतिक और वैज्ञानिक मतों के रूप में माना जा सकता है। उनकी नीतियाँ उतनी ही विस्तृत हैं, जितनी न्याय, निशस्त्रीकरण, शांति तथा भाईचारे की अनुभूति। उनके आदर्शवादी मत और सामाजिक मत अधिक यथार्थवादी नजर आते हैं जो मानवता के सिद्धांत पर आधारित हैं। राजनीति के गांधीजी के व्यक्तिगत अनुभवों को नैतिकता तथा धर्म से अलग नहीं किया जा सकता। उनके अनुसार, नैतिकता मानवीय है और इस प्रकार मानवता धर्म का एक अंग है, परंतु उसका विकल्प नहीं। इस प्रकार, धर्म की उनकी समझ और व्याख्या के संदर्भ में इस महत्त्वपूर्ण पक्ष को उपेक्षित नहीं किया जा सकता।

इसी प्रकार, लोकतंत्र के बारे में गांधीजी के विचार एक और महत्त्वपूर्ण पक्ष है जिसमें धर्म और स्वतंत्रता का महत्त्वपूर्ण स्थान है। उनके लिए, एक सच्चा लोकतंत्र सभी को समान अवसर प्रदान करेगा। लोकतंत्र के आवरण में कभी भी हिंसा को पनपने नहीं देना चाहिए। उन्होंने तर्क दिया कि एक सच्चा लोकतंत्र शोषण और बल प्रयोग को कम करेगा। उन्होंने सही कहा कि जब तक अहिंसा को सिर्फ एक नीति नहीं बल्कि एक ताकत, एक न तोड़े जा सकनेवाले सिद्धांत के रूप में स्वीकार नहीं किया जाता, संवैधानिक या लोकतांत्रिक सरकार एक दूर का सपना है।

गांधीजी का आध्यात्मिक लोकतंत्र अहिंसक क्रांति पर आधारित है। जहाँ बहुसंख्यक वर्ग की राय अधिक महत्त्वपूर्ण हो सकती हो, लेकिन अल्पसंख्यक वर्ग की राय का भी सम्मान किया जाना चाहिए, यहाँ तक कि एक व्यक्ति की राय को भी सम्मान देना चाहिए यदि वह सही और सच्ची हो। इस प्रकार एक सच्चे लोकतंत्र को बहुसंख्यक वर्ग की तानाशाही को अस्वीकार कर देना चाहिए, यदि वह नैतिकता के विरुद्ध हो। परिणामस्वरूप, जाति, रंग और धर्म या हैसियत से परे सभी नागरिकों को समान न्याय के

लिए लोकतंत्र में आध्यात्मिकता का होना अनिवार्य है। साथ ही, गांधीजी यह स्पष्ट करते हैं कि एक अहिंसक राष्ट्र या लोकतंत्र को धर्मनिरपेक्ष होना चाहिए। आम तौर पर लोगों को लगता है कि धर्म और राजनीति दो अलग-अलग चीजें हैं। वास्तव में धर्म आंतरिक शुद्धीकरण, प्रेम और अहिंसा है। धार्मिक होने के लिए गुणी होना जरूरी है। इस मामले में यह सभी धर्मों के लिए समान है और राजनीति एक देश के उपयुक्त विकास का आधार होती है। इसलिए मनुष्य चाहे जहाँ भी रहता हो, वह सिर्फ धार्मिक नियमों के द्वारा ही एक उपयुक्त तरीके से, एक सही तरीके से काम कर सकता है।

वास्तव में धर्म का गांधीवादी दृष्टिकोण अपने विस्तृत अर्थ में धर्मनिरपेक्षता को स्वीकार करता है। असाधारण रूप से उसमें कभी किसी खास धर्म, जैसे हिंदू धर्म, इसलाम या ईसाई धर्म का जिक्र नहीं किया गया। उनके लिए सत्य ईश्वर है, इसलिए वह अनीश्वरवादियों को भी सत्य की ओर आकृष्ट कर पाए। यह उनकी अनूठी विशेषता है कि उन्होंने सत्य को पूरी तरह पहचाना और वह उनके लिए राजनीति का हथियार बन गया। व्यक्ति के प्रति, व्यक्ति के लिए, व्यक्ति का गांधीजी का यथार्थवादी दृष्टिकोण पूरी तरह धर्मनिरपेक्ष, प्रगतिशील और मानवता के चहुँमुखी विकास के लिए है। एक धर्मनिरपेक्ष व्यक्ति अधार्मिक नहीं होता, यदि ऐसा है, तो यह एक नकारात्मक दृष्टिकोण है क्योंकि किसी भी धर्म का धार्मिक व्यक्ति दृढ़संकल्प से परे नहीं है बल्कि वास्तविक अर्थों में प्रेम और आस्था के विषय में उस व्यक्ति का धर्म सभी का धर्म है। यदि किसी को लगता है कि धर्मनिरपेक्षता एक प्रकार का धर्म है, तो यह एक गलत कल्पना होगी। वह और कुछ नहीं इस दुनिया के सभी धर्मों के सार्वभौमिक सिद्धांतों में विश्वास है। मनुष्य में उनका विश्वास धार्मिक दृष्टि से नहीं, बल्कि उस धर्म के आधार पर है जिसे वह समाज के प्रति सेवा भाव के रूप में देखते हैं। उन्होंने जीवन की पवित्रता और प्रत्येक कार्य में पवित्रता पर जोर दिया। पवित्रता और शुद्धीकरण धर्म के आधार हैं। उन्होंने नैतिकता पर अधिक बल दिया। उन्होंने सही टिप्पणी की है कि नैतिकता धर्म का आधार है और वह बने हुए रास्ते पर चलने में नहीं बल्कि अपने लिए सच्ची राह खोजने और उस पर निर्भय होकर चलने में है। यह मनुष्य में आंतरिक अनुशासन को बढ़ावा देता है। उनके लिए धर्मनिरपेक्षता किसी खास धर्म में विश्वास रखना नहीं है।

विभिन्न धर्मों का अध्ययन करते हुए गांधीजी ने कुछ सामान्य गुण पाए जो सभी धर्मों में समान थे। राम अल्लाह या ईसामसीह से अलग नहीं है। दुनिया के धर्मों के एक महान् संश्लेषक के रूप में उन्होंने सभी के कल्याण के लिए सभी धर्मों और सभी ईश्वरों की एकता की आवश्यकता पर बल दिया। इस प्रकार उनका धर्म धर्मों की एकता है। उन्होंने पूरी मानवता के लिए अहिंसा, त्याग, अनासक्ति, बलिदान और भाईचारे के विचार की कल्पना की, साथ-ही-साथ उन्होंने ग्राम पुनर्निर्माण, विकेंद्रीकरण और सत्याग्रह में लियो टॉलस्टाय का अनुसरण किया। इस प्रकार विभिन्न धार्मिक पुस्तकों, दर्शन और मानव कल्याण के सिद्धांतों का अध्ययन करते हुए गांधीजी ने धर्मनिरपेक्षता की आधारशिला रखी। भारतीय गणतंत्र के प्रथम राष्ट्रपति डॉ. राजेंद्र प्रसाद लिखते हैं, "भारतीय राष्ट्र जिस सीमा तक उनके (गांधीजी के) विचारों से प्रेरित और उन पर आधारित होगा, वह प्रेरणा का स्रोत बना रहेगा।" धर्मनिरपेक्षता का अर्थ सामाजिक, आर्थिक और राजनीतिक जीवन में धर्म के आधार पर कोई विशेषाधिकार नहीं है। हर किसी को अपने धर्म के अनुसार जीवन जीने का सामान अधिकार है लेकिन साथ ही, किसी को दूसरे धर्म के अपमान का कोई अधिकार नहीं है और इसके लिए हमें धार्मिक सहिष्णुता तथा दूसरों के प्रति सम्मान प्रदर्शित करने की आवश्यकता है। लेकिन अहिंसा में दृढ़ विश्वास रखनेवाला ही ऐसा कर सकता है, इसलिए सत्य में आस्था रखना और अहिंसा द्वारा उसका अनुसरण करना धर्मनिरपेक्षता का एकमात्र आधार है। यह और कुछ नहीं बल्कि विभिन्न धर्मों की एकता, या हम कह सकते हैं कि धर्मनिरपेक्षता ही पूरे विश्व में भाईचारे की गारंटी दे सकता है जिससे देश और दुनिया में शांति स्थापित हो सकती है।

यहाँ पर यह कहा जा सकता है कि धार्मिक आस्था ही लोगों को साथ बाँधकर रख सकती है। इसका अर्थ यह है कि यह एकता का अंतर्निहित सिद्धांत है। एक व्यक्ति अपने धर्म का पालन कर सकता है और उसके साथ ही दूसरे धर्मों का सम्मान कर सकता है। इसमें धर्मनिरपेक्षता की बुनियाद है। इसी विश्वास ने गांधीजी को आदर्श बनाया—सभी के लिए एक और एक के लिए सभी। वह पूर्ण रूप में मानवता के शुद्धीकरण के प्रति सजग थे, ईश्वर के प्रति उनका समर्पण दरिद्रनारायण के प्रति समर्पण बन जाता है।

धर्म की उनकी अवधारणा सांप्रदायिक सद्भाव और वैश्विक भाईचारे की है जिसे वे राजनीति तथा धर्मनिरपेक्षता के आदर्श के सशक्तीकरण के आधार पर मानवता के दैनिक जीवन में व्यवहार में लाते थे। बुद्ध और महावीर की नीतियाँ, मुहम्मद साहेब के शिक्षा और ईसामसीह के उपदेश, यह सब सिर्फ एक उद्‌देश्य के लिए था—मानवता और मानवजाति की सेवा। इस प्रकार, इस अर्थ में सभी धर्मों का लक्ष्य मानवता का शुद्धीकरण और मानवता की सेवा है। इसलिए, हमें प्रेम, सहानुभूति, समानुभूति और धार्मिक सहिष्णुता की आवश्यकता है, ये ऐसे सार्वभौमिक गुण हैं जो धर्मनिरपेक्षता के आधार हैं। धर्मनिरपेक्षता अपने आप में एक धर्म नहीं है, न ही वह राष्ट्र का धर्म है।

उदाहरण के लिए, भारत एक धर्मनिरपेक्ष देश है, इसका यह अर्थ नहीं है कि धर्मनिरपेक्षता उसका धर्म है। इसका अर्थ यह है कि भारत के लोग किसी भी धर्म को स्वीकार करने के लिए स्वतंत्र हैं, लेकिन उन्हें किसी और धर्म के अपमान की अनुमति नहीं है, न ही किसी को धर्म के आधार पर कोई विशेषाधिकार प्राप्त हो सकता है। इसकी बजाय यह धार्मिक सहिष्णुता और धार्मिक समानता है। नैतिकता धर्मनिरपेक्षता का आधार है जो सभी धर्मों का अंतर्निहित सिद्धांत है। गांधीजी एक हिंदू थे, उन्होंने अपने माता-पिता और अपने साथियों से काफी कुछ सीखा। उनके अपने अनुभव ने उसमें काफी कुछ योगदान किया, जो उन्होंने दक्षिण अफ्रीका में प्राप्त किया। उनके धार्मिक गुरु रायचंद्रभाई का उन पर बहुत गहरा प्रभाव था। विभिन्न धर्मों के बारे में उनके गहन अध्ययन और अवलोकन ने उन्हें और धार्मिक बनाया और धर्म में उनके विश्वास ने राजनीतिक विचारधारा के दरवाजे खोले। उन्होंने पाया कि संपूर्ण रूप में धर्म पूरी दुनिया को प्रेम, सत्य और सार्वभौमिक भाईचारे के बारे में सिखाता है। इस प्रकार राजनीति का धार्मिक आधार गांधीजी के लिए सत्य बन गया और उन्होंने दुनिया के सभी पीड़ित लोगों के लिए उसका इस्तेमाल किया। उनके लिए धर्म एक ही स्थान को जानेवाली अलग-अलग सड़कें हैं। इससे क्या फर्क पड़ता है कि हम कौन सी सड़क से जाते हैं, जब कि हमारा गंतव्य एक ही है? वास्तविकता में जितने व्यक्ति हैं, उतने ही धर्म हैं।

जैसा कि पहले कहा गया है, गांधीजी ने ईश्वर को सत्य के रूप में परिभाषित किया—ईश्वर को आंतरिक शुद्धीकरण और प्रेम में पाया जा

सकता है। ''ईश्वर को मंदिरों या मूर्तियों या मनुष्य द्वारा निर्मित पूजास्थलों में नहीं पाया जा सकता, न ही उसे परिवर्जन द्वारा पाया जा सकता है। ईश्वर को सिर्फ प्रेम के द्वारा पाया जा सकता है, जो सांसारिक नहीं बल्कि दिव्य हो।'' इसके अलावा, उनके लिए धर्म मानवता की सेवा है और उन्होंने राजनीति के माध्यम से यह किया। उन्होंने कहा, ''मैं राजनीति में प्रवेश किए बिना यह सेवा नहीं कर सकता।'' राजनीति का उनका धार्मिक आधार 'सभी की बेहतरी' था, बल द्वारा नहीं, बल्कि प्रेम और नैतिकता द्वारा। जब वह धार्मिक आधार की बात करते थे तो इसका यह अर्थ नहीं था कि वह किसी खास धर्म पर जोर देते थे, बल्कि उनका तात्पर्य राजनीति के नैतिक आधार से होता था। उन्होंने कभी किसी देश के धर्म का समर्थन नहीं किया, बल्कि उन्होंने हमेशा यह अपील की कि देश को धर्मनिरपेक्ष होना चाहिए।

इसके अनुसार ही, हर किसी को अपने अनुरूप धर्म का पालन करने के लिए स्वतंत्रता मिलनी चाहिए। गांधीजी ने एक बार लिखा कि वह राष्ट्रीय धर्म में विश्वास नहीं करते, भले ही पूरे समुदाय का एक ही धर्म हो। देश का हस्तक्षेप हमेशा अवांछनीय होता है। धर्म पूरी तरह एक व्यक्तिगत मामला है। वास्तविकता में जितने मस्तिष्क हैं, उतने ही धर्म हैं, हर मस्तिष्क में ईश्वर की एक दूसरों से भिन्न अवधारणा है। वह धार्मिक संस्थानों को आंशिक या पूर्ण राजकीय सहायता देने के भी विरुद्ध थे। क्योंकि उनका मानना था कि जो संस्थान या संगठन अपनी धार्मिक शिक्षाओं के लिए धन जुटाने में समर्थ नहीं है, वह असली धर्म नहीं है। इसका यह अर्थ नहीं था कि राजकीय स्कूलों में नैतिक शिक्षा न दी जाए। बुनियादी नीतियाँ सभी धर्मों में समान थीं। इस प्रकार गांधीजी ने सही कहा है कि हम सब यह सच्चाई जानते हैं कि हमें राजकीय सहायता प्राप्त धर्म के लिए बहुत भुगतना पड़ता है। उनके ही शब्दों में, ''मैं नहीं मानता कि देश को धार्मिक शिक्षा से जुड़ना या कोई मतलब रखना चाहिए। मैं मानता हूँ कि धार्मिक शिक्षा धार्मिक संगठनों का एकमात्र उद्‌देश्य होना चाहिए। धर्म और नीतियों को मिश्रित नहीं करना चाहिए। मैं मानता हूँ कि बुनियादी नीतियाँ सभी धर्मों में समान हैं, बुनियादी नीतियों की शिक्षा निःसंदेह राष्ट्र का काम है। यहाँ धर्म से मेरा अर्थ बुनियादी नीतियाँ नहीं हैं, बल्कि संप्रदायवाद है। हमने राष्ट्र समर्थित धर्म और राजकीय चर्च से काफी नुकसान उठाया है।''

एक अहिंसक राष्ट्र एक धर्मनिरपेक्ष राष्ट्र बना रहेगा। कभी-कभार लोग अपने धर्म को लेकर इतने कट्टर हो जाते हैं कि वे धर्म के अंतर्निहित सिद्धांत को भूल जाते हैं और सांप्रदायिक दंगों को न्यौता दे देते हैं। जैसा कि पहले उल्लेख किया जा चुका है, गांधीजी के लिए धर्म एक व्यक्तिगत विषय था। इस विषय में दूसरों को कोई नुकसान पहुँचाए बिना हर कोई स्वतंत्र होना चाहिए।

इस प्रकार महात्मा गांधीजी का पूरा राजनीतिक और धार्मिक दर्शन एक महत्त्वपूर्ण बिंदु के आस-पास घूमता है—'सत्याग्रह'। यह सत्य की रक्षा के लिए नैतिक दबाव है, यह सत्य के सर्वोच्च सिद्धांत का एक स्वाभाविक परिणाम है। यह सत्य की शक्ति है। वह सत्य के समर्थक थे और आध्यात्मिक मूल्यों की श्रेष्ठता को स्थापित करने के लिए प्रतिबद्ध थे। सत्याग्रह किसी प्रकार के राजनीतिक, सामाजिक और आर्थिक अन्याय के खिलाफ मानव हृदय की शक्ति है।

जैसा कि हम जानते हैं, हरिश्चंद्र और प्रह्लाद के जीवन की कहानियाँ सत्य की पुष्टि करती हैं। वे महान सत्याग्रही थे। सत्याग्रह प्रतिरोध की एक भावना है जिसे गांधीजी ने अपनी पारिवारिक परंपरा से प्राप्त किया। उनके पिता पोरबंदर के दीवान थे जब राजकोट में एक राजनीतिक एजेंट ने राजकोट के शासक का अपमान किया, उनके पिता करमचंद गांधीजी ने पहली बार उस अपमान का प्रतिरोध किया। गांधीजी ने सबसे पहले इस सत्याग्रह का दक्षिण अफ्रीका में इस्तेमाल किया जहाँ भारतीयों और बहुत से एशियाइयों को तत्कालीन अफ्रीकी सरकार द्वारा अमानवीय व्यवहार का सामना करना पड़ रहा था। उनके मजबूत धार्मिक विश्वास ने उन्हें अन्यायपूर्ण शासन का मुकाबला करने के लिए पर्याप्त निर्भीक और बहादुर बनाया। उन्होंने संघर्ष शुरू किया क्योंकि उनमें नैतिक तथा आध्यात्मिक आत्मविश्वास था।

न्यू टेस्टामेंट के निष्क्रिय प्रतिरोध ने उन्हें काफी प्रभावित किया। भगवद्गीता और टॉल्सटॉय की 'किंगडम ऑफ गॉड इज विदिन यू' ने उनकी सोच को स्थायी बना दिया। गांधीजी की तरह हेनरी डेविड थोरो ने भी अहिंसक प्रतिरोध पर बल दिया। लेकिन इन दोनों में थोड़ा सा अंतर है। थोरो ने अपने 'सिविल डिसओबिडिएंस' में कभी भी आवश्यकता पड़ने पर

हिंसा का सहारा लेने से मना नहीं किया, लेकिन गांधीजी इसमें बचाव और नियंत्रण की सलाह देते हैं। थोरो ने लिखा, ''यदि अन्याय इस प्रकार का है कि उसके लिए आपको दूसरे के प्रति अन्याय का प्रतिनिधि बनना पड़ता है, तो मैं कहूँगा, नियम तोड़ दो। मशीन (सरकार) को रोकने के लिए अपने जीवन को संघर्ष का मुकाबला करने में लगा दो।''

देश को कर का भुगतान न करने की स्थिति में लोग अपनी नाराजगी दिखा सकते हैं और प्रतिरोध कर सकते हैं। लेकिन यहाँ पर गांधीजी ने थोरो द्वारा समर्थित प्रतिरोध के तरीके को खारिज कर दिया। उनके अनुसार प्रतिरोध हर कहीं अहिंसक होना चाहिए।

महात्मा द्वारा समर्थित सत्याग्रह का एक सक्रिय दृष्टिकोण और प्रकृति है, जीवन के हर क्षेत्र में एक व्यापक दृष्टिकोण जहाँ अन्याय और असत्य समाज पर हावी हो। गांधीजी ने सिर्फ सत्याग्रह का उपदेश ही नहीं दिया, बल्कि बचपन से ही अपने जीवन में उस पर अमल किया। थोरो की नागरिक अवज्ञा की बजाय गांधीजी ने उसे अहिंसा पर आधारित नागरिक प्रतिरोध का नाम दिया। सत्याग्रह असहयोग, नागरिक अवज्ञा, उपवास, धरना और हड़ताल यानी विरोध के रूप में काम को अस्थायी रूप से बंद करना, की अहिंसक विधियों का इस्तेमाल करता है। सत्याग्रह कोई निष्क्रिय प्रतिरोध नहीं है। अपने प्रयोग में सत्याग्रह निष्क्रिय प्रतिरोध से अधिक व्यापक है।

गांधीजी के मुताबिक नागरिक अवज्ञा एक नागरिक का अधिकार है। वह इसका प्रयोग कर सकता है, यदि देश में कानून-व्यवस्था न हो; जबकि सत्याग्रह मनुष्य का एक नैतिक विशेषाधिकार है। सत्याग्रह सत्य की शक्ति और सत्य का दबाव है जिसकी दो विशेषताएँ हैं—पीड़ा और विश्वास। सकारात्मक प्रेम धर्म को मजबूत बना सकता है और सत्याग्रह इनके अनुकूल है। यह विरोधी को सत्य द्वारा बदलना है, न कि उसे बल या हिंसा द्वारा विवश करना। ''इस प्रकार, सत्याग्रह जीवन का दर्शन और राजनीति की तकनीक, दोनों है और उसमें एक निरंकुश सरकार के पूरे ढाँचे को पंगु बनाने के लिए विशाल सामूहिक कारवाई का भी प्रावधान है।''

एक सत्याग्रही खुशी-खुशी पीड़ा को स्वीकार कर लेगा यदि वह संबंधित व्यक्ति के शुद्धीकरण के लिए जरूरी है, यदि दमनकर्ता इससे

प्रभावित होता है, यदि वह जनमत के लिए आवश्यक है। हिंदू परंपरा में हमें तपस्या की अपार शक्ति के उदाहरण मिलते हैं। इसलिए हम यह कह सकते हैं कि यह अन्यायपूर्ण उत्पीड़क शासन के खिलाफ नैतिक इच्छाशक्ति को बलीभूत करने के लिए एक आध्यात्मिक प्रतिरोध है। सत्याग्रह किसी एक अंग से नहीं बल्कि पूरी व्यवस्था से सक्रिय असहयोग है। सत्याग्रही न केवल नागरिक सरकार की सेवा में काम करने से इनकार करते हैं, बल्कि वे शासन के बुरे कार्यों, अदालतों, शैक्षिक संस्थानों, अस्पतालों आदि से भी असहयोग करते हैं। सत्याग्रही बुरे शासन की पूरी मशीनरी से खुद को अलग कर लेता है। इसलिए, वह सक्रिय, साहसी और निर्भीक होता है और समाज तथा पूरे विश्व के मनुष्यों के लिए एक नायक बन जाता है। गांधीजी ने सत्याग्रह के इस हथियार के कारण खुद को अपरिवर्तनीय साबित किया। दृढ़ संकल्प के साथ उन्होंने अपना पूरा जीवन सत्य, अहिंसा और सत्याग्रह के आधार पर राजनीतिक अधीनता और उसकी बुराइयों से पीड़ित मानवता की सेवा के लिए समर्पित कर दिया। उन्होंने सत्याग्रह के अपरिवर्तनीय हथियार के द्वारा लोगों की पीड़ा और ब्रिटिश सरकार द्वारा दक्षिण अफ्रीका तथा भारत के एशियाई नागरिकों पर थोपी गई अन्यायपूर्ण और अमानवीय स्थिति को समाप्त करने का संकल्प किया। उनकी राय में एक सच्चा धार्मिक व्यक्ति न तो किसी व्यक्ति, न ही सत्ता द्वारा किसी प्रकार के दमन को सहन कर सकता है।

यह भी कहा जा सकता है कि राजनीति के क्षेत्र में सत्याग्रह की अन्य विधियाँ भी हैं जिनके द्वारा लोग दमनकर्ताओं का प्रतिरोध कर सकते हैं। ये हैं—प्रार्थना और उपवास। उनका मानना था कि इस दुनिया के महान गुरुओं को मानवता के कल्याण के लिए असाधारण शक्तियाँ प्राप्त हैं और उन्होंने वे शक्तियाँ उपवास तथा प्रार्थना द्वारा प्राप्त की हैं। ये दो हथियार आत्मा की शक्ति को बढ़ाती हैं। प्रार्थना धर्म का सार तत्त्व है। वह अपनी ईश्वर के प्रति अपनी भावनाएँ और समर्पण व्यक्त करने का एक माध्यम है। वह अंदरूनी शांति का आधार है। सभी धर्मों में अपनी श्रद्धा व्यक्त करने की एक विधि के रूप में प्रार्थना का प्रयोग किया जाता है। प्रार्थना धर्म की आत्मा और सार है और इसलिए प्रार्थना किसी व्यक्ति के जीवन का केंद्र है क्योंकि कोई व्यक्ति धर्म के बिना नहीं रह सकता, प्रार्थना के बिना भीतरी शांति नहीं

मिलती। यह आत्मा के लिए उतना ही आवश्यक है जितना शरीर के लिए भोजन। प्रार्थना और उपवास दोनों को एक साथ देखा जाता है और ये शरीर तथा आत्मा की शुद्धि में मददगार हैं। ''प्रार्थना मात्र दुहराव नहीं है और न ही उपवास मात्र शरीर को भूखा रखना है। प्रार्थना को हृदय से उत्पन्न होना चाहिए और उपवास बुरे या हानिकारक विचार, कार्य या भोजन से परहेज रखना है।''

इसी प्रकार, उपवास सत्याग्रह का एक महत्त्वपूर्ण रूप है, लेकिन इसे सिर्फ उन लोगों के खिलाफ अपनाया जाता है जो अत्यंत व्यक्तिगत स्नेह के बंधन से बँधे हों या नैतिक आग्रह को स्वीकार करें। इस प्रकार, गांधीजी यह संदेश देना चाहते थे कि उपवास ऐसी विधि है जिसे आप प्रेम और सहानुभूति रखनेवालों के खिलाफ इस्तेमाल कर सकते हैं। किसी तानाशाह के खिलाफ प्रयोग किए जाने पर इसका कोई लाभ नहीं होगा। सन् 1924 में गांधीजी ने हिंदू-मुसलिम एकता के लिए 21 दिनों का उपवास किया। इसके अलावा, सन् 1933 में उन्होंने आत्मशुद्धि के लिए 21 दिन का उपवास किया। अगस्त 1947 और जनवरी 1948 में उन्होंने क्रमशः कलकत्ता और दिल्ली में सांप्रदायिक एकता के लिए उपवास किया। यह राजनीतिक और आर्थिक प्रभाव को शुद्ध करता है, बशर्ते उसे उचित रूप में इस्तेमाल किया जाए। गांधीजी अपने इस विचार में अत्यंत स्पष्ट थे कि उपवास को आखिरी उपाय के रूप में इस्तेमाल करना चाहिए, जब अन्य सभी तकनीकों को आजमा लिया गया हो और वे कामयाब न रहे हों। उसका सहारा तभी लिया जाना चाहिए जब अत्यंत आवश्यक हो। उपवास और प्रार्थना आत्मानुशासन और आत्मबलिदान को प्रेरित करते हैं।

राजनीति में हड़ताल सत्याग्रह का एक और रूप है, जिसमें व्यक्ति को काम बंद करना होता है। सन् 1918 में अहमदाबाद मिल हड़ताल बहुत महत्त्वपूर्ण थी, जब गांधीजी ने उपवास करते हुए मजदूरों की हड़ताल का समर्थन किया था। विशाल स्तर पर हड़ताल दमनकर्ता के खिलाफ सत्याग्रह का एक रूप है जिसे ब्रिटिश सरकार के खिलाफ इस्तेमाल और प्रयुक्त किया गया था। इसका उद्‌देश्य लोगों और सरकार दोनों को जगाना है। लेकिन यह लोगों को बार-बार हड़ताल करने के लिए बाध्य नहीं करता क्योंकि इससे उसकी छवि खराब हो सकती है। यहाँ पर, कुछ सीमा तक,

सामाजिक बहिष्कार का भी प्रयोग किया जाता है। लेकिन गांधीजी ने बार-बार लोगों को इसके अधिक इस्तेमाल के खिलाफ चेतावनी दी। इसे जनमत को अस्वीकार करनेवाले और असहयोग को न अपनानेवाले समुदाय में हड़ताल के समय काम करनेवालों के खिलाफ सीमित स्तर में प्रयोग में लाना चाहिए। लेकिन, सामाजिक बहिष्कार को हिंसक नहीं होना चाहिए। साथ ही, बहिष्कार किए गए व्यक्ति को उसके जीवन की अनिवार्यताओं, जैसे भोजन और पानी, कपड़ा, तथा अन्य चीजों से वंचित नहीं किया जाना चाहिए। यदि बहिष्कार सामाजिक और धार्मिक समारोहों में भागीदारी तक सीमित हो, तो वह अधिक उपयोगी होगा।

इसके अतिरिक्त सत्याग्रह की एक और अहिंसक तकनीक धरना है। गांधीजी ने शराब, अफीम और विदेशी कपड़ों के लिए धरना-प्रदर्शन के प्रयोग का समर्थन किया, जहाँ स्वयंसेवक शराब, अफीम, वाइन और विदेशी कपड़ों के विक्रेताओं को यह समझाने का प्रयास कर सकते थे कि वे इन चीजों की बिक्री न करें। वे खरीदनेवालों से भी इन चीजों को न खरीदने का अनुरोध कर सकते थे। 'यंग इंडिया' में प्रकाशित अपने लेख, 'धरना कैसे दें,' में उन्होंने सलाह दी कि स्वयंसेवकों को विक्रेताओं और क्रेताओं दोनों से अनुरोध करना चाहिए। सबसे पहले उन्हें एक प्रतिनिधिमंडल बनाकर डीलर के पास जाना चाहिए और उससे इन चीजों का सौदा न करने की अपील करनी चाहिए, साथ ही उसे शराब या विदेशी कपड़े, जो भी मामला हो, उससे संबंधित तथ्यों और आँकड़ोंवाली पुस्तिकाएँ देनी चाहिए। यह कहने की आवश्यकता नहीं कि पुस्तिका उस भाषा में होनी चाहिए, जिसे डीलर समझ सके। यदि डीलर उस व्यवसाय को बंद करने से इनकार करे, तो स्वयंसेवकों को आने-जाने का रास्ता छोड़ते हुए दुकान पर जम जाना चाहिए और उस वस्तु को खरीदने आनेवालों से व्यक्तिगत अपील करनी चाहिए "...स्वयंसेवकों को लोगों द्वारा दबाव या हस्तक्षेप को रोकना चाहिए। किसी भी प्रकार की अशिष्टता, गालियों, धमकी या अभद्र भाषा का इस्तेमाल नहीं किया जाना चाहिए। अपील हमेशा दिल और दिमाग से होनी चाहिए, डराने या जोर डालने के लिए नहीं।" इस संबंध में गांधीजी ने कभी रेल पटरियों, टेलीफोन कनेक्शनों, डाक घरों और पुलिस स्टेशनों आदि को क्षतिग्रस्त करने की कार्रवाई की वकालत नहीं की। यह हिंसा का रास्ता था,

वह कभी इस प्रकार के कार्यकलापों की सराहना नहीं कर सकते थे।

असहयोग भी सत्याग्रह की एक तकनीक है। बुरे काम करनेवालों के साथ सहयोग न करते हुए लोग अपना प्रतिरोध दिखा सकते हैं और शासक को अनैतिकता से दूर रहने के लिए बाध्य कर सकते हैं। लेकिन इसके लिए अपनाए जानेवाले उपाय शांतिपूर्ण और अहिंसक होने चाहिए। हालाँकि असहयोग नकारात्मक दृष्टिकोण लगता है लेकिन वास्तविकता में वह 'रचनात्मक सामाजिक, और राष्ट्रीय विकास का सकारात्मक दर्शन' था। गांधीजी ने स्वयं 1930 में लिखा, "थोड़ा-सा चिंतन यह स्पष्ट कर देगा कि नागरिक अवज्ञा असहयोग का एक आवश्यक हिस्सा है। आप आदेशों और कानूनों का पालन करते हुए किसी प्रशासन की सबसे प्रभावी रूप में मदद करते हैं।" बुरे-से-बुरे देश में कुछ अच्छी बातें होती हैं। लेकिन यदि सरकार भ्रष्ट है, तो पूरी व्यवस्था द्वारा उसे अस्वीकार किया जाना चाहिए।

असहयोग आंदोलन के कुछ चरण थे जिनमें कुछ लोगों ने अपने खिताब वापस कर दिए और मानद पदों का त्याग कर दिया, सरकारी सेवकों से काम बंद करने का आह्वान किया गया, पुलिस व सेना से निकलने और करों का स्थगन करने की माँग की गई। इस चरण में सरकारी तंत्र का पूर्ण बहिष्कार शामिल है। वकीलों द्वारा अदालतों का बहिष्कार, शिक्षकों और विद्यार्थियों द्वारा स्कूलों और कॉलेजों का बहिष्कार, मतदाताओं और चयनित लोगों द्वारा विधायिका का बहिष्कार और सभी विदेशी वस्तुओं की निंदा। हालाँकि गांधीजी सहयोग के समर्थक थे लेकिन साम्राज्यवादी शक्ति द्वारा बार-बार विश्वासघात ने उन्हें असहयोग की ओर मोड़ दिया। राजनीति में असहयोग कभी-कभी अनिवार्य हो जाता है।

इसी प्रकार, नागरिक अवज्ञा भी दमनकर्ता के प्रतिरोध के लिए सत्याग्रह की एक तकनीक है। नागरिक अवज्ञा और नागरिक प्रतिरोध में एक अंतर है। जैसा कि पहले ही चर्चा की जा चुकी है, नागरिक अवज्ञा आक्रामक और अप्रिय है। यह विद्रोह के नियमों का सम्मान न करना है, लेकिन नागरिक प्रतिरोध, जो रक्षात्मक होता है, आत्मसम्मान और मानव गरिमा पर निर्भर है। यह पूरी तरह अहिंसक है और यह वह प्रभावी उपचार है जो एक व्यक्ति को बुराई से दूर कर सकता है। स्वतंत्रता आंदोलन में ये दोनों प्रकार—नागरिक अवज्ञा और असहयोग—कई बार विफल हुए लेकिन गांधीजी ने

धैर्य नहीं खोया और अहिंसा तथा सत्याग्रह में उनके दृढ़ विश्वास ने उन्हें आखिरकार 1947 में सफलता दिलाई। गांधीजी ने सही कहा है कि नागरिक अवज्ञा सच्ची, सम्मानपूर्ण, संयमित, शांत और उचित सिद्धांतों पर आधारित होनी चाहिए, वह षड्यंत्रपूर्ण नहीं होनी चाहिए और सबसे बढ़कर उसके पीछे कोई बुरी इच्छा या घृणा नहीं होनी चाहिए। शासन के अधिकार को चुनौती देनी चाहिए, लेकिन हिंसा के द्वारा नहीं। गांधीजी ने सन् 1930-34 में नमक कानून तोड़ते हुए नागरिक अवज्ञा का इस्तेमाल किया।

इस प्रकार, यह कहा जा सकता है कि गांधीजी ने अपने राजनीतिक दर्शन में राजनीति के आधार के रूप में अहिंसा और नैतिकता का समर्थन किया। राज्य में लोगों के पास अन्यायपूर्ण और बलपूर्ण शासन का विरोध करने का अधिकार होता है। वह वास्तव में एक धार्मिक व्यक्ति थे—सत्य और अहिंसा उनके लिए दो मजबूत हथियार थे और सत्याग्रह आजादी के लक्ष्य की ओर जानेवाला रास्ता था। वह लोकतंत्र के एक सच्चे समर्थक और हिमायती थे। उनके अहिंसक लोकतंत्र में, व्यक्तियों की उदात्त आकांक्षाएँ पूर्ण हो सकती हैं। उनकी राजनीतिक अवधारणा में सत्ता के विकेंद्रीकरण, जो स्व-शासन है, के माध्यम से सभी के लिए अधिकार और न्याय के समान अवसर का प्रावधान है। पंचायती राज की उनकी अवधारणा देश के कोने-कोने तक सामाजिक न्याय और राजनीतिक अधिकार को बढ़ावा देने की एक श्रेष्ठ आकांक्षा है। उन्होंने सही कहा, "लोकतंत्र उसके लिए स्वाभाविक है जो सामान्य तौर पर सभी मानवीय या दिव्य नियमों का पालन करने का अभ्यस्त होता है। मैं प्रकृति और प्रशिक्षण दोनों द्वारा एक लोकतांत्रिक होने का दावा करता हूँ।"

इस प्रकार, महात्मा गांधीजी का पूरा दर्शन आध्यात्मिक एकता के सिद्धांत से उत्पन्न है। उनका लक्ष्य अहिंसा, प्रेम और सहयोग के द्वारा मानव संबंध स्थापित करना था। "जिस देश में सामाजिक सहयोग और सामाजिक एकता जाति, गाँवों और शहरों के अंदर त्याग दी गई हो, वह पूरी तरह अस्त-व्यस्त हो जाता है और उसमें असीमित तथा अनियंत्रित प्रतिस्पर्धा होती है।" अत: हमें अंधी प्रतिस्पर्धा पर नहीं, बल्कि सहयोग पर आधारित एक पारस्परिक संबंध की आवश्यकता होती है। यह किसी समाज में व्यक्ति के अनुशासित जीवन द्वारा ही संभव है। उनका अनुशासन में दृढ़ विश्वास

था और समाज के कल्याण तथा सर्वहित के लिए वह मानवाधिकार और न्याय के कुचले जाने पर अन्यायपूर्ण शासन का प्रतिरोध करने में समर्थ थे। वह ताकत और हिंसा पर नहीं बल्कि न्याय और नैतिकता पर आधारित अहिंसक राष्ट्र का सामाजिक-आर्थिक ढाँचा स्थापित करना चाहते थे। गोपीनाथ धवन ने गांधीवादी दर्शन के इस मुद्दे की सही जाँच की है। गांधीजी द्वारा प्रदर्शित राजनीति के मार्ग के द्वारा ही देश और दुनिया का मार्गदर्शन हो सकता है। यदि दुनिया को आज की गंदी राजनीति और उदारता व न्याय पर अधिकार की जीत से बचाना है, यदि शांति और लोकतंत्र को बनाए रखना है, तो नेताओं में निर्विवाद ईमानदारी और जनता में साहसिक, सतर्क नागरिक भावना अपरिहार्य है। तभी गांधीजी के धर्म व राजनीति के दृष्टिकोण को पूरी तरह और सूक्ष्म रूप से समझा जा सकता है।

□

गाँव और गांधीजी

मानव इतिहास के कुछ महानतम विचारकों ने जीवन को एक पाठशाला और इतिहास को मानव जाति की शिक्षा के रूप में देखा है। अगर ऐसा है तो लगता है कि मनुष्य हाल में इसके उच्च स्तर में आ गया है, जहाँ उससे दो अत्यंत कठिन समस्याओं से जूझना सीखने की उम्मीद की जाती है। ये समस्याएँ नई नहीं हैं; लेकिन पहले मनुष्य के लिए इनसे बचना मुमकिन था; अब ऐसा मुमकिन नहीं है।

पहली समस्या यह है कि अंतरराष्ट्रीय मामलों को कैसे निपटाएँ कि कभी फिर बड़े पैमाने पर हिंसा का सहारा न लिया जाए। जिस तरह स्कूल के छोटे बच्चों को एक-दूसरे से लड़ने दिया जाता है, लेकिन बड़े लोगों को नहीं, क्योंकि वे अधिक शक्तिशाली होते हैं और एक-दूसरे को अधिक क्षति पहुँचा सकते हैं। इसलिए, अब एटम बम के साथ हमें बड़े लोगों की तरह व्यवहार करना होगा। नई स्थिति के साथ सफलतापूर्वक सामंजस्य बिठाने की हमारी संभावना इस तथ्य से बेहतर हो जाती है कि कम-से-कम हर कोई इसे समझता और स्वीकार करता है। अंतरराष्ट्रीय 'अहिंसा' अब चंद कल्पनाशील या साधु प्रवृत्ति के लोगों की आशा नहीं है, उसे उत्तरजीविता के लिए एक ठोस अनिवार्यता के रूप में स्वीकार कर लिया गया है।

दूसरी समस्या यह है कि आर्थिक मामलों को इस रूप में कैसे सँभालें कि वह स्थायित्व और शांति, दोनों के अनुरूप हों। यह भी 'अहिंसा' की एक समस्या है, लेकिन पहली से कहीं अधिक सूक्ष्म। खुशकिस्मती से हमारे पास इसके साथ तालमेल बिठाना सीखने के लिए अब भी थोड़ा समय है, लेकिन

यह देखते हुए कि फिलहाल बहुत कम लोग इस समस्या के बारे में जानते हैं, हमारे पास समय कम है। पूरी दुनिया में 'अविकसित देशों' को 'विकसित करने' के कठिन प्रयासों से यह समस्या और अत्यावश्यक हो जाती है।

यह विकास, साम्यवादी देशों में भी, आम तौर पर पश्चिमी तर्ज पर परिकल्पित किया जाता है। फिर भी यह आसानी से पता चल जाता है कि पाश्चात्य जीवन-शैली स्थायी नहीं हो सकती और यदि वह संपूर्ण मानव जाति तक फैल जाए, तो वह शांति के लिए सही नहीं होगी। वह अनवीकरणीय या क्षय संसाधनों पर आधारित है और स्वैच्छिक आत्म-नियंत्रण के किसी भी विचार को खारिज करती है।

अपने अमेरिकी रूप से काफी साधारण रूप में भी पाश्चात्य जीवन-शैली में प्रति व्यक्ति कई टन 'जीवाश्म ईंधन' का वार्षिक तौर पर इस्तेमाल होता है। लेकिन दुनिया में जीवाश्म ईंधन के संसाधन जो उचित दर पर उपलब्ध हैं, अत्यंत सीमित हैं। इसका अर्थ है कि जीवाश्म ईंधनों पर आधारित सभ्यता मानव इतिहास की सिर्फ एक कड़ी हो सकती है, और यदि इसे विभिन्न देशों के जीवन के मुकाबले मापा जाए तो यह एक बहुत छोटी कड़ी होगी।

कोयले और तेल का इस्तेमाल करते हुए हम आय की बजाय 'पूँजी' पर जीवन व्यतीत कर रहे हैं। कुछ अवस्थाओं में यह उचित है। बहुत से युवा अपनी शिक्षा का खर्च पूँजी निधियों से निकालते हैं, लेकिन यदि वह समझदार है, तो वह दो चीजें करेगा— (1) वह पूँजी से अपनी वार्षिक निकासी को सीमित करेगा ताकि वह कम-से-कम आवश्यकता रहने तक चले और (2) वह कभी इस बात को ध्यान से नहीं हटने देगा कि उसे पूँजी से और निकासी की अपेक्षा जल्द ही आय पर निर्भर होना सीखना होगा। उसका मुख्य काम एक आत्मनिर्भर जीवन-शैली की तलाश करना है। आधुनिक मनुष्य के सामने भी सबसे बड़ा काम यही है।

यह मान लेना एक घातक गलती होगी कि परमाणु ऊर्जा की खोज से यह काम पूरा हो चुका है। विशेषज्ञ अब इस बात से सहमत हैं कि अगले दस वर्षों में दुनिया की ईंधन आपूर्ति में परमाणु ऊर्जा का योगदान बहुत कम होगा और बीस वर्षों में वह और भी नगण्य होगा।

उस समय तक दुनिया की आबादी दुगुनी हो चुकी होगी और तब तक

प्रति व्यक्ति ईंधन का औसत इस्तेमाल भी दुगुना या तिगुना हो जाएगा। इसका अर्थ है कि जरूरी ईंधन के लिए अकल्पनीय दर पर परमाणु संयंत्र स्थापित करने की आवश्यकता होगी।

चाहे ऐसा हो भी जाए, यह अकल्पनीय है कि कुपोषित, तकनीकी रूप से पिछड़े और प्रौद्योगिकीविदों तथा तकनीशियनों के बड़े 'मध्य वर्ग' से रहित गरीब देश और ऐसे देश जो अब तक जल विद्युत की अपनी क्षमता का भी दोहन करने में असमर्थ रहे हैं, ऐसे प्रक्रिया का लाभ उठा पाएँगे जिसके लिए सर्वोच्च तकनीकी उपलब्धि की जरूरत है और जिसमें इतने पूँजी व्यय की जरूरत है जो अमीर देशों को भी शर्मिंदा कर दे।

इसके अलावा, इस बात की भी आशंका है कि पूँजी की बजाय आय पर आधारित आर्थिक जीवन-शैली खोजने का काम कभी परमाणु ऊर्जा द्वारा संतोषजनक रूप से हल नहीं किया जा सकता। यदि विश्व में हम क्षय ईंधनों के इस्तेमाल की मात्रा और उसकी विकास दर पर विचार करें, तो हम यह निष्कर्ष निकालने को बाध्य होंगे कि ऐसे 'समाधान' के लिए यह कीमत चुकानी होगी कि मनुष्य पूरी तरह अपनी मशीनों का गुलाम बन जाएगा। कैलिफोर्निया इंस्टीट्यूट ऑफ टेक्नोलॉजी के प्रोफेसर ब्राउन द्वारा ('द चैलेंज ऑफ मैन्स फ्यूचर' में) इसे स्पष्ट रूप से महसूस किया गया और ग्राफिक में वर्णित किया गया, लेकिन दुर्भाग्यवश बहुत कम लोगों ने इसकी गंभीरता को महसूस किया है। हमारे विज्ञान समर्थक, जो मानते हैं कि विज्ञान सभी प्रश्नों का उत्तर खोज सकता है, यह भूल जाते हैं कि जीवन की जटिलता की सीमाएँ हैं, जिसके परे मानव अस्तित्व असहनीय हो जाता है।

एक ऐसी जीवन-शैली जो पृथ्वी की शक्ति को तेजी से नष्ट करती है और आनेवाली पीढ़ियों के लिए और भी जटिल समस्याओं का ढेर लगाती जाती है, को 'हिंसक' कहा जा सकता है। यह ऐसी जीवन-शैली नहीं है, जिसे हम ऐसे देशों को भेजना चाहेंगे जो अब तक उसके अभ्यस्त नहीं हैं। निश्चित रूप से उसका अपना आकर्षण है। लेकिन यह सिर्फ ऐसा ही है जैसे विलासितापूर्ण जीवन जीने का अभ्यस्त कोई व्यक्ति अपने और दूसरे लोगों के धन को उड़ा देता है।

संक्षेप में, मनुष्य के लिए सबसे जरूरी काम यह है कि वह अपने आर्थिक तथा राजनीतिक जीवन की अहिंसक शैली की तलाश करे। यह

स्पष्ट है कि ये दोनों आपस में जुड़े हुए हैं। निराशावादी लोग शुरुआत करने से पहले ही उसे असंभव मान लेते हैं।

यह असंभव क्यों होगा? लगभग सभी देशों में कभी-न-कभी ऐसी आर्थिक विधियों पर आधारित व्यापक कल्याण और उच्च संस्कृति का समय आया है, जिन्होंने पृथ्वी के संसाधनों को उल्लेखनीय रूप से नष्ट नहीं किया। प्रकृति के नियमों के बेहतर ज्ञान के साथ ऐसा फिर से संभव क्यों नहीं हो सकता? जो भी हो, हमें यह नहीं भूलना चाहिए कि यह समस्या व्यक्ति के चयन की नहीं है; यह प्रकृति द्वारा थोपी गई है।

निश्चित रूप से ये मुश्किलें उन्हें और भी अधिक लगेंगी जो पारंपरिक जीवन-शैली से काफी दूर हैं—यानी विकसित देशों को। अविकसित देशों के लिए यह उतना मुश्किल नहीं होना चाहिए। लगभग दस साल के कठिन प्रयासों के बाद अब पश्चिमी तर्ज पर विकास करना उन्हें लगभग असंभव लग सकता है। शायद उनके पास अपनी विफलता के लिए आभारी होने की वजह है। शायद पश्चिमीकरण के जिस रास्ते पर वे चलने की कोशिश कर रहे हैं और जो निश्चित रूप से दीर्घकाल में सफलता की ओर नहीं ले जा सकता, वह उन्हें अल्पावधि में भी कोई संतोषजनक परिणाम नहीं दिला सकता।

एक सरल-सा अंकगणित करते हैं। भारत और पाकिस्तान की आवश्यकताओं का आकलन करनेवाले तीन विख्यात बैंकरों ने सुझाव दिया कि इन दोनों देशों को अपनी अगली पंचवर्षीय विकास योजनाओं के लिए 3,000 मिलियन पाउंड के बराबर पश्चिमी सहायता की जरूरत है। लाभार्थी जनसंख्या के प्रतिव्यक्ति के स्तर पर, इसका अर्थ एक पैसा प्रतिदिन से भी कम है। एक पैसा प्रतिदिन की संभावित उपयोगिता से इनकार किए बिना और उदात्त भावनाओं को हतोत्साहित किए बिना हमें निश्चित रूप से यह समझ लेना चाहिए और साथ ही सभी भारतीयों और पाकिस्तानियों को समझ लेना चाहिए कि किसी भी रूप और आकार में सहायता मुद्दे का केंद्रीय समाधान नहीं हो सकती।

यदि इन देशों के पास ऐसे विकास कार्यक्रम हैं जो पश्चिम से प्रेरित होते हुए मुख्य रूप से पाश्चात्य सहायता पर आधारित हैं, तो यह स्पष्ट है कि उनके कार्यक्रम सही प्रकार के नहीं हैं। प्राचीन सभ्यता और प्रतिष्ठित

परंपरा के देशों में कोई भी उल्लेखनीय विकास मुख्य रूप से उस चीज पर आधारित होना चाहिए ज़ो वे खुद कर सकते हों।

लोग निश्चित रूप से दूसरे को न छोड़ते हुए एक का अनुसरण कर सकते हैं—जो चीनियों के अनुसार, 'दोनों पैरों पर चलना' है। लेकिन दोनों पैरों में समान शक्ति नहीं होती। स्वदेशी जनसंख्या की श्रम शक्ति में विदेशी सहायता से कहीं अधिक असीम क्षमता होती है। फिर भी यह अंतर्निहित श्रम शक्ति साकार नहीं हो पाएगी, जब तक कि विदेशी विधियाँ और विचार हावी रहेंगे, ऐसी विधियाँ और विचार जो विदेशी होने के अलावा एक विचित्र अधीरता और हिंसा से ग्रस्त हैं। जबकि वर्तमान युग की वास्तविक चुनौती एक गौरवपूर्ण और अहिंसक जीवन-शैली विकसित करने की है।

अहिंसा व्यक्ति के सभी कार्यकलापों में व्याप्त होनी चाहिए; यदि मनुष्य जाति को सर्वनाश की लड़ाई से सुरक्षित करना है। अर्थशास्त्र को राजनीति की तरह एक स्वीकार्य दार्शनिक आधार की राह दिखानी चाहिए। वर्तमान अर्थशास्त्र, नीतिगत रूप से तटस्थ होने का दावा करते हुए, व्यक्ति की वास्तविक और सच्ची आवश्यकताओं को सम्मान दिए बिना असीमित विस्तारवाद के दर्शन को बढ़ावा देता है।

इसी से पश्चिमी जीवन-शैली का तथाकथित 'अविकसित' देशों पर विनाशकारी और हानिकारक प्रभाव पड़ता है, जिसे उपयुक्त रूप से 'विध्वंसक स्पर्श' कहा गया है। इस घातक कमजोरी को स्वीकार करने का अर्थ पश्चिम की शानदार उपलब्धियों को कम आँकना नहीं है। जीवन की महान् पाठशाला में उनका अपना उचित स्थान और कार्य है।

पश्चिम निश्चित रूप से दूसरों की मदद कर सकता है, जिस तरह अमीर हमेशा गरीबों की सहायता कर सकते हैं। लेकिन यह कोई सरल विषय नहीं है, जो सिर्फ आर्थिक सहायता के अर्थों में अभिव्यक्त होता है। इसके लिए सहायता प्राप्त करनेवालों की स्वदेशी संस्कृति के लिए गहरा सम्मान होना चाहिए—उससे भी कहीं अधिक, जितना उनमें से से कइयों का स्वयं के लिए है। सबसे ऊपर, वह एक स्पष्ट सिद्धांत पर आधारित होना चाहिए कि राजनीतिक तथा आर्थिक जीवन की एक अहिंसक शैली का विकास मानवता की वर्तमान स्थिति की माँग है।

'हिंद स्वराज' में गांधीजी के विचार का सार स्व-शासन करनेवाले

लोगों की महान् संस्था द्वारा भ्रष्ट पश्चिम समर्थकों पर एक आध्यात्मिक जीत हासिल करना था। यह जीत स्वयं पश्चिम समर्थकों द्वारा अपने ही भ्रष्टाचार को स्वीकार करते हुए और फिर से सच्ची सभ्यता या भारतीय ग्रामीण के साथ अपनी पहचान स्थापित करते हुए अपने आध्यात्मिक पुनरुत्थान द्वारा प्राप्त की जानी थी। गांधीजी ने कहा कि "सभ्यता वह आचार पद्धति है जो व्यक्ति को राह या कर्तव्य का बोध कराती है।" भारतीय किसान उस राह पर चल रहा था और सदियों से चलता आ रहा था।

दूसरे शब्दों में, गांधीजी ने भारत के प्राचीन जीवन में अंतर्निहित ज्ञान को स्पष्ट करने और उसे उन 'शिक्षित' भारतीयों तक पहुँचाने की कोशिश की जो अच्छे या बुरे उद्देश्यों से पश्चिमी सभ्यता की उपलब्धियों और मूल्यों से प्रभावित थे। भारत के पारंपरिक आर्थिक संगठन और 'लोक रीतियों' में उन्होंने 'आंतरिक शक्ति' का वास्तविक प्रदर्शन देखा, जिसे वह व्यक्ति के लिए एक आध्यात्मिक विषय के रूप में और भारत को विदेशी औद्योगिक सभ्यता से आजाद कराने के उपाय के रूप में इस्तेमाल करना चाहते थे। जो औद्योगिक सभ्यता ब्रिटेन ने उसके अपने 'शिक्षित वर्गों' की मिलीभगत से उस पर थोपी थी। यह महसूस करना महत्त्वपूर्ण है कि गांधीजी के दर्शन में 'आत्मा की शक्ति' कोई गूढ़ बात नहीं है।

हजारों, लाखों लोग अपने अस्तित्व के लिए इस शक्ति की सक्रियता पर निर्भर करते हैं। लाखों परिवारों में दैनिक जीवन में छोटे-मोटे झगड़े इस शक्ति के कारण सुलझ जाते हैं। पर इतिहास इस तथ्य पर ध्यान नहीं देता, न दे सकता है। इतिहास वास्तव में आत्मा की शक्ति की क्रिया के हर हस्तक्षेप को दर्ज करता है। इसलिए, इतिहास प्रकृति के प्रवाह में हस्तक्षेप का रिकॉर्ड है। आत्मा की शक्ति प्राकृतिक होने के कारण इतिहास में दर्ज नहीं होती। यह एक गहरा और शिक्षाप्रद कथन है, हालाँकि प्रकृति की अवधारणा के बारे में सामान्य मुश्किलों के बारे में सवाल उठाया जा सकता है। लेकिन इस संदर्भ से यह बिलकुल स्पष्ट है कि गांधीजी के लिए एक 'प्राकृतिक' समाज, एक प्राचीन धार्मिक परंपरा पर आधारित समाज है जिसने कई सदियों में दैनिक जीवन के एक स्थायी रूप को आकार दिया है। यह भारत में प्रमुखता से पाया जाता है। पश्चिम की अस्थायी उद्योगीकृत सभ्यता की तुलना में भारतीय सभ्यता स्थायी थी।

कई बार, 'हिंद स्वराज' में, अपने ही महान् देश की फिर से खोज करने से उत्साहित गांधीजी उसे रोमानी रूप दे देते हैं। आलोचनात्मक पाठक उनकी इस घोषणा पर विश्वास नहीं करेगा—

ऐसा नहीं था कि हम मशीनरी का आविष्कार करना नहीं जानते थे; लेकिन हमारे पूर्वज जानते थे कि अगर हम ऐसी चीजों के पीछे लग जाएँ, तो हम गुलाम बन जाएँगे और अपनी नैतिक शक्ति खो देंगे। इसलिए उन्होंने काफी सोच-समझकर यह फैसला किया कि हमें सिर्फ वही करना चाहिए जो हम अपने हाथों और पैरों से कर सकते हैं।

यह विचार निश्चित रूप से भ्रामक है कि भारत के ऋषियों ने प्राचीन काल में जान-बूझकर और किसी उद्देश्य से उन प्रौद्योगिकीय उपलब्धियों को खारिज कर दिया था, जो बाद में पश्चिमी यूरोप के लोगों द्वारा खोजे और प्राप्त किए गए; लेकिन यदि हम इस कथन को शब्दश: न लेकर उसकी भावना को समझें तो यह एक महत्त्वपूर्ण सत्य को उजागर करता है कि भारत की अत्यंत रूढ़िवादी सभ्यता, अपने सभी अवरोधों और विकृतियों के बावजूद, एक धार्मिक ज्ञान पर आधारित है जिसने एक सुविचारित चयन किया है और भौतिक वस्तुओं की अपेक्षा आध्यात्मिकता को चुना है। इस संबंध में भारत और पश्चिमी सभ्यता के बीच विरोधाभास अत्यंत प्रभावशाली है। हालाँकि, इतिहास में कभी भी ऐसा नहीं था कि भारत पश्चिम में की गई प्रौद्योगिकीय खोजों में सक्षम हो और उनसे इनकार किया हो, उसने एक धार्मिक और आध्यात्मिक चयन जरूर किया था जिसने भारत को उन आविष्कारों में असक्षम बनाया। इस तथ्य के पीछे निस्संदेह ईसाई धर्म और हिंदू धर्म की नीतियों में एक भिन्नता निहित है, जिस पर हम फिलहाल चर्चा नहीं करना चाहते।

किंतु 'हिंद स्वराज' इसे अत्यंत स्पष्ट कर देती है कि गांधीजी द्वारा पश्चिमी सभ्यता को खारिज किया जाना अत्यंत सहज है और यूरोप के अप्लायड आर्ट्स और विज्ञान के उनके खंडन को एक विचित्र व्यवहार बताना बिल्कुल गलत है। वह इस बारे में पूरी तरह गंभीर हैं क्योंकि यह उनके संपूर्ण धार्मिक दर्शन का एक अभिन्न अंग है। उनके लिए पश्चिमी सभ्यता आध्यात्मिक सत्य के खंडन और भौतिक वस्तुओं पर अधिक ध्यान देने का नतीजा है, जो हानिकारक है। जब वह निश्चयात्मक रूप से घोषणा करते हैं कि 'मशीनरी पाप का प्रतिनिधित्व करती है,' तो वह यह चाहते हैं कि 'पाप' शब्द को पूरी

सख्ती से लिया जाए।

स्वतंत्रता आंदोलन में गांधीजी के नेतृत्व का उनके लिए यह स्पष्टीकरण था कि ब्रिटिश शासन की समाप्ति भारत को अपनी स्वाभाविक और पारंपरिक जीवन-शैली की ओर लौटाने के लिए अपरिहार्य थी। अंग्रेजों को मुख्य रूप से पापमय पश्चिमी सभ्यता को थोपनेवालों और उसे प्रसारित करनेवालों के रूप में बाहर निकालना जरूरी था। लेकिन यह उद्देश्य कांग्रेस के अधिकतर सदस्यों की राय से बिल्कुल अलग था, जो पश्चिमी सभ्यता की सभी तकनीकों को बहाल रखते हुए सिर्फ अपने घर पर खुद शासन करना चाहते थे। ये दोनों उद्देश्य विरोधाभासी और सांयोगिक थे। इसलिए गांधीजी सबसे अलग थे। वह एक महान् धार्मिक सुधारक, हिंदू धर्म के नवप्रवर्तक थे लेकिन इस मामले में एक क्रांतिकारी नहीं बल्कि एक जानी-पहचानी सड़क से निकलनेवाली आध्यात्मिक पूर्णता के एक नए रास्ते के गुरु थे। एक राजनेता के रूप में उनकी स्थिति की शक्ति का पता इस तथ्य से चलता है कि भारतीय किसान की नजरों में वह एक संत थे। अत्यंत पश्चिमीकृत कांग्रेस के नहीं बल्कि उनके पीछे भारत की जनता थी। हालाँकि कांग्रेसी राजनेताओं के बीच उनके कई प्रखर और समर्पित समर्थकों को उनके नेतृत्व में बेचैन बताना उनके साथ नाइंसाफी होगी क्योंकि उन्होंने भी उनकी आध्यात्मिक शक्ति तथा भारत की जनता पर उनके अतुलनीय प्रभाव को पहचाना था, कांग्रेस के अधिकांश हिस्से और गांधीजी के बीच मौजूद लक्ष्यों और मूल्यों की मूलभूत भिन्नता को रेखांकित करना आवश्यक है।

क्या गांधीजी के लक्ष्य और मूल्य व्यावहारिक थे या रोमानी, टॉयनबी द्वारा इतिहास के अध्ययन में जिसे 'पुरातनवाद' कहा गया है, उसका एक उदाहरण—अतीत की ओर पलटने की कोशिश जिसके प्रभाव टॉयनबी के अनुसार अधिक क्रांतिकारी होते हैं? मुझे संदेह है कि कोई भारतीय आत्मविश्वास के साथ इस प्रश्न का उत्तर देने में खुद को सक्षम महसूस करेगा और मेरे लिए ऐसा करने की कोशिश निश्चित रूप से हास्यास्पद होगी। फिर भी, गांधीजी की वास्तविक प्रतिष्ठा के मूल्यांकन के लिए यह प्रश्न इतना महत्त्वपूर्ण है कि इस पर विचार करने से खुद को रोका नहीं जा सकता।

लेकिन सबसे पहले हमें उस मार्ग के बारे में स्पष्ट होना होगा जिस पर गांधीजी भारत को ले जाना चाहते थे। उनके द्वारा पश्चिमी सभ्यता को खारिज

किया जाना उनके धार्मिक और दार्शनिक सिद्धांतों के लिए महत्त्वपूर्ण था। इसके बावजूद, यह उनके विचारों का मजाक उड़ाना होगा कि ऐसा करने में समर्थ होने और सत्ता की ताकत मिलने पर वह भारत से रेलवे को उखाड़ फेंकने और कॉटन मिलों को नष्ट करने के लिए प्रतिबद्ध थे, चाहे शाब्दिक रूप में लिए जाने पर उनके मत का यही अर्थ निकलता हो। लेकिन सबसे पहले उनके सिद्धांत से ही यह स्पष्ट होता है कि उस रूप में सत्ता हासिल करना उनका लक्ष्य भी नहीं था। स्टालिन या हिटलर की तानाशाही ताकत उनके लिए पूरी तरह अपरिचित थी; लेकिन नेहरू की संवैधानिक राजनीतिक शक्ति भी उनके लिए कम अनजानी नहीं थी। गांधीजी सिर्फ एक ज्ञानी पुरुष, संत, धार्मिक और आध्यात्मिक नेता की शक्ति हासिल करना चाहते थे, जो लोगों को अपनी शिक्षा और उदाहरण द्वारा समझाते थे कि उनके लिए क्या सही है। इस बारे में पूरी तरह आश्वस्त होते हुए कि भौतिकता के पीछे भागना गलत है और किफायत तथा सादगी सही है, उन्होंने इस विचार का पूरी तरह खंडन किया कि भारत की समस्या औद्योगिकीरण द्वारा जीवन-शैली को बेहतर बनाना है। इसलिए वह पूँजीवाद, समाजवाद और साम्यवाद, सभी के समान रूप से विरोधी थे क्योंकि वह उन सभी प्रकारों के आर्थिक और राजनीतिक संगठनों के समान ध्येय, यानी, भौतिक वस्तुओं के उत्पादन और उपभोग में वृद्धि, की आध्यात्मिक वैधता से इनकार करते थे।

ऐसा नहीं है कि वह भारतीय जनता की दरिद्रता को मौन सहमति देते थे। वह उसे ऐसी चीज मानते थे जिसे यथाशीघ्र और व्यावहारिक उपायों से सुधारने की आवश्यकता थी। लेकिन यह समझना अत्यंत महत्त्वपूर्ण है कि जीवन की एक अवस्था जो पश्चिमी मानदंडों से एक दयनीय और शोचनीय दरिद्रता की अवस्था है, गांधीजी के लिए मानव जीवन हेतु उपयुक्त जीवन स्तर थी। इसलिए उनका व्यावहारिक उद्‌देश्य भीषण और घोर गरीबी में रहनेवाले भारतीय किसानों का स्तर उठाते हुए उसे उचित, संतोषजनक और पवित्र गरीबी में बदलना था। उनका मानना था कि प्राचीन युग में किसान की वही स्थिति थी लेकिन वह पुराना संतुलन अंग्रेजों के शासन से नष्ट हो गया था; और सबसे अधिक भारत में लंकाशायर कॉटन को थोपे जाने से यह स्थिति खराब हुई थी। इसलिए वह ग्रामीण हस्त अर्थव्यवस्था में सुधार लाने के लिए गाँवों में बुनाई और कताई के पुनर्जीवन पर जोर देते थे।

ऐसा लगता है कि किसी निष्णात अर्थशास्त्री के लिए भी इस बात से इनकार करना असंभव है कि चरखा आंदोलन महान् व्यावहारिक बुद्धिमत्ता से प्रेरित था। घोर आर्थिक दृष्टिकोण से देखें तो भारत की सबसे गंभीर समस्या किसान के पास कम रोजगार का होना है। जलवायु स्थितियों और उसके खेत के छोटे आकार (जो औसतन 3 एकड़ से नीचे है) को देखते हुए यह समझा जा सकता है कि वर्ष में लगभग चार महीने किसान के पास करने को कुछ नहीं होता।

उसे न्यूनतम पूँजी व्यय में लाभदायक रोजगार दिलाना एक अत्यंत महत्त्वपूर्ण आवश्यकता है; जो सूत की कताई उसे उपलब्ध करा सकती है। हालाँकि मशीननिर्मित कपड़े की तुलना में इससे निर्मित कपड़ा अधिक महँगा होता है, लेकिन कम रोजगारवाले किसान को अपने खाली समय में अपने कपड़े बनाने में सक्षम बनाने के उपाय के रूप में इस तरीके पर आपत्ति नहीं की जा सकती। इसी तरह, खद्दर और मशीननिर्मित कपड़े के 'मानव घंटों' में लागत की तुलना करना पूरी तरह बेमानी है। गाँवों में लाखों 'मानव घंटे' बेकार हो रहे हैं : समस्या न्यूनतम पूँजी व्यय में उसे तत्काल उत्पादक बनाना है।

इस दृष्टिकोण से ऐसा लगता है कि चरखा आंदोलन बिल्कुल सही है और गांधीजी ने उस पर जितना बल दिया था, वह उसके लायक था। लेकिन इस प्रश्न का उत्तर देना जरूरी है कि क्या इसे एक अल्पकालिक उपाय या एक स्थायी नीति के आधार के रूप में अपनाया जाना चाहिए? हालाँकि यह पर्याप्त रूप से स्पष्ट है कि 'हिंद स्वराज' में गांधीजी ने हस्त-अर्थव्यवस्था की ओर भारत के लौटने को एक आध्यात्मिक नैतिक अच्छाई के रूप में स्वीकार किया था और वास्तव में मशीनरी, बल्कि पश्चिमी विज्ञान को पूरी तरह अस्वीकार करने के एक माध्यम के रूप में वे उस पर विचार कर रहे थे, लेकिन इसमें संदेह है कि उन्होंने पूरी तरह इस पर विचार किया था या नहीं। इसलिए उन्होंने सिलाई मशीन के पक्ष में मशीनरी के अपने विरोध में एक विख्यात अपवाद किया, शायद इसलिए कि वह हाथ या पैर से चलने वाला था और शायद उन्होंने राष्ट्रीय फैक्टरियों में ऐसी मशीनों के निर्माण की कल्पना की थी।

इस घटना से हम यह निष्कर्ष निकाल सकते हैं कि गांधीजी ऐसी मशीनों को स्वीकार कर सकते थे जो ग्रामीण अर्थव्यवस्था को मजबूत बनाएँ,

उसे नुकसान न पहुँचाएँ। इसलिए, नकारात्मक रूप में, उन्हें बिजली से चलनेवाला नहीं होना चाहिए; सकारात्मक रूप में, उन्हें कम रोजगार को प्रेरित नहीं करना चाहिए या उसे दीर्घ नहीं बनाना चाहिए। सिद्धांत रूप में यह एक कठिन आर्थिक अवधारणा है; लेकिन यदि हम एक आत्मनिर्भर और पूर्ण रूप से रोजगार प्राप्त ग्रामीण समुदाय के विचार को विशिष्ट भारतीय सभ्यता की महत्त्वपूर्ण जैविक इकाई के रूप में स्वीकार करें, तो इसे ऐसे लोगों द्वारा साकार किया जा सकता है जिनकी नैतिक अवधारणाएँ, जो एक जीवंत धार्मिक परंपरा पर आधारित हैं, निर्णायक हैं। उसे भौतिक जीवन स्तर में एक निश्चित, किंतु अत्यंत सीमित सुधार की अनुमति देनी चाहिए और वह आनंद की साधारण मानवीय भावना को प्राप्त कर सकता है, जिसकी ओर से शायद पश्चिमी सभ्यता ने हमेशा के लिए पीठ फेर ली है। लेकिन यह इस बात की अनुमति नहीं दे सकता कि एक देश, चाहे भारत की तरह, वह महाद्वीपीय आकार का हो, को आध्यात्मिक शक्ति के अलावा कोई 'महाशक्ति' या वास्तव में किसी भी प्रकार की शक्ति बनना चाहिए।

भारत के लिए गांधीजी की आर्थिक अवधारणा पूरी तरह शांतिवादी है। इसलिए, गांधीजी का शांतिवाद पश्चिम में आर्थिक व्यक्तिवाद के परिणाम के रूप में विकसित शांतिवाद से पूरी तरह भिन्न है। भौतिक वस्तुओं की अभिलाषा के एक स्पष्ट परित्याग पर आधारित गांधीजी का शांतिवाद पश्चिमी शांतिवाद से कहीं अधिक प्रभावशाली और सम्मानयोग्य है।

इसका यह अर्थ नहीं है कि गांधीजी की सोच पश्चिमी सभ्यता से प्रभावित नहीं है। विशेष रूप से थोरू और टॉलस्टॉय के प्रभाव उस पर स्पष्ट हैं और उन्होंने खुलेआम उसे स्वीकार किया था। लेकिन जहाँ ये विद्वान पश्चिमी विचारधारा की मुख्य दिशा से थोड़ा हटकर हैं, वे भारत की सदियों पुरानी और अनवरत धार्मिक परंपरा से जुड़े हैं। अमेरिका और रूस के वीराने में चीखती आवाजें गांधीजी में विशाल जनसंख्या की अभिव्यक्ति में रूपांतरित हुई हैं। यह किसी भी तरह अकल्पनीय नहीं है कि अपनी साहसिक और सांकेतिक मृत्यु के बाद गांधीजी एक आध्यात्मिक रूप से परिष्कृत भारत की प्रेरक शक्ति और मुख्य शख्सियत बन जाएँ, जो एक संतोषपूर्ण त्याग की भावना में औद्योगिक सभ्यता के भौतिक मूल्यों का शांतिपूर्ण विरोध करेगा। ऐसी संभावना पर विचार करना एक पश्चिमी व्यक्ति के लिए कठिन है,

हालाँकि यह उसके अपने धर्म ईसाइयत के लिए भी कोई अपरिचित चीज नहीं है। दुर्भाग्यवश, उसका अपना धर्म लंबे समय से भौतिक विकास और भौतिक विध्वंस के स्वचालन पर नियंत्रण नहीं प्राप्त कर पाया है। वह बस एक का समर्थन और दूसरे पर अफसोस जाहिर करता है। यह बात एक आलोचना के रूप में नहीं की जा रही है। यह प्रश्न कि क्या एक प्रौद्योगिकी सभ्यता वास्तव में किसी भी धर्म के अनुरूप है, एक ऐसा प्रश्न है, जिसके लिए उसके ईसाई सदस्यों में भी आवश्यक दृढ़ता से पूछने के लिए एक लगभग अलौकिक निर्लिप्तता और उसका उत्तर देने के लिए एक लगभग अलौकिक बुद्धिमत्ता की जरूरत है। यह एक ऐसा प्रश्न है जो स्पष्ट रूप से पूँजीवाद तथा साम्यवाद और लोकतंत्र तथा साम्यवाद के बीच वर्तमान समय के स्पष्ट और हानिकारक विरोधों को कमजोर बना सकता है। ये प्रौद्योगिकी सभ्यता के भीतर के विरोध हैं। अत: पश्चिम के राजनीतिज्ञों की यह राय स्वयंसिद्ध है कि साम्यवाद के हमले को सफलतापूर्वक तभी नियंत्रित जा सकता है, यदि पश्चिम के स्तर को उस बिंदु तक उठाया जाए जिसे साम्यवाद प्राप्त नहीं कर सकता। हो सकता है कि यह सच हो और भौतिक उपलब्धि संभव हो सकती है। लेकिन इसे यदि और जब प्राप्त किया जाए, तो क्या पश्चिमी मानव जाति उसमें और खो जाएगी।

इसलिए यह कहना कोई अतिशयोक्ति नहीं होगी कि आधुनिक विश्व खुद को एक बड़ी मुसीबत में पाता है और अधिकतर लोगों के लिए यह एक आकस्मिक आघात है। यह गांधीजी के लिए आश्चर्य की बात नहीं होती, यदि वह आज जीवित होते। उन्होंने लगभग आधी शताब्दी पहले कहा था, ‘‘यह सभ्यता ऐसी है कि वह खुद को नष्ट कर देगी’’, ‘‘मुझे डर है कि औद्योगिकीरण मानवता के लिए एक अभिशाप सिद्ध होगा।’’ ‘‘औद्योगिकीरण का भविष्य अंधकारमय है।’’ इस प्रकार के बहुत से कथनों को उद्‍धृत किया जा सकता है। ये एक महान् व्यक्ति के कथन थे जो कम बुद्धिमान लोगों को अत्यंत अस्वीकार्य लगे और उन्होंने उसे अनदेखा कर दिया या उसका उपहास किया। लेकिन क्या यह उल्लेखनीय नहीं है कि अब ये विश्वव्यापी चर्चाओं के विषय बन चुके हैं?

रोम के क्लब की तरह गांधीजी ने अपने निष्कर्ष पर पहुँचने के लिए एक कंप्यूटर नहीं रखा, न उन्हें इसकी जरूरत थी। उन्हें सहजबुद्धि से पता

चला कि पूरी मानवता के लिए पश्चिमी शैली के औद्योगिकीरण को कभी कार्यान्वित नहीं किया जा सकता। ''वह टिड्डी की तरह पूरी दुनिया को नष्ट कर देगा''। भारत के लिए उन्होंने कहा, ''औद्योगिकीरण को अपनाना विध्वंस को न्यौता देना है''। उनकी सोच का मुख्य बिंदु संसाधन नहीं, न ही पारिस्थितिकी थी। उन्होंने आधुनिक सभ्यता की आलोचना की क्योंकि ''उसकी असली परीक्षा इस तथ्य में निहित है कि उसमें रहनेवाले लोग शारीरिक कल्याण को अपने जीवन का उद्‍देश्य बना लेते हैं।'' उन्होंने कहा कि हालाँकि शारीरिक कल्याण अस्तित्व के लिए निश्चित रूप से महत्त्वपूर्ण है, वह मानव जीवन का लक्ष्य नहीं होना चाहिए। वह मनुष्य को बस एक 'बुद्धिमान पशु' में बदल देता है, जबकि भारतीय सभ्यता शुरू से नैतिक उत्थान को प्रेरित करनेवाली सभ्यता थी। उन्होंने कहा, ''हिंदू धर्म की संपूर्ण अवधारणा मनुष्य को उसके वर्तमान से बेहतर बनाना है।'' इसलिए वह चाहते थे कि भारतीय लोग विकास की एक भिन्न राह, एक भिन्न प्रकार का समाज, एक भिन्न जीवन-शैली अपनाएँ।

पच्चीस वर्ष पहले भारत की स्थिति क्या थी? मुख्य प्रश्न यह था कि किस राह पर चलें। बहुत-से लोगों के लिए यह सवाल कोई अधिक महत्त्वपूर्ण नहीं था। उन्होंने कहा, ''भारत गरीब है, दूसरे देश अमीर हैं; इसलिए भारत को वह करना चाहिए जो अमीर देश कर रहे हैं। उसे अमीर देशों की राह पर चलते हुए उनका अनुकरण करना चाहिए।''

गांधीजी ने इस एकपक्षीय दृष्टिकोण के खिलाफ सतर्क किया। ''जो ब्रिटेन, अमेरिका, जर्मनी आदि के लिए सही अर्थशास्त्र है, हो सकता है वह भारत के लिए सही न हो।'' लेकिन क्यों नहीं? क्योंकि, उन्होंने कहा कि भारत का ढाँचा भिन्न है। अविभाजित भारत में सात लाख गाँव हैं और यह 'असली भारत' है। विशाल स्तरीय, आधुनिक, सामूहिक उत्पादन उद्योग सिर्फ बड़े शहरों के लिए उपयुक्त हैं, वह ग्रामीण भारत के लिए उपयुक्त नहीं है। उन्होंने पूछा, ''क्या आप सोच सकते हैं कि भारत ब्रिटेन या अमेरिका के रास्ते पर चल सकता है और ग्रामीण जनसंख्या को कुल जनसंख्या के दसवें या बीसवें हिस्से तक कम कर सकता है?'' '' कि आप शहरों का निर्माण कर सकते हैं और चालीस करोड़ लोगों के लिए औद्योगिक रोजगार की व्यवस्था कर सकते हैं?''

भारत गाँवों में रहता है। देश के 5.76 लाख गाँवों में लगभग पचास फीसदी खराब सामाजिक-आर्थिक अवस्थाओंवाले इलाकों में स्थित हैं। ग्रामीण क्षेत्रों का विकास भारत की उत्तरवर्ती पंचवर्षीय योजनाओं में एक मुख्य मुद्दा रहा है। छठी योजना में गरीबी पर सीधे हमले की एक रणनीति अपनाई गई थी क्योंकि सामान्य विकास कार्यक्रम के लाभ आम जनता की गरीबी हटाने में कामयाब नहीं हो पाए थे। जब हम गांधीजी द्वारा कल्पित ग्राम स्वराज पर आते हैं, तो वह पुरानी ग्रामीण पंचायतों का पुनरुत्थान नहीं, बल्कि वर्तमान विश्व के संदर्भ में स्वतंत्र ग्रामीण इकाइयों का नवनिर्माण था। उन्होंने दक्षिण अफ्रीका से भारतीय राजनीतिक परिदृश्य में आने के बाद ग्राम स्वराज, यानी, ग्रामीण विकास के द्वारा भारतीय राष्ट्र के विकास की अपनी अवधारणा विकसित की। वह राजनीति में कैरियर बनाने नहीं आए थे इसलिए उन्होंने जीवन की जटिलताओं का बहुत सरल रूप में वर्णन किया। यह महसूस किया गया कि गांधीजी न केवल आदर्शों और विचारोंवाले व्यक्ति थे बल्कि उनका व्यावहारिक ज्ञान भी विस्तृत था। यही वजह है कि एक क्षेत्र में उनके विचार जीवन के अन्य क्षेत्रों पर भी लागू होते हैं। गाँव और गरीब भारत के लिए मुख्य समस्याएँ थीं और गांधीजी ने महसूस किया कि इन दोनों को दूर किए बिना किसी प्रकार का विकास संभव नहीं था। इसी के अनुसार, उन्होंने पूरे जीवन को पूर्ण रूप में देखा और उनका दृष्टिकोण समग्रतावादी था। सत्य और अहिंसा के गांधीजी के शाश्वत सिद्धांत पर आधारित एक आदर्श सामाजिक व्यवस्था की प्राप्ति सिर्फ 'ग्राम स्वराज' के द्वारा ही संभव थी। वस्तुत:, मनुष्य अकेले रहने के लिए जन्म नहीं लेता बल्कि वह एक सामाजिक प्राणी है, स्वतंत्र और एक-दूसरे पर निर्भर। इसलिए, जब गांधीजी एक आत्मनिर्भर व्यवस्था के लिए सामूहिक प्रयत्न करते गाँव की बात करते हैं, तो वह 'समन्वित क्षेत्र विकास' का समर्थन कर रहे होते हैं, जो आधुनिक योजना विशेषज्ञों की शब्दावली से लिया गया एक शब्द है।

दादाभाई नौरोजी, मार्क्स और आर.सी.दत्त की तरह गांधीजी को भी विश्वास था कि गरीबी अंग्रेजों से उत्तराधिकार में मिली थी और वह ग्रामीण विकास न होने का प्रमुख कारण थी। उन्होंने सन् 1922 के महान् मुकदमे के दौरान दोष स्वीकार करते हुए कहा, ''मैं हिचहिचाते हुए इस निष्कर्ष पर पहुँचा हूँ कि ब्रिटेन से संपर्क ने भारत को पहले से कहीं अधिक असहाय बना

दिया है, राजनीतिक रूप से और आर्थिक रूप से अंग्रेजों के आने से पहले भारत अपनी लाखों कुटीरों में कताई और बुनाई करता था, उसके साधारण कृषि संसाधनों में इजाफा करने के लिए जिस अनुपूरक की आवश्यकता थी।'' भारत के अस्तित्व के लिए इतने महत्त्वपूर्ण इन कुटीर उद्योगों को अत्यंत निर्दय और अमानवीय प्रक्रियाओं से नष्ट कर दिया गया, जैसा कि स्वयं अंग्रेजों के साक्ष्यों से पता चलता है। शहर में रहनेवालों को पता नहीं था कि भारत की आधी भूखी जनता धीरे-धीरे निर्जीव होती जा रही है। वे नहीं जानते थे कि उनकी तुच्छ सुविधा विदेशी शोषणकर्ता के लिए किए जानेवाले काम की दलाली थी और लाभ तथा दलाली का दोहन आम जनता से किया जा रहा था। उन्हें यह एहसास नहीं था कि ब्रिटिश भारत में शासन करनेवाली सरकार को जनता के इसी शोषण के लिए जारी रखा जा रहा है। कोई कुतर्क, आँकड़ों में कोई भी हेर-फेर बहुत-से गाँवों में आँखों के आगे स्पष्ट कंकालों का कोई स्पष्टीकरण नहीं दे सकता था। ''मुझे कोई संदेह नहीं है कि अगर ऊपर कोई ईश्वर है, तो इंगलैंड और भारत के शहरी लोगों को जवाब देना होगा क्योंकि मानवता के खिलाफ यह अपराध शायद इतिहास में अद्वितीय है।''

वह गरीबी का गुणगान करने के समर्थक नहीं थे, लेकिन वह समाज में संतुलन स्थापित करना चाहते थे। इसी गरीबी की बाबत जे.डी. सेठी ने कहा है कि ''आर्थिक गरीबी संपन्न लोगों का नैतिक पतन है। गरीबी के साथ संपन्नता का सह-अस्तित्व एक चोरी है।''

गांधीजी का यह दृढ़ विश्वास था कि यदि हम अहिंसा के आधार पर स्वराज चाहते हैं, तो हमें गाँवों को उनका उचित स्थान देना होगा। इसी तरह, उन्होंने कहा कि हम सिर्फ फैक्टरी सभ्यता पर अहिंसा का भवन नहीं बना सकते, बल्कि उसे आत्मनिर्भर गाँवों के आधार पर निर्मित करना होगा क्योंकि ग्रामीण अर्थव्यवस्था शोषण को पूरी तरह समाप्त कर देती है और शोषण हिंसा का मूल तत्त्व है।

स्वदेशी, खादी, ट्रस्टीशिप, परिश्रम, शोषण का अभाव, आधिपत्य का अभाव और समानता के तत्त्व हमारे समाज के ढाँचे में, लोगों की धार्मिक व सामाजिक मान्यताओं में बसे हुए थे। एक न्यायपूर्ण और निष्पक्ष सामाजिक व्यवस्था के लिए गाँवों का विकास एक अनिवार्यता है। गाँव के संबंध में

गांधीजी का दृष्टिकोण न तो संकीर्ण था, न ही वह लोगों को पुराने गाँवों को उसी तरह बनाए रखने का पाठ पढ़ाना चाहते थे, जहाँ स्वच्छता की कमी होती थी और जर्जर झोंपड़ियाँ होती थीं। इसकी बजाय, उन्होंने गाँवों की कल्पना उत्पादकता केंद्रों के रूप में की, जहाँ उपयुक्त प्रौद्योगिकियों को अपनाया जाता हो और कुशल कर्मचारी तथा उत्तम वातावरण हो। इसलिए, "स्वदेशी हमारे अंदर की वह भावना है जो हमें अधिक दूर स्थित वस्तुओं को अनदेखा करते हुए अपने आस-पास की वस्तुओं के प्रयोग और सेवा के लिए सीमित करती है। इसलिए, धर्म के मामले में, इस परिभाषा की अनिवार्यताओं को संतुष्ट करने के लिए, मुझे अपने आपको अपने पूर्वजों के धर्म तक सीमित करना चाहिए। अर्थात्, अपने समीपवर्ती धार्मिक वातावरण का उपयोग करना चाहिए, यदि मुझे वह त्रुटिपूर्ण लगता है, तो मुझे उसे उसकी त्रुटियों से छुटकारा दिलाना चाहिए। राजनीति के क्षेत्र में, मुझे स्वदेशी संस्थानों का उपयोग करना चाहिए और उनकी प्रमाणित त्रुटियों से उन्हें निजात दिलाते हुए उनकी सेवा करनी चाहिए। अर्थव्यवस्था के मामले में, मुझे सिर्फ उन्हीं चीजों का प्रयोग करना चाहिए जो मेरे करीबी पड़ोसियों द्वारा उत्पादित की गई हों और उन उद्योगों में जो भी कमी हो, उसे दूर करके उन्हें सक्षम और पूर्ण बनाते हुए उनकी सेवा करनी चाहिए। यदि ऐसे स्वदेशी को व्यवहार रूप में अपनाया जाए, तो यह सहस्राब्दी तक जा सकता है···"

उनके द्वारा परिकल्पित आर्थिक व राजनीतिक कार्यकलाप के विकास की मूल इकाई गाँव है या उसे लोगों का एक छोटा समूह कह सकते हैं जो एक इकाई के रूप में आत्मनिर्भर (उनकी महत्त्वपूर्ण आवश्यकताओं के मामले में) होंगे और पारस्परिक सहयोग तथा अंतर्निर्भरता के बंधन से जुड़े होंगे।

गांधीजी के दृष्टिकोण में, असंख्य गाँवों से बने ढाँचे में, हमेशा परिधि में बढ़ते, कभी ऊपर की ओर नहीं जाते वृत्त थे। जीवन एक पिरामिड की तरह नहीं है जिसमें ऊपरी हिस्सा निचले हिस्से पर आधारित होता है। बल्कि वह एक समुद्रीय वृत्त की तरह होता है जिसका केंद्र व्यक्ति होता है, जो हमेशा गाँव के लिए मिटने को तैयार होता है और गाँव गाँवों के एक समूह के लिए। गांधीजी को उम्मीद थी कि, "व्यक्ति, पवित्र होते हुए, खुद को परिवार के लिए समर्पित कर देता है, परिवार गाँव के लिए, गाँव जिले के लिए, जिला प्रात के लिए, प्रांत देश के लिए और देश सब के लिए।" यह

उम्मीद समुद्रीय वृत्त की उनकी धारणा के अनुरूप थी। गांधीजी के मुताबिक ग्रामीण और शहरी क्षेत्रों का अनुपूरक संबंध होता है। अब वे दो क्षेत्र हैं, जो एक-दूसरे के खिलाफ लोगों के दो समूहों या वर्गों का प्रतिनिधित्व करते हैं।

गांधीजी की गाँव की अवधारणा विकास की आधुनिक धारणा (शहरी-औद्योगिक) पर नहीं, बल्कि 'जीवन की गुणवत्ता' पर आधारित थी, जो अब जाकर लोगों को आधुनिक शहरी औद्योगिकीरण से हुए नुकसान के अनुभव के बाद ही समझ में आई है।

आम तौर पर, गाँव 1. कच्चे माल का स्रोत, 2. शहरी इलाकों में उत्पादित वस्तुओं का बाजार, 3. अपने आप में एक संस्था, हो सकता है। वह 1. और 2. के अंतर्गत विकसित नहीं हो सकता। सिर्फ तीसरी व्यवस्था ही गाँव को एक महत्त्वपूर्ण इकाई बनाती है। गांधीजी ने जोर देकर कहा, "मेरे ख्याल में ग्रामीण इकाई सबसे मजबूत इकाई होती है। मेरी कल्पना का गाँव एक हजार लोगों से बना है। ऐसी इकाई बहुत कामयाब हो सकती है, यदि उसे आत्मनिर्भरता के आधार पर सुसंगठित किया जाए।"

उन्होंने लगातार ग्रामीण जीवन के एक ऐसे नमूने पर जोर दिया, जिसमें गुणवत्ता सबसे महत्त्वपूर्ण हो, "मेरे आदर्श गाँव में बुद्धिमान मनुष्य होंगे। वे पशुओं की तरह गंदगी और अँधेरे में नहीं रहेंगे। वहाँ न प्लेग होगा, न हैजा और न ही चेचक, कोई आलसी नहीं होगा। कोई विलासिता में नहीं डूबेगा। हर किसी को अपने हिस्से के शारीरिक श्रम का योगदान करना होगा।"

गांधीजी गाँवों को 'गोबर के ढेरों' से 'आदर्श गाँव' या 'छोटे स्वर्ग' में बदलना चाहते थे।

गांधीवादी समाज में पूँजीवादी एक ट्रस्टी के रूप में संपत्ति को अपने पास रखता है और श्रमिक अपनी पूरी क्षमता में काम करता है तथा यदि आवश्यक हो, तो हड़ताल में शामिल होता है, जिसे अहिंसा और सत्य पर आधारित होना चाहिए।

इसमें ऐसी मशीनरी पर कोई आपत्ति नहीं की गई है जो संपत्ति के एकत्रीकरण, बेरोजगारी, शहरीकरण और सामाजिक, आर्थिक व राजनीतिक शोषण को प्रेरित नहीं करती।

मानव समता की गांधीवादी अवधारणा मूलभूत और आध्यात्मिक सिद्धांत है। ग्रामीण पुनरुत्थान में खादी को अत्यंत महत्त्वपूर्ण स्थान दिया गया। खादी

अर्थव्यवस्था के लाभ हैं, संचालन की सहज उपलब्धता, साधारण पूँजी आवश्यकता, बेरोजगारी का समाधान, मानसून पर निर्भरता की समाप्ति और संपत्ति के समान वितरण को प्रोत्साहन। खादी, स्वदेशी और चरखे का नारा गांधीवादी लेखों में बार-बार आया है। खादी के प्रयोग और स्वदेशी वस्तुओं के उत्पादन को बढ़ाने के लिए ग्रामीण क्षेत्र में भारी गरीबी, लगभग नगण्य आधुनिक तकनीकी जानकारी, पूँजी का अभाव और श्रम तथा स्थानीय कच्चे माल की उपलब्धता गांधीवादी विचारधारा को प्रभावित करनेवाले कुछ प्रमुख कारक हैं। गांधीजी चाहते थे कि खाली बैठे गरीब ग्रामीण, जिनके पास कोई संसाधन नहीं हैं, अपनी कृषि आय को अनुपूरित करें। उन्होंने लिखा, "भारत के लोग वर्ष में कम-से-कम चार महीने तक खाली बैठने के लिए विवश होते हैं। करोड़ों लोगों के लिए चरखा एकमात्र व्यवसाय है, जो खेतों के लिए उनकी आय को अनुपूरित कर सकता है, उनके पास कोई दूसरा व्यवसाय नहीं है।"

इसी तरह, उन्होंने स्वदेशी को 'धर्म' और 'अर्थ' (अर्थव्यवस्था) का नाम दिया और उसके आर्थिक महत्त्व पर जोर दिया। उन्होंने देश को स्वदेशी का नारा अपनाने और उसे प्रभावी रूप में कार्यान्वित करने के लिए प्रेरित किया। उन्होंने लिखा कि उसका अर्थ संकीर्ण और वर्तमान रूप में निर्मित वस्तुओं का उत्पादन और वितरण था, उसका अर्थ किसान जनसंख्या की उद्यमिता के द्वारा वार्षिक तौर पर 'साठ करोड़' रुपयों की बचत करना था। इसका अर्थ 72 फीसदी जनसंख्या को आवश्यक अनुपूरक उद्योग उपलब्ध कराना भी था। इस प्रकार, उनके लिए स्वदेशी एक सृजनात्मक कार्यक्रम था।

जो लोग आधुनिक समस्याओं या ग्रामीण समस्याओं के संबंध में गांधीवादी समाधानों को टुकड़ों में मानते हैं, वे यह यकीन नहीं कर सकते कि अहिंसा के नाम पर किसी प्रकार के संघर्ष को प्रोत्साहित करते हुए एक क्रांतिकारी रूपांतरण किया जा सकता है। गांधीजी को टुकड़ों में स्वीकार करना खतरनाक हो सकता है। दूसरी ओर, हमें उसे पूर्णता में स्वीकार करना होगा अथवा पूर्णत: उसका पालन न करने का विकल्प अपनाना होगा। गांधीजी ने इसी संदर्भ में कहा था, "यदि गाँव नष्ट होते हैं, तो भारत भी नष्ट हो जाएगा। वह भारत नहीं रह जाएगा। दुनिया में उसका अपना ध्येय खो जाएगा।" दूसरी ओर यदि सभी भारतीय गाँव गांधीवादी आदर्श पर चलें, तो हमारा देश

अपनी अधिकांश चिंताओं से मुक्त हो जाएगा।

गांधीजी की योजना में ग्रामीण विकास की बुनियाद कामगार के ठोस काम पर आधारित है। एक कामगार को सत्ता का भूखा नहीं होना चाहिए और उसे राजनीति से परहेज करना चाहिए यानी सत्ता की राजनीति से दूर रहना चाहिए। उसे किसी गुट में नहीं होना चाहिए और अपने काम के लिए किसी पुरस्कार या आभार की उम्मीद नहीं करनी चाहिए। उसे यथासंभव स्थानीय सहयोग से साहसपूर्वक और बुद्धिमत्तापूर्वक काम करना चाहिए। उसे गाँव को बेहतर बनाने के लिए काम करना चाहिए, दूसरों को स्वच्छता और स्वास्थ्य के नियमों में प्रशिक्षित करना चाहिए और प्राकृतिक उपचार तथा सरल औषधियों जैसे अरंडी के तेल, कुनैन, आदि पर जोर देते हुए स्वास्थ्य शिक्षा प्रदान करनी चाहिए। उसे एक दक्ष कताईकार, खादी का इस्तेमाल करनेवाला होना चाहिए, उसे ग्रामीण उद्योगों को प्रोत्साहित करने और पुनर्जीवित करने में रुचि रखनी चाहिए। उसे एक शिल्प में कुशलता रखनी चाहिए ताकि वह अपनी जीविका भी कमा सके। उसे उद्योग का एक मॉडल होना चाहिए जो सारे कार्य घंटों का पूर्ण उपयोग करे। उसे एक डायरी रखनी चाहिए जिसमें अपने द्वारा किए गए दैनिक कार्य का संपूर्ण ब्यौरा लिखना चाहिए। उन्होंने 'ग्यारह शपथों' की बात की, यानी, ''अहिंसा, सत्य, अचौर्य, ब्रह्मचर्य, असंग्रह, हस्त या शारीरिक श्रम, स्वाद पर नियंत्रण, निर्भयता, सभी धर्मों के लिए समान सम्मान, स्वदेशी (दूर की बजाय अपने आस-पास के वातावरण का प्रयोग और सेवा तक खुद को सीमित करना) और अनन्य भाईचारे की भावना।'

इसके अलावा, ग्राम सेवक सफलता के मुख्य स्तंभ हैं और उन्हें ग्रामीण विकास के संरक्षकों के रूप में काम करना चाहिए। ऐसे समर्पित कार्यकर्ता खोजना शायद सबसे कठिन समस्या है, जो देश की सेवा करने का उन्माद चरम पर होने के दौरान भी सामने आई थी। गांधीजी के अनुसार, 'एक आदर्श गाँव' में निम्नलिखित चीजें होनी चाहिए—'1. ढाँचे में व्यवस्था, 2. व्यवस्थित सड़क, गलियाँ और नालियाँ, 3. स्वच्छ मंदिर/मसजिद, 4. धर्मशाला/छोटा दवाखाना, 5. अपनी जल व्यवस्था, 6. स्कूल और अनिवार्य बुनियादी शिक्षा, कगो, 7. थियेटर और मनोरंजन सुविधाएँ, 8. भोजन और कपड़े में आत्मनिर्भरता, 9. अफीम और तंबाकू को छोड़कर वाणिज्यिक फसलें, 10. जंगली जानवरों/लुटेरों के खिलाफ रक्षा और ग्रामीण रक्षकों की अनिवार्य सेवा, 11. अहिंसा

और सत्याग्रह की तकनीक को अपनाते लोग और 12. कार्यकारी, विधायी तथा न्यायिक शक्तियों के साथ ग्राम पंचायत।

गांधीजी की परिकल्पना के अनुसार विकेंद्रीकृत शासन की इकाई, यानी 'जीवनक्षम गाँव' को योजनाओं की व्यवहार्यता, कार्यक्रमों के प्रभावी अंगीकरण और तीव्र सामाजिक विकास के लिए निष्पादन के दृष्टिकोण से जनसंख्या के आधार पर निर्धारित करना अनिवार्य है। ऐसा आकार स्थानीय वस्तुओं के लिए उत्पादन केंद्र के निकट अंतर्निहित बाजार तंत्र प्रदान करेगा, साथ ही गरीबों को तुरंत इसका लाभ प्राप्त होगा। यह न सिर्फ आर्थिक दृष्टि से महत्त्वपूर्ण है बल्कि उन्होंने सामाजिक रूपांतरण के लिए शासन के प्रभावी विकेंद्रीकरण के माध्यम के रूप में राजनीतिक स्वायत्तता के इस प्रकार के मॉडल का समर्थन किया और उसकी कल्पना की। वह एक 'वैयक्तिकतावादी' विचारक थे और राष्ट्रीय पहचान की विस्तृत परिधि के भीतर सामाजिक सद्भाव में रहनेवाले आर्थिक व राजनीतिक रूप से पूर्णतः स्वतंत्र व्यक्ति की कल्पना करते थे। शासन का विकेंद्रीकरण स्वतंत्रता की पूर्वशर्त है और वैयक्तिक प्रचुरता सामूहिक प्रचुरता में परिणत होगी। ऐसा राजनीतिक और प्रशासनिक विकेंद्रीकरण भारतीय राष्ट्र के एक एकीकृत ग्रामीण विकास ढाँचे को बनाए रखने का आधार होगा। उन्होंने कहा, "आजादी निचले स्तर पर शुरू होनी चाहिए। इस प्रकार, हर गाँव पूर्ण शक्तियों के साथ पंचायत का गणतंत्र होगा। इसलिए हर गाँव को आत्मनिर्भर और पूरी दुनिया के खिलाफ अपनी रक्षा की सीमा तक अपने कार्यों के प्रबंधन में सक्षम होना होगा।" इस प्रकार, आखिरकार व्यक्ति ही इकाई है।

इसी प्रकार, जीवन के लिए महत्त्वपूर्ण हर चीज गाँवों में होगी। आज गाँव बंजर और उजाड़ हैं। इन आधारों पर गाँवों का पुनर्निर्माण तत्काल शुरू होना चाहिए। इसके लिए योजना में कुछ संशोधन करने की आवश्यकता हो सकती है। गाँवों का पुनर्निर्माण अस्थायी नहीं, बल्कि एक स्थायी आधार पर होना चाहिए। वह एक निःशब्द सामाजिक क्रांति की अगुआई के लिए गाँवों को पुनर्जीवित करना चाहते थे।

यहाँ पर यह बात ध्यान में रखनी चाहिए कि ग्रामीण विकास की गांधीवादी अवधारणा निश्चित रूप से बहुआयामी है जिसमें विकास की गुणवत्ता पर जोर के साथ व्यक्ति का पूर्ण विकास शामिल है। गांधीजी ने ग्रामीण

समाज की इस अवधारणा के साथ राष्ट्रीय पुनर्निर्माण की कल्पना की। उन्होंने ग्रामीण पुनर्निर्माण का कुछ शुरुआती काम सन् 1917 में चंपारण में किया और अपना रचनात्मक कार्यक्रम सन् 1920 में सेवाग्राम तथा सन् 1938 में वर्धा में ले गए। वह एक पूर्णत: भिन्न रूप में ग्रामीण विकास के रचनात्मक कार्यक्रम के साथ सामने आए और उसे एक स्थायी मूल्यवाले माध्यम के रूप में देखा।

उनकी कार्य योजना में मानव जीवन के प्रत्येक पक्ष (आर्थिक, शैक्षिक, सामाजिक और राजनीतिक) का पुनर्निर्माण शामिल था और उसमें आत्म-निर्भर तथा आत्मशासी गाँवों पर आधारित समाज की कल्पना की गई। गांधीजी ने सर्वप्रथम सन् 1941 में रचनात्मक कार्यक्रम लिखा और 1945 में उसे संशोधित किया। उन्होंने रचनात्मक कार्यक्रम को पूर्ण स्वराज प्राप्त करने का सच्चा और अहिंसक तरीका बताया। पूर्ण स्वराज की अवधारणा ग्राम स्वराज की अवधारणा, यानी आदर्श ग्रामीण समाज की स्थापना के आस-पास बुनी गई थी।

उन्होंने नेहरू को लिखा, ''मनुष्य जंगल में रहने के लिए नहीं जन्मा है, वह समाज में रहने के लिए जन्म लेता है। अगर हमें यह सुनिश्चित करना है कि एक व्यक्ति दूसरे पर निर्भर न हो, तो वह इकाई एक आदर्श गाँव या एक सामाजिक समूह होना चाहिए जो आत्मनिर्भर होगा लेकिन जिसके सदस्य अन्योन्याश्रित होंगे। यह अवधारणा दुनिया भर में मानव संबंधों में परिवर्तन लाएगी।'' रचनात्मक कार्यक्रम के प्रति उनके दृष्टिकोण को पाँच हिस्सों में वर्गीकृत किया जा सकता है, अर्थात्, आर्थिक, शैक्षिक, सामाजिक, पर्यावरणीय और राजनीतिक। वहीं संशोधित रचनात्मक कार्यक्रम में अठारह चीजें हैं, जिनमें एक चीज, अर्थात्, पशुधन को बेहतर बनाना जोड़ी गई है। इनमें निम्नलिखित चीजें शामिल हैं—1. सांप्रदायिक एकता, 2. अस्पृश्यता को समाप्त करना, 3. मद्य निषेध, 4. खादी, 5. अन्य ग्रामीण उद्योग, 6. ग्राम स्वच्छता, 7. नई या बुनियादी शिक्षा, 8. वयस्क शिक्षा, 9. महिलाएँ, 10. स्वास्थ्य और स्वच्छता की शिक्षा, 11. प्रांतीय भाषाएँ, 12. राष्ट्रीय भाषा, 13. आर्थिक समता, 14. किसान, 15. श्रम, 16. आदिवासी, 17. कुष्ठ रोगी, 18. विद्यार्थी 19. पशुधन को बेहतर बनाना उनके प्रसिद्ध रचनात्मक कार्यक्रम के मुख्य स्तंभ हैं।

1. आर्थिक	4. खादी का उत्पादन और प्रयोग
	19. पशुधन में सुधार
	13. सामाजिक-आर्थिक समता
	5. ग्रामीण उद्योगों का विकास
2. शैक्षिक	7. बुनियादी शिक्षा को अपनाना
	8. वयस्क शिक्षा
	12. राष्ट्रीय भाषा
	11. प्रांतीय भाषा
3. सामाजिक	1. सांप्रदायिक एकता
1. राष्ट्रीय संपर्क	2. अस्पृश्यता को समाप्त करना
2. सामाजिक विकास	3. मद्य निषेध
के लिए लक्ष्य समूह	9. महिलाएँ
	10. आदिवासी
	17. कुष्ठरोगी
4. पर्यावरणीय	6. ग्राम स्वच्छता को बेहतर बनाना
	10. स्वास्थ्य और स्वच्छता संबंधी शिक्षा
5. राजनीतिक	15. किसानों और श्रमिकों के न्यायोचित अधिकारों को सुरक्षित करने के उद्देश्य से उनका संगठन
	18. सामाजिक कार्य के लिए विद्यार्थियों और युवाओं का संगठन
	14. किसान
6. नैतिक	सत्य और अहिंसा
7. अंत	पंचायती राज (ग्राम स्वराज) जो ग्रामीण स्तर पर आत्मशासी समाज है।

उपरोक्त वर्गीकरण गांधीजी द्वारा परिकल्पित भारत के पूर्ण विकास का आधार है। रचनात्मक कार्यक्रम मूल रूप से एक जारी कार्यक्रम है, जिसे सामाजिक और प्रौद्योगिकीय बदलावों तथा आवश्यकताओं के साथ अद्यतन किया जाना चाहिए।

ग्रामीण विकास की गांधीजी की अवधारणा इतनी एकीकृत थी कि उसे अलग-अलग हिस्सों में बाँटना हानिकारक होगा। ग्रामीण विकास का गांधीवादी विचार इतना व्यापक है कि वह राष्ट्रीय विकास के अनुरूप लगता है।

गांधीजी के प्रयोग को एक मौलिक प्रयोग के रूप में देखा गया है क्योंकि वह काफी रचनात्मक है। "मौलिक विचारकों के लिए अकसर यह कहा जाता है कि उनकी आलोचनात्मक क्षमता सच्ची होती है, लेकिन रचनात्मक पक्ष में वे कमजोर होते हैं। यह शायद ही सही कथन है, और जहाँ तक गांधीजी का प्रश्न है, यह निश्चित रूप से गलत है। उनके विचार का रचनात्मक पक्ष मुख्य रूप से सशक्त होता है। आलोचनात्मक पक्ष कमजोर है, लेकिन वह भी भारत पर औद्योगिकीकरण के प्रभाव के एक आकलन पर निर्भर है, जो बड़ी हद तक सही है। मार्क्स ने जिस व्यवस्था की आलोचना की उसके बारे में उन्हें अच्छी जानकारी थी, लेकिन उन्होंने शायद ही विकल्पों पर विचार किया। गांधीजी औद्योगिक समाज के बारे में बहुत कम जानते थे लेकिन वह भारत के गाँवों के बारे में बहुत कुछ जानते थे।" देहात में एकीकृत ग्रामीण विकास की एक पूरी तरह नई और संतुलित अवधारणा, जिसमें आर्थिक के साथ-साथ आध्यात्मिक पक्ष भी शामिल थे, ने जन्म लिया और उस पर प्रयोग किए गए।

पहले या अब भी व्यवहार में लाया जानेवाला ग्रामीण विकास 'अधिकाधिक संख्या का अधिकाधिक हित' के बेंथामाइट सिद्धांत पर आधारित है। उसकी बजाय गांधीजी ने सर्वोदय, यानी सभी का अधिकाधिक हित, के सिद्धांत का समर्थन किया और 49 फीसदी की कीमत पर 51 फीसदी के कल्याण के विचार की आलोचना की।

गांधीजी ने किसी सरकारी सहायता के बिना स्व-सहायता के सिद्धांत के आधार पर हर गाँव के विकास के महत्त्व पर बल दिया। गांधीजी ने लिखा, "जो लोग भूखे, बेरोजगार हैं, ईश्वर भोजन के आश्वासन के रूप में सिर्फ काम और मजदूरी ही दिला सकता है।" लेकिन वह इन गरीब लोगों को मुफ्त में भोजन देने के खिलाफ थे, जो काम मिलने पर या ईमानदार श्रम के द्वारा अपनी जीविका कमाने में सक्षम थे। वह ऐसा काम देने में पक्ष में थे जो इन लोगों को नियमित आधार पर उत्पादक स्व-रोजगार दिला सके। वह स्थानीय कौशल, तकनीकी जानकारी और कच्चे माल पर आधारित स्व-

रोजगार मार्गों को खोले जाने के समर्थक थे। उन्होंने लिखा, ''मुझे विश्वास है कि हाथ से कताई और बुनाई का पुनरुत्थान भारत के आर्थिक तथा नैतिक पुनर्सृजन में सबसे बड़ा योगदान करेगा। लाखों लोगों के पास कृषि के अनुपूरण के लिए एक सरल उद्योग होना चाहिए। कताई वर्षों पहले कुटीर उद्योग था और यदि लाखों लोगों को भूख से बचाना है, तो उन्हें अपने घरों में कताई फिर से शुरू करने में सक्षम बनाना चाहिए और हर गाँव में अपना बुनकर होना चाहिए।''

उन्हें दृढ़ विश्वास था कि खादी, स्वदेशी और चरखा गाँवों के गरीब लोगों को वैकल्पिक और अनुपूरक रोजगार प्रदान कर सकता है और इसी तरह से ग्रामीण जनता अपनी आय का प्रबंध कर सकती है, भारत की गरीबी को हटाने का कोई दूसरा तरीका नहीं था।

सन् 1934 में गांधीजी सेवा संघ की बैठक में गांधीजी ने अपने भाषण में कहा, ''हमें हर उस उपयोगी उद्योग को बढ़ावा देना चाहिए जो कुछ समय पहले तक विद्यमान था और जिसकी समाप्ति ने अब बेरोजगारी को उत्पन्न किया है।'' ग्रामोद्योगों के पुनरुज्जीवन के बिना बढ़ती गरीबी और बेरोजगारी को रोकना कठिन होगा। ''अनिवार्य ग्रामोद्योगों जैसे कूटना, पीसना, साबुन बनाना, कागज बनाना, दियासलाई बनाना, टैनिंग, ऑयल प्रेसिंग आदि के बिना ग्रामीण अर्थव्यवस्था पूर्ण नहीं हो सकती।'' दूसरे ग्रामोद्योगों में पशुपालन, डेयरी, कृषि और कंपोस्ट खाद शामिल हैं। गाँव का पुनर्जीवन तभी संभव है जब उसका और शोषण न किया जाए। सामूहिक स्तर पर औद्योगिकीकरण निश्चित रूप से ग्रामीणों के निष्क्रिय या सक्रिय शोषण को प्रेरित करेगा क्योंकि प्रतिस्पर्धा और मार्केटिंग की समस्याएँ उसके साथ आती हैं। इसलिए हमें गाँव को आत्मनिर्भर बनाने पर ही ध्यान केंद्रित करना होगा, जो मुख्य रूप से उपयोग के लिए वस्तुओं का निर्माण करे। यदि ग्रामोद्योग की यह प्रकृति बनाए रखी जाए, तो गाँवों द्वारा आधुनिक मशीनों और उपकरणों के इस्तेमाल पर भी कोई आपत्ति नहीं होगी, जिसे वे बना सकते हैं और इस्तेमाल कर सकते हैं। केवल उन्हें दूसरों के शोषण के माध्यम के रूप में नहीं इस्तेमाल किया जाना चाहिए।

मशीनीकरण तब बेहतर है, जब पूरा किए जानेवाले काम के लिए हाथ अधिक खाली हों। यह एक बुराई है, जब काम के लिए जरूरत से अधिक

हाथ हों, जैसा कि भारत के मामले में है।

गांधीजी ने ग्रामीण पुनर्निर्माण के अपने रचनात्मक कार्यक्रम में उसके कार्यान्वयनवाले हिस्से को सबसे अधिक महत्त्व दिया। उनके लिए कार्यक्रम का कार्यान्वयन उसकी सफलता के लिए सीधे तौर पर जिम्मेदार होगा, इतना कि गांधीजी ने कांग्रेस के लोगों द्वारा ही 'देश के सेवकों' के रूप में काम करवाने की इच्छा प्रकट की।

इसके अलावा वह ग्रामीण जनता के खास वर्गों, जैसे आदिवासियों, कुष्ठरोगियों और निश्चित रूप से अस्पृश्यों की ओर हमारा ध्यान खींचते हैं। इन लक्षित वर्गों, यानी आदिवासियों (आम तौर पर अनुसूचित जनजाति) और अस्पृश्यों (अनुसूचित जाति), जो उत्पादकता में सक्षम हैं, को जीवन की मुख्यधारा में शामिल किया जाना चाहिए। इसमें, वस्तुतः घोर दरिद्रता में रहनेवाले अत्यंत गरीब वर्गों का बड़ा हिस्सा शामिल है। उनके पास बुनियादी संपत्ति, यानी जमीन, भी नहीं होती। एकीकृत ग्रामीण विकास कार्यक्रम के अंतर्गत, अन्य ग्रामीण गरीबों के साथ ये वर्ग बड़े पैमाने पर लक्षित समूह होते हैं। गांधीजी ने एक कदम आगे बढ़ते हुए कुष्ठरोगियों की ओर ध्यान आकृष्ट किया, जिससे आसानी से यह निष्कर्ष निकाला जा सकता है कि वह ऐसे लोगों का संदर्भ देते हैं जो काम नहीं कर सकते, जैसे कि अशक्त, वृद्ध, रोगी और असमर्थ लोग। वह अस्पृश्यता की बुराई को समाप्त करने को लेकर भी उतने ही गंभीर थे, जितनी गाँवों की गरीबी और बेरोजगारी को लेकर।

महिला एक और महत्त्वपूर्ण वर्ग है, जिसकी ओर उन्होंने अधिक ध्यान दिया। वह हमारी जनसंख्या का लगभग 48.14 प्रतिशत हिस्सा हैं और पुरुषों के बराबर काम करने में सक्षम है। हमारे गाँवों में महिलाएँ कृषि से लेकर हस्तशिल्प और अन्य ग्रामीण कार्य तक उपयोगी उत्पादक कार्य में संलग्न हैं। ग्रामीण अर्थव्यवस्था बड़ी हद तक महिलाओं के सक्षम कंधों पर निर्भर है।

गांधीजी ने पर्यावरण संबंधी पहलुओं पर बहुत ध्यान दिया। वह गाँवों में सफाई, स्वास्थ्य और स्वच्छता तथा पेयजल को लेकर बहुत गंभीर थे। स्वच्छता का स्तर, शुद्ध पेय जल तक पहुँच, लोगों और पशुओं, दोनों के लिए स्वास्थ्य सुविधाओं की उपलब्धता और ऐसे अन्य बुनियादी तंत्र विकास के संकेतक हैं।

अपने रचनात्मक कार्यक्रम के लिए पहले प्रायोगिक अनुभव के रूप में

25 मई, 1915 को कोशरब में उनके द्वारा स्थापित आश्रम (सत्याग्रह आश्रम) और चंपारण के कार्यक्रमों के अनुभव से लेकर वर्धा में सेवाग्राम की स्थापना तक, गांधीवादी विचार की संपूर्ण श्रेणी में ग्रामीण बेरोजगारी और ग्रामीण दरिद्रता के बारे में चिंता थी और वह समग्र रूप में ग्रामीण जीवन को समृद्ध बनाना चाहती थी। इस प्रकार यह कहा जा सकता है कि हमारी विकास योजनाओं से काफी पहले गांधीजी ने एकीकृत ग्रामीण विकास की अवधारणा की परिकल्पना कर ली थी।

यह समाज 'न शहरी न ग्रामीण होगा'। वह एक असली समाज होगा। उसमें कृषि और उद्योग का संतुलन होगा, वह कृषि-औद्योगिक होगा। विकेंद्रीकृत उत्पादन व्यवस्था अमीर और गरीब के बीच की भिन्नता समाप्त कर देती है। व्यक्ति के पास काफी मात्रा में व्यक्तिगत आजादी होती है और वह प्राकृतिक वातावरण से पृथक नहीं होता। आत्मसम्मान, आत्मनिर्भरता पर आधारित विकास के साथ नैतिक और आध्यात्मिक ऊर्जा में बड़े पैमाने पर वृद्धि होती है। सर्वोदय का वितरण संबंधी सिद्धांत ग्रामीण विकास के मत में एक उल्लेखनीय योगदान है। गाँव के हर व्यक्ति को अपनी क्षमता के अनुसार योगदान करना चाहिए। हर किसी को अपनी जीविका के लिए इतनी मजदूरी मिलनी चाहिए जो उसे एक अच्छा घर, संतुलित आहार और पर्याप्त खादी जुटाने में सक्षम बनाए। यह स्वाभाविक है कि कुछ अधिक अर्जित करेंगे, कुछ कम। गांधीजी योग्य हाथों द्वारा लोगों के लिए संपत्ति का बेहतरीन उपयोग सुनिश्चित करने के लिए ट्रस्टीशिप का एक सिद्धांत विकसित करते हैं। विनोबा और आगे जाते हैं और छठे पुत्र के रूप में हर गाँव में उचित अंश की माँग करते हैं। "भूदान का अर्थ भूवितरण नहीं, बल्कि समाज के मानसिक मूल्यों को संतुलित करना है। यह इस अर्थ में प्रतीकात्मक है कि यह एक व्यापक आंदोलन है जिसे जीवन के सभी क्षेत्रों में सुधार के लिए तैयार किया गया है।" ग्रामदान भूदान का एक उपयुक्त परिणाम है।

इसका लक्ष्य 'ग्राम स्वराज' और शांति सेना है तथा ग्रामीण कार्यकर्ता परिवर्तन के वाहक हैं। ग्रामीण कार्यकर्ता को (क) नियमित रूप से कताई करनी चाहिए, (ख) हमेशा खादी पहननी चाहिए, (ग) गाँव में उत्पादित वस्तुओं का उपयोग करना चाहिए, (घ) महीने में एक बार शौचालय की सफाई करनी चाहिए, (ड) प्राथमिक विद्यालय में बच्चों को शिक्षित करना

चाहिए और (च) देवनागरी, उर्दू और एक दक्षिण भारतीय भाषा सीखनी चाहिए।

उच्च आदर्शों के बावजूद यह आंदोलन अपनी ऊँची उम्मीदों पर खरा नहीं उतर पाया। आत्मनिर्भरता एक भ्रम साबित हुई। जैसा कि ए.डब्ल्यू. सहस्रबुद्धि कहते हैं, ''रोमानी विचारों को यथार्थ की आँच से गुजरना पड़ता है।'' ग्राम स्वराज का लक्ष्य दूर-दूर तक कहीं नहीं दिख रहा था। यह आंदोलन इच्छाओं को सीमित करने या त्यागने के संबंध में लोगों में व्यवहार संबंधी बदलाव लाने में भी विफल रहा। यह पूरा आंदोलन अमीर और ताकतवर लोगों की कृपा पर आधारित था और इसकी वजह से सभी लाभ ऊँची जातियों और प्रभावी समूहों को गए। आंदोलन में जैसी कल्पना की गई थी, वैसा समुदाय और सहकारी कहीं नजर नहीं आए। भूदान में दी गई भूमि को और भी विभाजित किया जाता है और उससे खाद्य उत्पादन पर असर पड़ता है। जिन लोगों को भूमि मिली, उन्होंने भी अपनी भूमि को उपेक्षित कर दिया और मजदूरों के रूप में काम करना पसंद किया।

माइकल लिप्टन यहाँ तक कहते हैं कि यह ग्राम्य और प्रतिक्रियावादी ग्रामीण विकास है। उनके अनुसार, ''सबसे पहले उनके सरल जीवन के बारे में कुछ भी प्रतिनिधिमूलक नहीं था, उन्होंने समतावादी और आत्मनिर्भर सामुदायिक जीवन के माध्यम से ग्रामीण रूपांतरण के अपने लक्ष्य को कार्यान्वित किया। दूसरे, उन्होंने ग्रामीण अधोपतन के अपने वर्णन में शहरी शोषण को नहीं छोड़ा और तीसरे, ग्रामीण पुनरुत्थान के उनके सिद्धांत के नीतिगत प्रभाव थे जो 'उन्हें उनके हाल पर छोड़ दो' के निराशाजनक फॉर्मूले से कहीं आगे तक जाते थे।'' उनके लिए ग्रामीण और शहरी क्षेत्रों का अस्तित्व एक यथार्थ था और वह कभी भी शहरी क्षेत्र का उन्मूलन नहीं चाहते थे।

संक्षेप में, गांधीजी की हार्दिक इच्छा थी कि गाँव के प्रत्येक व्यक्ति को अपनी क्षमता के अनुसार योगदान करना चाहिए। हर किसी को पर्याप्त मजदूरी मिले जिससे वह एक ठीक-ठाक घर ले सके, संतुलित भोजन कर सके और उसके पास पहनने के लिए पर्याप्त खादी हो। 'खादी की ओर वापस जाओ', गांधीजी के इस नारे की जड़ें भी उनकी दूरदृष्टि और शहरी मनोविज्ञान की समझ तथा बढ़ते ग्रामीण अविश्वास में निहित थीं। शहरी समाज के अस्तित्व के लिए गरीबों के प्रति वास्तविक हृदय परिवर्तन आवश्यक है। गांधीजी ने

ग्रामीण क्षेत्र में जनता के साथ संपर्क और जीवन-शैली के परिवर्तन पर जोर दिया। श्रमदान की अवधारणा में बुद्धिजीवियों, प्रशासकों या राजनेताओं द्वारा सिर्फ काम करना ही आवश्यक नहीं है, बल्कि इसके लिए जरूरी है कि वे लोगों के साथ मिलकर काम करें, उन्हें जानें और उनके सामने आनेवाली विशिष्ट और सामान्य समस्याओं तथा उनकी सामाजिक-राजनीतिक-आर्थिक परिस्थितियों से परिचित हों। इस प्रकार अपने सृजनात्मक कार्यक्रम द्वारा ग्रामीण विकास का गांधीजी का दृष्टिकोण अद्वितीय था क्योंकि उन्हें ग्रामीण लोगों की समस्याओं की पूरी समझ थी। ग्रामीण विकास के गांधीवादी परिप्रेक्ष्य में हर व्यक्ति का सर्वमुखी विकास जरूरी है। उनकी कार्य योजना में मानव जीवन के हर पक्ष, यानी, सामाजिक, राजनीतिक, आर्थिक का पुनर्निर्माण शामिल है और इसमें प्रशासन की आत्म-समर्थक, आत्मशासी और आत्म-निर्भर इकाइयों पर आधारित एक समाज की कल्पना की गई है।

गांधीजी ने देश के पददलित लोगों के लिए काफी काम किया। एक व्यावहारिक आदर्शवादी होने के कारण उन्होंने इस पर हमेशा जोर दिया कि मजबूत इच्छाशक्ति के साथ गाँवों का पुनर्निर्माण तुरंत आरंभ होना चाहिए। इसके अलावा, उनके मुताबिक गाँव का पुनर्निर्माण अस्थायी नहीं, बल्कि स्थायी आधार पर होना चाहिए। इसके अलावा, जैसा कि पहले भी कहा गया है, गांधीजी के आदर्श गाँव में बुद्धिमान लोग हैं। उनसे पशुओं की तरह गंदगी और अँधेरे में रहने की अपेक्षा नहीं की जाती। पुरुष और महिलाएँ दुनिया में अपना चहुँमुखी व्यक्तित्व विकसित करने के लिए स्वतंत्र और योग्य हैं। वहाँ प्लेग, हैजा या चेचक नहीं होना चाहिए, कोई खाली नहीं होना चाहिए और कोई विलासिता में मगन नहीं होना चाहिए। हर किसी को अपने हिस्से के शारीरिक श्रम का योगदान करना चाहिए। यह एक ऐसा गाँव है, जहाँ ग्रामीण कवि, ग्रामीण कलाकार, ग्रामीण शिल्पकार, भाषाविद् और शोधकर्ता हैं। फिर वे छोटे-छोटे स्वर्गों की तरह होंगे, जहाँ अत्यंत प्रबुद्ध लोग निवास करेंगे, जिन्हें कोई धोखा नहीं दे सकता या कोई उनका शोषण नहीं कर सकता। □

स्त्री सशक्तीकरण और गांधीजी

गांधीजी दुनिया के सबसे बड़े स्त्रीवादी थे और महिलाओं के वास्तविक मुक्तिदाता थे। उन्होंने महिलाओं को दबानेवाली सदियों पुरानी प्रथाओं, रीति-रिवाजों, परदा प्रथा आदि की आलोचना की और महिलाओं के विकास के लिए काम किया। गांधीजी ने बहुत से मानवीय सरोकारों पर मनन किया और तत्कालीन सामाजिक, आर्थिक और राजनीतिक ताकतों पर एक अमिट प्रभाव छोड़ा। गांधीजी ने प्रत्यक्ष और अप्रत्यक्ष रूप से लैंगिक न्याय के बारे में लिखा, बोला और काम किया। वह मानवता से अत्यंत प्रेम करते थे और लैंगिक अन्याय के कट्टर दुश्मन थे। उन्होंने कहा, ''मैं दिल से चाहता हूँ कि हमारी स्त्रियों को पूरी आजादी मिले।''

स्त्री दुनिया की आधी जनसंख्या और एक तिहाई कार्य बल का प्रतिनिधित्व करती है, जबकि उसे वैश्विक आय का सिर्फ दसवाँ हिस्सा और वैश्विक संपत्ति में एक फीसदी से भी कम हिस्सा मिलता है, और वह दो तिहाई कार्य करती है। फिर भी हर दिन मानवाधिकारों के उल्लंघन की खबरों से हमारी आत्मा दहल जाती है। लिंग अंतर बढ़ रहा है। लिंग का यह अंतर पुरुष और स्त्री को दो भिन्न विश्वों, दो भिन्न ग्रहों और दो असमान मानवताओं में बाँट रहा है। आज की हाईटेक दुनिया में महिला को यौन शोषण, आर्थिक शोषण, बलात्कार, छेड़खानी आदि से आजादी की जरूरत है। उसे कैरियर से लेकर जीवनसाथी चुनने तक में और बिस्तर से सत्ता के गलियारे तक अधिक स्वतंत्रता मिलनी चाहिए। इस असमान संबंध के परदे को उठाने और स्त्री की आँखों से अनदेखे आँसू को पोंछने का संघर्ष इस समय की सबसे

दुर्जेय चुनौती है। आज की सबसे बड़ी आवश्यकता लैंगिक न्याय को साकार रूप देने के लिए कोई आसान जवाब या तैयार समाधान नहीं है।

यह पाया गया है कि नई आर्थिक नीति (एन.ई.पी.) और संरचनात्मक समायोजन कार्यक्रम (एस.ए.पी.) के कारण महिलाएँ न केवल आर्थिक रूप से, बल्कि राजनीतिक और सामाजिक रूप से भी अलग-थलग पड़ गई हैं। उदारीकरण, निजीकरण और वैश्वीकरण की प्रक्रिया ने लैंगिक मुद्दों को और बल दिया है और भारतीय स्त्रियों को चौराहे पर लाकर खड़ा कर दिया है। वह पश्चिमी स्त्री की जीवन-शैली को नहीं अपना सकती, क्योंकि इतिहास की शुरुआत से ही उसके सांस्कृतिक और सामाजिक संस्कार भिन्न रहे हैं। हालाँकि आज विभिन्न कारणों से भारतीय स्त्री की छवि में अभूतपूर्व परिवर्तन आया है, लेकिन फिर भी वह पश्चिम की स्त्री से बहुत दूर है।

विशेष रूप से भारत में इन नीतियों का स्त्री पर प्रभाव कुछ चीजों में सकारात्मक भी रहा है। सभी स्तरों पर और जीवन के हर क्षेत्र में निर्णयन प्रक्रियाओं में महिलाओं की भागीदारी भारत में उल्लेखनीय रूप से बदली है। भारत नई आर्थिक व्यवस्था के युग में व्यापक बदलाव के दौर से गुजर रहा है, जिसका लैंगिक न्याय पर प्रत्यक्ष या अप्रत्यक्ष प्रभाव पड़ रहा है।

प्राचीन समय से स्त्री अनगिनत समस्याओं का सामना करती आ रही हैं। उनका दमन लगातार और हर जगह हो रहा है और इसका हल पेचीदा है। महिलाओं के बहुत-से मुक्ति दूत आए और चले गए, लेकिन स्त्री के खिलाफ भेदभाव और मानवीय मूल्यों का उल्लंघन फिर भी बरकरार रहा।

सशक्तीकरण : एक विश्लेषण

लिंग भेद का मुद्दा मूल रूप से प्रत्यक्ष अथवा अप्रत्यक्ष रूप से स्त्री को प्रभावित करता है। दूसरे शब्दों में, स्त्री की कीमत पर की गई कोई भी सामाजिक बुराई, समाज में स्त्री के दोयम दरजे को मजबूत और संस्थापित करनेवाला कोई भी नियम या कानून, या बड़ी संख्या में स्त्रियों को प्रभावित करनेवाली किसी भी घटना या क्रम को लिंग भेद माना जा सकता है। लिंग संबंधी मुद्दे वे भी हैं जो बड़ी संख्या में स्त्रियों को प्रतिक्रिया करने के लिए प्रेरित करते हैं या ऐसे मुद्दे जो महिला समूहों और अंततः मीडिया का ध्यान आकृष्ट करते हैं। स्त्रियों से संबंधित ऐसे अनगिनत और मुद्दे हैं, जो शाश्वत

हैं, जो स्त्रियों के जीवन, स्वास्थ्य और कार्य को प्रभावित करते हैं। जन्म से प्राप्त लिंग और सामाजिक रूप से निर्धारित लिंग में अक्सर हम भ्रमित हो जाते हैं। सामाजिक रूप से निर्धारित लैंगिक ढाँचे पुरुष और स्त्री की भूमिकाओं के लिए विशिष्ट मूल्य निर्धारित करते हैं जो लैंगिक पक्षपात या एक को दूसरे से श्रेष्ठ बताने को प्रेरित करता है। आरंभिक सामाजीकरण लिंगों के लिए नियम निर्धारित करता है और आदर्श प्रस्तुत करता है कि उनके लिए उपयुक्त व्यवहार और कार्य क्या होंगे। अधिकांश समाजों में ऐसे सामाजीकरण के ढाँचे बने हुए हैं जो पुरुषों और महिलाओं को अलग-अलग गुण ग्रहण करने के लिए प्रोत्साहित करते हैं। इस प्रकार, बच्चों को जन्म के साथ ही एक खास लिंग या जाति निर्धारित कर दी जाती है और बड़े होने के साथ उन्हें लैंगिक असमानता को स्वीकार करने के लिए तैयार किया जाता है।

सशक्तीकरण एक तकनीकी लक्ष्य नहीं है—यह एक थोक राजनीतिक प्रतिबद्धता है। इसे प्राप्त करने के लिए एक दीर्घकालीन प्रक्रिया की जरूरत है जिसमें सभी सांस्कृतिक, सामाजिक, राजनीतिक और आर्थिक मानदंड बुनियादी परिवर्तन से गुजरते हैं। इसके लिए एक पूरी तरह नई विचार-शैली की भी आवश्यकता होती है—जिसमें स्त्री और पुरुष की रूढ़िबद्धता उनके विकल्पों को सीमित नहीं करती बल्कि एक नए दर्शन को प्रेरित करती है, जो सभी लोगों को परिवर्तन के अनिवार्य माध्यमों के रूप में देखता है, जो विकास को सिर्फ एक नहीं, बल्कि दोनों लिंगों के चयन को विस्तृत करने की प्रक्रिया के रूप में देखता है। भारत में अब भी लिंग समानता महिलाओं के लिए नहीं है, जहाँ स्वास्थ्य सेवाओं और शिक्षा तक उनकी पहुँच बहुत ही सीमित है।

सशक्तीकरण का अर्थ है कि स्त्रियाँ जीवन के सभी क्षेत्रों में निर्णयन प्रक्रिया में पुरुषों के साथ पूर्ण भागीदारी करें। इसके अलावा उसे परिवार और समाज में उभरनेवाली समस्याओं का उचित और व्यावहारिक समाधान खोजने में भी पुरुषों के साथ बराबरी में भागीदारी करनी चाहिए। इसके अलावा सशक्तीकरण में जोर-जबरदस्ती, भेदभाव और हिंसा से मुक्त होकर यौन तथा प्रजनन स्वास्थ्य सहित अपनी सेक्सुअलिटी से संबंधित मामलों पर पूरा नियंत्रण होना और इन मामलों में स्वतंत्र होकर तथा जिम्मेदारी से निर्णय लेने का अधिकार शामिल है। व्यक्ति की निष्ठा के लिए पूर्ण सम्मान सहित यौन संबंधों और प्रजनन के मामले में स्त्रियों और पुरुषों के बीच बराबरी के संबंध

के लिए पारस्परिक सम्मान, सहमति और यौन व्यवहार तथा उसके परिणामों के लिए साझी जिम्मेदारी की आवश्यकता है।

20वीं सदी में दुनिया भर की स्त्रियों के जीवन में काफी परिवर्तन आया और 21वीं सदी स्त्रियों की सदी है। महिलाओं की प्रवृतियों, मूल्यों, प्रेरणाओं, भावनाओं, व्यवहार के मानदंडों और जीवन के सभी क्षेत्रों में प्रभावी भागीदारी के लिए काम करने को महत्त्व देना चाहिए। आशा की किरणें अधिक तेज हो रही हैं और सामाजिक-आर्थिक तथा राजनीतिक प्रक्रिया में स्त्री के महत्त्व के माध्यम से हो रहे परिवर्तन निकट भविष्य में अधिक स्वस्थ, खुशहाल और प्रगतिशील देश के लिए महत्त्वपूर्ण होंगे। दुनिया के सबसे बड़े सक्रिय लोकतंत्र के रूप में भारत लगातार लिंग समानता प्राप्त करने के लिए विभिन्न प्रकार के संगठनों और ढाँचों के साथ अनवरत रूप प्रयोग करता रहा है। फिर भी हर स्तर पर लिंग संबंधी भेदभाव और पक्षपात दर्शाता है कि स्त्रियों को किस प्रकार के समाज में रहना पड़ रहा है।

लड़कियों और लड़कों को बचपन में जिस तरह से पाला जाता है, उससे यह साफ नजर आता है। भारतीय परिवारों की वास्तविकता यह है कि 'लड़के सेवा करवाने के लिए और लड़कियाँ सेवा करने के लिए होती हैं। लड़के परिवार के राजकुमार और लड़कियाँ नौकरानी होती हैं।' वास्तव में स्त्री को इस धरती पर आने से पहले और बाद में अपने जीवन के हर क्षेत्र में भेदभाव से जूझना पड़ता है। आज इस बात के स्पष्ट प्रमाण हैं कि स्त्रियों को जीने के उनके मूलभूत अधिकार, संसाधनों तक पहुँच और अपने उत्पादन पर नियंत्रण से वंचित किया जाता है। सबसे बुनियादी स्तर पर पुरुष ही बड़े पैमाने पर दुनिया के संसाधनों को नियंत्रित करता है, जबकि स्त्री को भूख और गरीबी से जूझना पड़ता है। वास्तव में लिंग निर्धारण के बाद भ्रूणहत्या, बालिका शिशु की हत्या और उनके लिए पोषण तथा स्वास्थ्य सेवा के निम्न स्तर का अर्थ है कि दुनिया की जनसंख्या में से लगभग 10 करोड़ स्त्रियाँ कम हैं।

शिक्षा मानव उन्नति की कुंजी है; अधिकतर महिलाओं को वह उपलब्ध नहीं होती। घर के अंदर महिलाओं के काम को कोई महत्त्व नहीं दिया जाता, उसके बदले उसे कुछ नहीं मिलता और घर से बाहर उसे पुरुषों से कम पैसे मिलते हैं। स्वास्थ्य सेवा और पोषक आहार उनके लिए दूर का सपना है। अधिकांश परिवारों में अच्छा खाना और सुविधाएँ लड़कों तथा पुरुषों के लिए

होती हैं। एक ओर स्त्री अशिक्षा और दूसरी ओर जनसंख्या वृद्धि, शिशु मृत्यु दर, माता मृत्यु दर, कुपोषण तथा निम्न उत्पादकता के बीच विपरीत अनुपात एक सुस्थापित तथ्य है। भारत में स्त्रियों, विशेषकर लड़कियों की उपेक्षा अब भी एक गंभीर चिंता का विषय है, क्योंकि भारत और पूरे दक्षिण एशिया में ही पुरुषों की संख्या कुल जनसंख्या में स्त्रियों से अधिक है। मृत्यु दर, रुग्णता दर, अस्पताल की देखभाल और पोषण की विस्तृत तुलना देश के बड़े हिस्सों में, खासकर ग्रामीण भारत में महिलाओं के व्यवस्थित शोषण की एक अत्यंत साफ तस्वीर दिखा सकती है।

अब भी बहुत से लिंग संबंधी मुद्दे भारतीय समाज की प्रकृति और आकार को निर्धारित करते हैं, जैसे अधिकांश पारंपरिक समाजों में स्त्रियों से दोयम दरजे का व्यवहार किया जाता है और वे जीवन, स्वास्थ्य, मृत्यु दर, शिक्षा तक पहुँच, रोजगार तक पहुँच, उचित आजादी तक पहुँच और नागरिक व राजनीतिक अधिकारों के उपयोगी प्रयोग के मामलों में पुरुष के बराबर नहीं हैं। हालाँकि यह दुनिया भर की स्त्रियों के बारे में सच है, लेकिन भारत जैसे परिवर्तनशील/विकासशील देश में यह काम अधिक मुश्किल है। उन्हें अपने पारंपरिक समाजों द्वारा उन पर थोपे गए बंधनों से आजाद होना है, और साथ ही विकास तथा आधुनिकीकरण की प्रक्रिया द्वारा प्रस्तुत फंदे से बचकर रहना है जिसमें शोषण के नए रूप और नई समस्याएँ निहित हैं।

हाल के वर्षों में दहेज हत्याओं, सेक्स संबंधी हिंसा और महिलाओं के उत्पीड़न में बहुत अधिक वृद्धि हुई है जो बड़े पैमाने पर समाज के टूटने का संकेत है। हर क्षेत्र में स्त्री की स्थिति बदतर हो रही है, सिर्फ मध्यवर्गीय स्त्री के लिए शिक्षा और रोजगार में कुछ फायदे अपवाद हैं। अब भी स्त्री को सबसे कम पैसेवाली नौकरियों में रखा जाता है, लंबे कार्य घंटे लिए जाते हैं और वह घर पर भी बिना किसी लाभ के पूरा काम करती है, बच्चों को पालती है और बीमारों और बुजुर्गों की देखभाल करती है। वह चुपचाप बहुत से काम करती है, जिसके लिए उसकी कोई कदर नहीं है।

हमारे परिवार और समाज में पुरुष व स्त्री के जीवन में बचपन से शुरू होनेवाला यह हर घंटे और हर दिन का विरोधाभास लिंग संबंधी भेदभाव को उत्पन्न करता है, जो प्रचलित होने के बावजूद पूरी तरह अन्यायपूर्ण है। लैंगिक हिंसा की अभिव्यक्ति विभिन्न सामाजिक-आर्थिक और सांस्कृतिक व्यवस्थाओं

में भिन्न हो सकती है लेकिन स्त्री पर उसका प्रभाव, असर और परिणाम वही रहते हैं। स्त्री के खिलाफ हिंसा की प्रकृति और प्रकार को समझने के लिए हमें पुरुषप्रधान समाज की रणनीति के रूप में हिंसा के प्रयोग को समझना होगा। व्यापक लैंगिक हिंसा को महिलाओं की निम्न स्थिति को बरकरार रखने के सूचक और माध्यम के रूप में देखा जाता है, जो आसानी से न समझ आनेवाली व्यवस्थित हिंसा के रूप में भी सामने आता है, जैसे स्वास्थ्य की उपेक्षा, उच्च शिक्षा, रोजगार और स्वास्थ्यसेवा की सुविधा का अभाव आदि। ऐसे निराशाजनक परिदृश्य में, जिसमें स्त्री आम तौर पर अशक्त होती है, उसके खिलाफ प्रत्यक्ष हिंसा उसे नियंत्रित करने और उसकी हीन स्थिति को स्थायी बनाने के दोहरे लक्ष्य से होती है। शारीरिक हिंसा स्त्री की शारीरिक गति को सीमित करने और उसे सजा देने के लिए होती है, जो वे लोग करते हैं जो स्वयं समाज में सामाजिक नियमों की धज्जियाँ उड़ाते हैं। सभी सार्वजनिक स्थानों पर पुरुषों का प्रभुत्व है, जिसका अर्थ है कि महिलाओं के लिए आना-जाना, काम करना या अपनी जीविका अर्जित करना बहुत मुश्किल है। जब स्त्री इस नियम की अवहेलना करती है, तो यह उसके खिलाफ जाता है और इससे वर्ग की सीमा से परे सभी स्त्रियाँ प्रभावित होती हैं।

महिलाओं को इस पक्षपात के खिलाफ संघर्ष करने में समर्थ बनाने के लिए सभी स्तरों प्रर निर्णयन संस्थानों में उसकी भागीदारी को सुनिश्चित करते हुए उसका सशक्तीकरण करना आवश्यक है। ये मत दुनिया भर की महिलाओं द्वारा अभिव्यक्त किए गए हैं चाहे उनका रंग, धर्म या समूह कोई भी हो क्योंकि वे समानता, सामाजिक न्याय और लोकतांत्रिक अधिकारों की लड़ाई में एकजुट हैं। भारत लगातार लिंग समानता प्राप्त करने के लिए बहुत से ढाँचों और व्यवस्थाओं के प्रकारों के साथ प्रयोग करता रहा है। इसमें कोई हैरत की बात नहीं है कि आधुनिकीकरण और पश्चिमीकरण ने आम स्त्री को आजादी नहीं दिलाई है। आज भारत में महिलाओं की स्थिति को बेहतर बनाना एक समस्या है जो तभी हकीकत बन सकती है यदि इसके लिए उपयुक्त कानून बनाए जाएँ और उन्हें सख्ती से लागू किया जाए। इतने वर्षों में स्त्री की स्थिति को बेहतर बनाने और उसके बुनियादी अधिकारों को सुरक्षित करने के लिए बहुत से कानूनों को बनाया और संशोधित किया गया। लेकिन अब भी ऐसे कानून हैं जो लैंगिक न्याय के सभी सिद्धांतों की खिल्ली

उड़ाते हैं और उन्हें बदलने की जरूरत है। सबसे पहले दिमाग में जो उदाहरण आता है, वह है विभिन्न समुदायों के पर्सनल लॉ का जिनमें किसी-न-किसी संदर्भ पर बहुत से भेदभावपूर्ण प्रावधानों को जारी रखने की अनुमति दी गई है। लैंगिक समानता प्राप्त की जा सकती है, यदि कानून में स्त्री के जीवन की विशेष परिस्थितियों को ध्यान में रखा जाए जिनमें उसे शिक्षा, आर्थिक आत्मनिर्भरता की इजाजत नहीं दी जाती।

स्त्री स्वयं दूसरी स्त्री की समस्याओं को हल कर सकती है। लैंगिक न्याय का एक मुख्य लक्ष्य एक निष्पक्ष, लोकतांत्रिक और समतापूर्ण समाज की स्थापना है और जिसके लिए स्त्री सशक्तीकरण आवश्यक तथा वांछनीय है। यहाँ सशक्तीकरण का अर्थ यह है कि स्त्री को गंभीरता से लिया जाना चाहिए। हालाँकि पुरुष का जाग्रत होना, स्त्री के प्रति अपने दृष्टिकोण में परिवर्तन लाना और उसकी समस्याओं को समझना उतना ही महत्त्वपूर्ण है।

उदारीकरण, निजीकरण और वैश्वीकरण ने स्त्री के वर्ग, श्रेणी, आर्थिक स्थिति या शैक्षिक स्तर से परे सामूहिक रूप से तथा व्यक्तिगत रूप से स्त्री को प्रतिकूल रूप में प्रभावित किया है। उसने एक 'नई स्त्री' की छवि बनाई है, जो बहुत खतरनाक है क्योंकि उसने इस पीढ़ी की स्त्री की विचार प्रक्रिया में भी एक हानिकारक बदलाव को प्रेरित किया है। वास्तव में उसने साामजिक-आर्थिक और सांस्कृतिक क्षेत्रों में स्त्री की निर्धारित भूमिकाओं को और मजबूत किया है, जहाँ से उसे मुक्त कराने की और एक मनुष्य के रूप में स्वीकृत किए जाने और देखे जाने की जरूरत है। वास्तव में स्त्री पहले ही एल.पी.जी. और एस.ए.पी. के कारण भारी कीमत चुका चुकी है। उपभोक्तावाद बढ़ने और स्त्री को वस्तु के रूप में देखे जाने ने उनके दिमागों और शरीरों पर अतिरिक्त दबाव डाला। इसी तरह सशस्त्र संघर्षों और अव्यवस्था की बढ़ती घटनाओं का अर्थ अभाव, टूटते घरों, गरीबी, यौन शोषण और सबसे ऊपर अत्यंत मानसिक पीड़ा के अर्थों में महिलाओं के लिए और अधिक समस्याओं का उत्पन्न होना है। उदारीकरण, निजीकरण और वैश्वीकरण की प्रक्रियाओं ने लैंगिक समस्याओं को और बढ़ा दिया है। 1980 के दशक के दौरान संरचनात्मक समायोजन नीतियों के साथ प्रयोग करनेवाले देशों का अनुभव साफ दर्शाता है कि अंतर्निहित सुरक्षा-उपायों के बिना ऐसी नीतियों से प्रेरित बाजार शक्तियों का महिलाओं पर प्रतिकूल प्रभाव पड़ता है जो विश्व स्तर पर

महिलाओं के खिलाफ शारीरिक हिंसा में वृद्धि से स्पष्ट होता है। भारतीय संदर्भ में यह पाया गया है कि नई आर्थिक नीति और संरचनात्मक समायोजन कार्यक्रमों के कारण महिलाएँ न सिर्फ आर्थिक रूप से बल्कि राजनीतिक और सामाजिक रूप से भी हाशिए पर चली गई हैं। वे वैश्विक संकट के मध्य में हैं और उन्हें अपने अस्तित्व के लिए बहुत लड़ाई लड़नी है। नई आर्थिक नीति का जोर विशेषज्ञता और उच्च प्रौद्योगिकी पर अधिक रहा है जिसका अर्थ है कि स्त्रियों का उनकी नौकरियों से निकाला जाना तय है। इसकी वजह से महिलाओं की आय और आर्थिक स्थिति के प्रभावित होने का खतरा है।

महिलाओं के मानवाधिकारों का बहुत से रूपों में उल्लंघन किया जाता है। निश्चित रूप से कभी-कभी स्त्री को ऐसे रूपों में शोषण (जैसे, राजनीतिक उत्पीड़न) से गुजरना पड़ता है, जो पुरुषों के बराबर होता है, लेकिन चूँकि दुनिया में राजनेता की प्रभावी छवि पुरुषवादी है, महिलाओं के लिए दृश्यता की समस्या है। मानवाधिकारों के उल्लंघन के स्त्री के अधिकांश अनुभव लिंग आधारित होते हैं, और भेदभाव या शोषण के कई मामले सिर्फ इसलिए होते हैं क्योंकि पीड़ित स्त्री होती है। जिस स्त्री के अधिकारों का लिंग के अलावा दूसरे कारणों से उल्लंघन किया जाता है (जैसे राजनीतिक बंदी या उत्पीड़ित जातीय दलों के सदस्य के रूप में), उन्हें यौन उत्पीड़न जैसे एक खास प्रकार के लैंगिक शोषण का भी अनुभव करना पड़ता है।

कुछ खास स्त्री संगठन मानवाधिकार उल्लंघन के प्रति खास तौर पर संवेदनशील हैं। अधिकारहीन समूहों से आनेवाली महिलाएँ दोहरे संकट में होती हैं। पहले ही महिलाओं के रूप में भेदभाव से जूझ रहीं वे पक्षपात की भी शिकार होती हैं। दुनिया भर में महिलाओं के साथ नागरिक और आपराधिक न्याय व्यवस्थाओं में भेदभाव किया जाता है। कुछ देशों में तो कानून और आगे बढ़ जाता है; वह सिर्फ पक्षपात नहीं करता, बल्कि महिलाओं द्वारा किए गए अपराधों के लिए खास तौर पर क्रूर, अमानवीय और अपमानजनक दंड का प्रावधान रखता है।

मानवाधिकार उल्लंघनों का शिकार बननेवाली अधिकांश महिलाएँ समाज के सबसे गरीब और सबसे कमजोर समूहों, दुनिया के बड़े शहरों में बेघर महिलाओं, स्वदेशी महिलाओं, सामाजिक रूप से लाभवंचित समूहों से संबंधित महिलाओं, आप्रवासी समुदायों की महिलाओं और अपनी सेक्सुअल पसंद

की वजह से अपराध का शिकार बनी महिलाओं में से होती हैं।

दुनिया भर की सरकारों की सबसे बड़ी विफलता सिर्फ यह नहीं है कि वे स्त्री को उसके सामाजिक, आर्थिक और सांस्कृतिक अधिकारों की गारंटी देने में समर्थ नहीं रही हैं। दुनिया भर में इस उच्च प्रौद्योगिकी समाज में शांति, विकास और समता का स्त्री अधिकार सबसे मुख्य मुद्दा है। दुनिया के सभी हिस्सों में हथियारबंद विद्रोही दलों द्वारा महिलाओं को मारा जाता है, उनका बलात्कार किया जाता है, उनके साथ दुर्व्यवहार किया जाता है या उन्हें बंधक बनाया जाता है। सांप्रदायिक हिंसा और उसके परिणामस्वरूप कट्टरवाद की वजह से आम तौर पर महिलाओं की आजादी और पहचान पर कट्टरवादी हमले देखने को मिलते हैं। इस संदर्भ में इसलामी धार्मिक नियमों का उदाहरण सर्वविदित है। संप्रदायवाद और कट्टरवाद, उग्रवादी धार्मिक संगठनों द्वारा 'परंपराओं को बरकरार रखने' और 'अपनी विशिष्ट पहचान बनाए रखने' के नाम पर रूढ़िवादी प्रथाओं को पुनर्जीवित करने के संगठित प्रयासों को भी प्रेरित करते हैं। इसका नतीजा हमेशा स्त्री अधिकारों के हनन के रूप में निकलता है, चाहे वह शाहबानो का मामला हो या देवराला में सती और उसे प्रचारित करने के लिए मंदिर और मेले का मामला। उसने एक पेचीदा लोकतांत्रिक दुविधा भी उत्पन्न की जहाँ भारत में एकरूप नागरिक संहिता और पर्सनल लॉ सुधारों के मुद्दे में स्त्री अधिकार और परिवार कानून सुधार का मुद्दा स्पष्ट होकर उभरा।

महिलाओं को दोहरी समस्या का सामना करना पड़ता है। एक महिला के रूप में पक्षपात झेलने के अलावा वह पुरुषों के बराबर ही मानवाधिकार उल्लंघनों की शिकार भी बनती है। विधायी और राजनीतिक मोर्चे पर स्त्री के लिए समानता लाने के प्रयासों के बावजूद लिंग के आधार पर भेदभाव एक अंतरराष्ट्रीय हकीकत है। सन् 1991 में प्रकाशित 96 राष्ट्रीय संसदों के केंद्रीय सर्वेक्षण में पाया गया कि उनमें सिर्फ 11 फीसदी महिलाएँ थीं। जबकि राष्ट्रीय और अंतरराष्ट्रीय निर्णयन ढाँचों में स्त्री का प्रतिनिधित्व बहुत कम है, जबकि अधिकार हनन के पीड़ितों में उनका प्रतिनिधित्व बहुत ज्यादा है।

पक्षपात एक घातक बीमारी है। किसी भी अन्य प्रकार के मानवाधिकार शोषण की बजाय लैंगिक पक्षपात और हिंसा से उत्पन्न विभिन्न कारणों से रोज अधिक महिलाओं और लड़कियों की मृत्यु होती है। संयुक्त राष्ट्र चिल्ड्रंस

फंड (यूनिसेफ) के मुताबिक प्रत्येक वर्ष दस लाख से अधिक शिशु बालिकाएँ सिर्फ इसलिए मौत की शिकार होती हैं क्योंकि उन्होंने स्त्री जाति में जन्म लिया है। प्रत्येक वर्ष लैंगिक भेदभाव के कारण लाखों महिलाओं को यातनाएँ देते हुए उनका शारीरिक उत्पीड़न करते हुए मौत के घाट उतार दिया जाता है, उन्हें जीवित जला दिया जाता है, उन्हें उनके कानूनी अधिकारों से वंचित किया जाता है और घरेलू या सेक्स संबंधी उद्देश्यों से एक अस्वीकार्य लेकिन अंतरराष्ट्रीय सौदेबाजी में उन्हें खरीदा-बेचा जाता है। अपने लिंग की वजह से स्त्री निजी संगठनों और व्यक्तियों द्वारा हिंसक शोषण के खतरे पर होती है।

लैंगिक हिंसा पर प्रतिबंध लगानेवाली संयुक्त राष्ट्र घोषणा में 'महिलाओं के लिए सभी मनुष्यों के बराबर समानता, सुरक्षा, आजादी, सच्चाई और गरिमा के अधिकारों और सिद्धांतों को लागू करने' का आह्वान किया गया है। सभी सरकारें इस घोषणा का पालन करने के लिए नैतिक रूप से बाध्य हैं। साथ ही वे अपने नागरिकों के मूलभूत मानवाधिकारों का उल्लंघन न करने के अंतरराष्ट्रीय मानवाधिकार समझौतों द्वारा भी बाध्य हैं।

महिलाओं के अधिकार मानवाधिकार हैं और मानवाधिकार न केवल सार्वभौमिक हैं, बल्कि वे अविभाज्य भी हैं। यदि किसी स्त्री को बलपूर्वक कैद किया जाता है, उसका उत्पीड़न किया जाता है, उसे मार दिया जाता है या एक निष्पक्ष मुकदमे के बाद उसे 'गायब' होने के लिए विवश या जेल में डाल दिया जाता है, तो उसके पास अपने सामाजिक, आर्थिक और सांस्कृतिक अधिकारों का प्रयोग करने का कोई अवसर नहीं होता। स्त्री के मूलभूत मानवाधिकारों का सम्मान किए बिना शांति, समानता और विकास के स्त्री अधिकारों को प्राप्त करना असंभव है।

फिर भी दुनिया का कोई भी देश अपनी स्त्रियों को पुरुषों के बराबर दरजा नहीं देता। सभी समाजों में, सभी सामाजिक वर्गों, संस्कृतियों और नस्लों की स्त्रियों के मानवाधिकारों के शोषण का खतरा होता है। अक्सर राष्ट्रीय कानूनों में स्त्री के खिलाफ भेदभाव नजर आता है। अगर कानून ही स्त्री को दोयम दरजे का नागरिक मानता है, तो समाज के सामने कहाँ स्त्रियों के मानवाधिकारों के सम्मान का प्रोत्साहन या अवसर है?

सभी व्यक्तियों की तरह स्त्री के मानवाधिकार अंतरराष्ट्रीय कानून में सुरक्षित हैं। फिर भी वह हर उस मानवाधिकार उल्लंघन से पीड़ित है, जिसके

बारे में आधुनिक विश्व जानता है। स्त्री और बालिका का मानवाधिकार उल्लंघन सिर्फ और मुख्य रूप से उनके लिंग की वजह से भी होता है।

संयुक्त राष्ट्र की मानवाधिकारों की सार्वभौमिक घोषणा में कहा गया है : 'सभी मनुष्य गरिमा और अधिकारों में स्वतंत्र तथा समान जन्म लेते हैं।' फिर भी स्त्री की आजादी, गरिमा और समानता को लगातार कानून-व्यवस्था द्वारा ऐसे रूपों में ठेस पहुँचाई जाती है, जो पुरुषों के लिए नहीं होती। स्त्री के अधिकारों को मानवाधिकारों की तरह समझना चाहिए। हमें लिंग आधारित शोषण को मानवाधिकार उल्लंघन का मामला समझना चाहिए। मानवाधिकार घर से शुरू होने चाहिए। स्त्री समस्याओं को सुलझाने का एकमात्र और सबसे उपयुक्त तरीका समाज में उसकी स्थिति को बदलना और सामाजिक व्यवस्था के हित के लिए उसे बराबर का जिम्मेदार बनाना है। ऐसा सिर्फ मानवाधिकारों के पूर्ण कार्यान्वयन के द्वारा ही प्राप्त किया जा सकता है।

हेनरी किसिंजर ने कहा, ''यदि शांति और खुशहाली खोखली तकनीकी उपलब्धियों से अधिक महत्त्वपूर्ण हैं, तो मूलभूत मानवाधिकारों को बहाल और सुरक्षित किया जाना चाहिए। मानवाधिकार एक अर्थपूर्ण जीवन का सार हैं और मानव गरिमा सरकार का चरम उद्देश्य।''

अंतरराष्ट्रीय समुदाय सतर्क और एकजुट कार्रवाई के द्वारा मानवाधिकारों को सुरक्षित करने में एक निर्णायक भूमिका निभा सकता है। विश्व स्तर पर स्त्री के मानवाधिकारों को सुरक्षित करने की दिशा में महत्त्वपूर्ण कदमों में मानवाधिकार उल्लंघनों पर ध्यान देना और उनका उल्लंघन करनेवालों के अंत के लिए ऐसे उल्लंघनों को प्रेस, सरकार तथा प्रशासन तक पहुँचाना है।

वर्तमान विश्व में मानवाधिकारों के समक्ष वैश्विक चुनौतियों को हल करने के लिए एक लैंगिक दृष्टिकोण से मानवाधिकारों का रूपांतरण महत्त्वपूर्ण है। स्त्री के मानवाधिकरों को सुरक्षित करने का अभियान भी उन्हीं मोर्चों और उन्हीं मुद्दों पर उठाना होगा, जिन पर हर किसी के मानवाधिकारों को सुरक्षित करने का अभियान चलाया जाता है।

गांधीवादी विकल्प

गांधीजी अपने समय में स्त्री मुक्ति के समर्थक थे और उन्होंने इस संबंध में काफी कुछ लिखा भी है। वह स्त्री की दुविधा को समझने में अपने समय से

काफी आगे थे। गांधीजी के विपरीत बहुत कम लोगों ने राजनीतिक, आर्थिक और सामाजिक रूप से स्त्री के संबंध में असमानता तथा सामाजिक न्याय के बुनियादी मुद्दों पर विचार किया। सन् 1921 में ही 'यंग इंडिया' में लिखते हुए गांधीजी ने कहा था, ''पुरुष ने खुद जिन बुराइयों के लिए खुद को जिम्मेदार बनाया है, उनमें मेरे लिए मानवता के आधे हिस्से, यानी नारी वर्ग, न कि कमजोर वर्ग, के शोषण जितना घृणित, शर्मनाक और क्रूरतापूर्ण और कुछ नहीं है।''

गांधीजी की यह सोच और समझ अद्वितीय थी कि एक स्त्री का भी एक स्वतंत्र व्यक्तित्व होता है। उन्होंने कहा कि जीवन में स्त्री को भी अपनी किस्मत बनाने का उतना ही हक है, जितना किसी पुरुष को। इसके अतिरिक्त, गांधीजी ने कहा कि बुनियादी रूप से पुरुष और स्त्री एक ही हैं, ''दोनों में एक ही आत्मा है। दोनों एक ही जीवन जीते हैं, उनमें एक ही भावना होती है।'' हालाँकि, वह मानते थे कि बुनियादी रूप से एक होने के बावजूद उनके कार्यों और भूमिकाओं में भिन्नता को स्वीकार किया जाना चाहिए।

स्त्री समस्याओं पर गांधीजी का पक्ष दो मूलभूत सिद्धांतों पर आधारित है—'दोनों लिंगों के बीच बराबरी और उनकी सामाजिक भूमिकाओं का विशिष्टीकरण।' स्त्री के प्रति गांधीजी का दृष्टिकोण प्रबुद्ध था। उन्होंने कहा कि पुरुष और स्त्री में समान क्षमताएँ होती हैं। उन्होंने लैंगिक समानता पर जोर दिया। कई चीजों में, लैंगिक न्याय के क्षेत्र में गांधीवादी तकनीकें अतीत की बजाय आज और भी अधिक प्रासंगिक हैं।

स्त्रियों की समस्याओं को हल करने और भारत को लैंगिक भेदभाव, लिंग संबंधी शारीरिक और भावनात्मक हिंसा से मुक्त करते हुए इस सहस्राब्दी में ले जाने के लिए गांधीजी के तरीकों और तकनीकों को अपनाना जरूरी है।

गांधीजी की रूपरेखा में स्त्री को अपनी क्षमता और आंतरिक शक्ति को पहचानना होगा। स्त्री को लैंगिक न्याय में अपनी व्यापक क्षमताओं को पहचानना, जानना होगा और सभी क्षेत्रों में उत्कृष्टता प्राप्त करनी होगी। सिर्फ एक अंदरूनी शक्ति और अंदरूनी क्रांति ही अन्याय के खिलाफ स्त्री की नैतिक लड़ाई को बल दे सकती है। सभी प्रकार के लिंग संबंधी भेदभाव और सामाजिक बुराई को हटाने में सत्याग्रह तकनीकें बहुत मददगार हो सकती हैं। गांधीजी ने लिखा, ''यदि वह सत्याग्रह को सीखती है, तो वह पूरी तरह स्वतंत्र और आत्मनिर्भर हो सकती है। उसे किसी पर निर्भर नहीं महसूस करना होगा। इसका यह अर्थ

नहीं है कि वह दूसरों से कोई मदद नहीं लेगी। वह जरूर लेगी। लेकिन यदि ऐसी मदद नहीं मिलती है, तो वह अभावग्रस्त नहीं महसूस करेगी।''

वास्तव में सत्याग्रह उन सबसे प्रभावशाली माध्यमों में से एक है जिसके द्वारा महिलाएँ व्यक्तिगत रूप में या समूह के रूप में पुरुष प्रधान अन्यायपूर्ण समाज पर तुरंत असर डाल सकती हैं। लैंगिक न्याय हेतु सत्याग्रह को चलाने के लिए, जाति, वर्ग और राजनीतिक संबद्धता व विचारधारा से परे एक छत के नीचे स्त्री कार्य दल गठित करना उचित होगा। स्त्री कार्य दल स्त्री के खिलाफ हिंसा और समाज में उसकी खराब स्थिति के खिलाफ अहिंसक कार्यों से लाभ प्राप्त कर सकते हैं। इसके दोहरे लाभ हैं। पहला, स्त्री कार्य दल के लिए जोरदार रूप से अन्याय और लैंगिक भेदभाव के खिलाफ लड़ना आसान होगा। सत्याग्रह की कार्रवाईयों से सीधे प्रोत्साहन को बल मिलेगा, जो अपराध और लैंगिक अन्यायों के खिलाफ लड़ाई में अधिक-से-अधिक महिलाओं के सक्रिय होने के लिए आवश्यक है। यह स्त्री को अपने अधिकारों और कर्तव्यों के प्रति जागरूक करेगा। दूसरे, लैंगिक न्याय के लिए सत्याग्रह ऐसी स्थिति उत्पन्न करेगा जिसमें सरकार और जनता का ध्यान स्त्री समस्याओं को सुलझाने की ओर जाएगा।

जब भी ऐसी आवश्यकता हो, स्त्री कार्य दलों को संकट का हल निकालने और स्त्री के हित के लिए जनता का ध्यान आकृष्ट करने के लिए आगे आना चाहिए। स्त्री को बुराई करनेवाले के साथ कोई सहयोग नहीं करना चाहिए, चाहे वह कोई व्यक्ति हो या कोई समूह, पारिवारिक नियम या सामाजिक नियम। स्त्री को ऐसे व्यक्तियों या परिवारों से असहयोग करना चाहिए जो महिला को हीन प्राणी समझते हैं और यह हर स्त्री को सिखाया जाना चाहिए। बहरहाल, सत्याग्रह की सफलता स्त्री की संगठनात्मक शक्ति, निर्भयता, नेटवर्किंग और उद्देश्य के लिए समर्पण पर निर्भर करती है।

सत्याग्रह लैंगिक भेदभाव रोकने में काफी उपयोगी होगा, जबकि सर्वोदय सामाजिक परिवर्तन के माध्यम से स्त्री की संपूर्ण उन्नति के लिए काम करता है। सर्वोदय की अवधारणा को 'सभी के जागरण' के रूप में परिभाषित किया जा सकता है। हर किसी के जागने के अलावा यह संपूर्ण मानव भावना और व्यक्तित्व के जागरण से भी संबंधित है। सर्वोदय सभी की उत्तरजीविता और विकास के लिए है। यह एक नैतिक व्यवस्था है, जिसमें स्त्री स्वतंत्रता को अपनी पूर्ण अभिव्यक्ति मिलती है, जिसके परिणामस्वरूप समानता, न्याय और

रचनात्मकता फल-फूल सकती है। सर्वोदय आंदोलन पुनर्जागरण का एक हिस्सा बन सकता है, जहाँ तक कि लैंगिक न्याय का संबंध है क्योंकि वह सामाजिक और लैंगिक न्याय, समता, स्वतंत्रता और भाईचारे पर आधारित एक समतावादी समाज के विचार को सामने रखता है।

बराबरी के लिए स्त्री का संघर्ष एक वैश्विक घटना है। बीसवीं सदी दुनिया भर की स्त्रियों के जीवन में एक उल्लेखनीय बदलाव लाई है, जिसने उनकी प्रवृत्तियों, मूल्यों, प्रेरणाओं, महसूस करने के तरीकों, व्यवहार के मानदंडों और जीवन के सभी क्षेत्रों में सक्रिय भागीदारी को प्रभावित किया है। यह जीवन के सभी क्षेत्रों में भागीदारी है। यह खास कर उन समाजों में प्रासंगिक है, जहाँ पर पुरुषप्रधानता और महिलाओं की अधीनता की जड़ें गहरी हैं। लिंग विभाजन जीवन के सभी क्षेत्रों में पाया जाता है। यह विभाजन परिवार, श्रम विभाजन, वर्ग संरचना और राष्ट्रों को प्रभावित करता है।

यह सोचा गया कि यदि स्त्रियाँ विधायी/निर्णयन संस्थानों में शामिल हुईं, तो इन संस्थानों में उनकी अल्पसंख्या से उभरनेवाली हिचकिचाहट जल्दी समाप्त हो जाएगी और उन्हें अपने मत व्यक्त करने की अधिक आजादी मिलेगी। यह स्त्रियों को प्रभावित करनेवाली समस्याओं के प्रति नियम-कानून बनाने वालों की संवेदनशीलता भी बढ़ाएगा। आरक्षण की प्रणाली भी मतदाता वर्ग और दलों के बीच स्त्रियों के राजनीतिक आधुनिकीकरण का स्तर बढ़ाने में मदद करेगी। उसके लिए राजनीतिक शिक्षा और लिंग संवेदनशीलता में प्रशिक्षण की आवश्यकता है ताकि महिलाओं के हित के लिए संघर्ष को प्रेरित किया जा सके और स्त्री-पुरुष दोनों को स्त्रियों की समस्याओं और स्त्रियों की भूमिकाओं के प्रति संवेदनशील बनाया जा सके।

लेकिन राजनीति में सक्रिय चंद महिलाएँ स्थिति में कोई अंतर नहीं ला सकतीं। राजनीति में बुनियादी बदलाव लाने के लिए स्त्रियों की अधिक संख्या की जरूरत है। लेकिन फिर भी किसी राजनीतिक दल ने स्त्रियों को एक राजनीतिक मतदाता वर्ग के रूप में संगठित करने के कोई गंभीर प्रयास नहीं किए हैं। इसके अलावा, स्त्रियों को अक्सर राजनीतिक मामलों में दिलचस्पी न रखनेवाली और उनसे अनजान के रूप में प्रस्तुत किया जाता है। उन्हें किसी संगठित प्रेरणा या दबाव समूह के रूप में भी नहीं देखा जाता, इसलिए उनकी आवश्यकताओं पर विचार नहीं किया जाता। इसलिए यह अनिवार्य है कि

संविधान के 73वें और 74वें संशोधन के अनुसार सभी स्थानीय स्तर के निकायों में आरक्षण की तर्ज पर संसद और राज्य विधानसभाओं में महिलाओं के लिए सीटें आरक्षित हों। विधायी निकायों में सीटों का ऐसा आरक्षण इन निकायों की प्रकृति में बदलाव लाएगा और राजनीतिक दलों को राजनीति में महिलाओं का हक उन्हें देने के लिए विवश करेगा।

निश्चित रूप से लिंग न्याय या लिंग समानता का कोई एक सरल रास्ता नहीं है, हाँ इन्हें भेदभावपूर्ण सामाजिक प्रथाओं के खिलाफ निर्दयता से लागू किए जाने पर कुछ लाभ हो सकता है। यह प्रतिबद्धता मानवाधिकारों के अंतरराष्ट्रीय कानून के माध्यम से भी संचालित की जा सकती है। लेकिन कानूनी प्रतिबद्धता सिर्फ एक पहला कदम हो सकती है। किसी भी कानूनी पक्ष को लागू करने के लिए एक वैधानिक संस्कृति, अधिकारों के प्रति नागरिक की जागरूकता और वकीलों तथा स्वायत्त ट्रिब्यूनलों तक पहुँच के अस्तित्व की जरूरत होती है। लिंग समानता का सामाजिक आंदोलन भी कानून को प्रोत्साहित करने में मदद कर सकता है और उसके व्यापक सामाजिक प्रभाव हो सकते हैं।

आज, नई सहस्राब्दी की शुरुआत के समय, हम कह सकते हैं कि एक समूह और एक समुदाय के रूप में स्त्रियाँ बहुत आगे आ चुकी हैं। लेकिन समस्याओं का समाधान अभी बाकी है। प्रयास जारी रहना चाहिए ताकि स्थिति को और बेहतर बनाया जा सके। हमारा देश अपने आधे मानव संसाधन को उपेक्षित नहीं कर सकता। लिंग समस्याओं को केंद्रीय प्रशासन के महत्त्वपूर्ण क्षेत्रों में समन्वित करने का सजग प्रयास किया जाना चाहिए।

यह कहना सही है कि राजनीतिक, आर्थिक, सामाजिक और सांस्कृतिक क्षेत्र में संपूर्ण लिंग संबंधी न्याय प्राप्त करने के लिए भारत की स्त्रियों को अभी बहुत संघर्ष करना है। वर्तमान समय की जरूरत कल्याण नहीं, बल्कि विकास; संरचनात्मक समायोजन नहीं, बल्कि संरचनात्मक बदलाव; सामाजिक सुरक्षा भी नहीं, बल्कि सामाजिक और लैंगिक न्याय है, यदि इस स्थिति में स्त्री को अपना अस्तित्व बनाए रखना है और विकसित होना है तो यह सब गांधीवादी राह पर चलते हुए प्राप्त किया जा सकता है, एक ऐसी राह जो स्त्री-समर्थक और अहिंसक है।

□

स्वदेशी, स्वावलंबन और गांधीजी

21वीं सदी को वृद्धि, विकास, विज्ञान, परमाणु हथियारों की होड़ और सबसे ऊपर नई मशीनी पीढ़ी की सदी कहा जा रहा है। आज हम सब एक खास रणनीति के अभ्यस्त बनते जा रहे हैं जो हमारा स्वामी बन रहा है और हम उसके रोबोटनुमा हाथों के खिलौने बनकर रह गए हैं। भारत मशीनीकरण की दौड़ में पीछे नहीं है, जहाँ हर चीज किसी और के द्वारा बनाई जाती है, लेकिन बड़े लाभ कमाते हुए और लाखों हाथों से रोजगार छीनते हुए भिन्न लेबलों और किस्मों के अंतर्गत बेची जाती है। मशीनीकरण का यह युग लाखों लोगों को दिन-ब-दिन बेरोजगार और गरीब बना रहा है। अब दुनिया भर में उदारीकरण और वैश्वीकरण चर्चा के विषय बन गए हैं।

वास्तव में भारत में उदारीकरण और वैश्वीकरण का वर्तमान परिदृश्य सन् 1991 के आरंभ के साथ शुरू हुआ जब भारतीय अर्थव्यवस्था को खोला गया। यही चीज 200 वर्ष से पहले भी हुई थी और परिणामस्वरूप लगभग 150 वर्षों तक अंग्रेजों ने हमें दास बनाकर रखा, यही बात फिर से दुहराई जा रही है और कोई नहीं जानता कि हम कितने समय के लिए दूसरों के गुलाम रहेंगे।

आम तौर पर, वैश्वीकरण को एक खुली अर्थव्यवस्था के रूप में परिभाषित किया गया है जो पूँजी संग्रह और वितरण की अंतरराष्ट्रीय प्रक्रियाओं के लिए खुला है। हालाँकि कुछ लोग विकसित दुनिया की कंपनियों द्वारा गरीब देशों के शोषण की प्रक्रिया के रूप में इसका वर्णन करते हैं और एक तरीके से वे इसे उपनिवेशवाद के एक परिष्कृत रूप में देखते

हैं। अन्य इसे विकसित संचार, वित्तीय निवेशों, व्यापार और वित्तीय सहायता के माध्यम से अंतरराष्ट्रीय हिंसा व युद्ध रोकने, वैश्विक वातावरण को बचाने और तीसरी दुनिया की गरीबी तथा आर्थिक विषमताओं समेत असंख्य अन्य विसंगतियों को समाप्त करने, सामूहिक उपायों को बढ़ाने की प्रक्रिया के रूप में प्रस्तुत करते हैं। वास्तव में उनके लिए वैश्वीकरण का अर्थ 'लघु सुंदर है' के स्थान पर 'बड़ा हमेशा बेहतर है' है। बहुराष्ट्रीय कंपनियाँ सस्ती और उचित दरों पर उपभोक्ता वस्तुएँ प्रदान करने का तर्क और दावा करती हैं और लोगों को पर्याप्त रोजगार भी प्रदान करने का प्रलोभन देती हैं। हालाँकि ऐसी व्यवस्था में अंतरराष्ट्रीय आर्थिक व व्यापार एजेंसियों जैसे अंतरराष्ट्रीय मुद्रा कोष (आई.एम.एफ.) और विश्व बैंक से कुछ वित्तीय लाभ प्राप्त करने के फायदे होते हैं, लेकिन इसका नकारात्मक प्रभाव भी होता है, क्योंकि ये एजेंसियाँ बहुत सारे उपायों, जैसे, आयात, उदारीकरण, सब्सिडी में कमी, सार्वजनिक व्यय में कमी, विदेशी पूँजी के लिए अर्थव्यवस्था को खोलने और अर्थव्यवस्था का बाजारीकरण बढ़ाने पर जोर देती हैं। दूसरी ओर, ये एजेंसियाँ वित्तीय संकटों से जूझ रहे भारत, थाइलैंड, म्याँमार, पाकिस्तान, बंगलादेश, श्रीलंका और तीसरी दुनिया के कई अन्य देशों की घरेलू नीतियों और कार्यक्रमों का मार्गदर्शन करना चाहती हैं।

एक विचारधारा द्वारा वैश्वीकरण को विकसित संचार, निवेशों, व्यापार और पारस्परिक सहायता के माध्यम से अंतरराष्ट्रीय हिंसा व युद्ध रोकने, वैश्विक वातावरण को बचाने और तीसरी दुनिया की गरीबी तथा आर्थिक विषमताओं समेत असंख्य अन्य विसंगतियों को समाप्त करने, सामूहिक उपायों को बढ़ाने की प्रक्रिया के रूप में प्रस्तुत किया जा रहा है। वैश्वीकरण का अर्थ है 'बड़ा बेहतर है'। अतः वे वैश्वीकरण की प्रक्रिया की ओर काफी आकृष्ट हैं।

मुख्य प्रश्न यह उभरता है कि ये समस्याएँ आखिर उत्पन्न ही किस वजह से हुईं? अन्यथा हम नशे में ड्राइविंग, अधिक नियम-कानून बनाने, अधिक जुर्माना और सजाओं से उत्पन्न परेशानियों के तर्क पर पहुँच जाएँगे।

औद्योगिकीकरण और मशीनीकरण के संबंध में देश की स्थिति पर नजर डालें, तो भारत ने इन दोनों क्षेत्रों में भारी कामयाबी हासिल की है, लेकिन इस सब के साथ दूसरी विदेशी फर्में यहाँ भारतीय जनता की कीमत

पर खूब पैसा कमा रही हैं और शुद्ध लाभ उनके देशों में जा रहा है, भारत में नहीं। हालाँकि यहाँ पर विकास हो रहा है, लेकिन बेरोजगारी में और वृद्धि तथा भारत के लिए शुद्ध लाभों में बड़ी कमी के साथ। बेरोजगार युवाओं में अव्यवस्था और भ्रम की वर्तमान स्थिति में, विदेशी औद्योगिकीकरण तथा मशीनीकरण के अँधेरे से बाहर आने के लिए हमें फिर से 'स्वदेशी' की रोशनी की जरूरत है। औद्योगिकीकरण और मशीनीकरण हमारे पर्यावरण की क्षति को प्रेरित कर रहा है और दीर्घकाल में हमारी पारिस्थितिकी को नुकसान पहुँचा रहा है।

वैश्वीकरण के युग में हमें स्वदेशी की गांधीवादी अवधारणा को याद रखना और जाँचना है, जो वर्तमान संदर्भ में काफी महत्त्वपूर्ण और प्रासंगिक है। गांधीजी समझाते हैं—

''काफी सोचने के बाद मैं स्वदेशी की एक परिभाषा पर पहुँचा हूँ, जो शायद मेरे अर्थ को सबसे अच्छी तरह समझाती है। स्वदेशी हमारे अंदर की वह भावना है जो हमें अधिक दूर को छोड़कर अपने आस-पास के वातावरण के उपयोग और सेवा तक सीमित करती है। इस प्रकार, धर्म के मामले में, इस परिभाषा की अपेक्षाओं को पूरा करने के लिए मुझे अपने पूर्वजों के धर्म का अनुसरण करना चाहिए। इसका अर्थ है अपने करीबी धार्मिक वातावरण का प्रयोग…ऐसा लगता है कि यदि इस प्रकार के स्वदेशी को व्यवहार रूप में अपनाया जाए, तो यह हमें सहस्राब्दी तक ले जाएगा। और हम सहस्राब्दी के बाद अपनी कोशिश नहीं छोड़ते क्योंकि हम अपने जीवनकाल में वहाँ तक पहुँचने की उम्मीद नहीं करते, तो हम स्वदेशी को नहीं छोड़ेंगे चाहे आनेवाली कई पीढ़ियों तक वह पूरी तरह प्राप्त न हो।'' हालाँकि, अगर हमें गांधीवादी स्वदेशी का पूरा ढाँचा देखना है, तो हमें उनके संपूर्ण विचार समूह, यानी सामाजिक, राजनीतिक, आर्थिक तथा धार्मिक विचारों का अध्ययन करना होगा, क्योंकि उन्होंने इस शब्द को साधारण रूप में प्रयोग करने की बजाय व्यापक रूप में इस्तेमाल किया। वह आगे कहते हैं, ''वास्तविक स्वदेशी के बिना हमारे लिए कोई मोक्ष नहीं है, वह स्वदेशी नहीं, जिसे अपनी सुविधा से छोड़ा जा सकता है। स्वदेशी का मेरे लिए गहरा अर्थ है। मैं चाहूँगा कि हम उसे अपने धार्मिक, राजनीतिक और आर्थिक जीवन पर लागू करें। इसलिए यह सिर्फ कुछ अवसरों पर एक स्वदेशी कपड़ा

पहनने तक सीमित नहीं है। वह हमें हर समय करना है, ईर्ष्या या बदले की भावना से नहीं, बल्कि इसलिए क्योंकि यह अपने प्यारे देश के लिए हमारा कर्तव्य है। यदि हम विदेशी कपड़ा पहनते हैं तो निश्चित रूप से हम स्वदेशी भावना का उल्लंघन करते हैं, लेकिन यह तब भी होता है जब हम विदेशी शैली अपनाते हैं। निश्चित रूप से हमारे परिधान का हमारे वातावरण से कुछ संबंध होता है। सुंदरता और सुरुचि में यह ट्राउजर्स और जैकेट से काफी श्रेष्ठ है। नेक टाई के बिना कुरते-पाजामे पर वेस्ट कोट पहना भारतीय दृष्टि से बहुत गरिमापूर्ण लगता है।''

स्वदेशी का संदेश

हम अक्सर सोचते हैं कि यदि हमने खादी को अपना लिया है, तो हमने स्वदेशी का पूरा संदेश ग्रहण कर लिया है। हम उसे गैर भारतीय स्रोतों से बाकी सब कुछ इस्तेमाल करने के एक पासपोर्ट के रूप में देखते हैं। वास्तव में यह स्वदेशी का उपहास है।

गांधीजी के अनुसार, जबकि भारत में खादी सभी समय के लिए एक बाध्यता है, भारत में निर्मित चीजों का प्रयोग भी उतनी ही बाध्यता है, चाहे वे विदेशी वस्तुओं के मुकाबले निम्न स्तर की हों। वास्तव में बाजार में बहुत-सी स्वदेशी वस्तुएँ हैं, जिन्हें संरक्षण न मिलने की वजह से वे गायब होने के कगार पर हैं। वे विश्व मानदंडों के अनुसार उत्कृष्ट गुणवत्ता की नहीं हो सकती हैं। यह हमारी जिम्मेदारी है कि हम उनका प्रयोग करें और जहाँ भी सुधार संभव हो, उनमें सुधार करें। बेहतरीन और सबसे सस्ते का नियम हमेशा सही नहीं होता, खासकर विकासशील देशों के लिए।

इसके अलावा, जिस तरह हम बेहतर जलवायुवाले देश के लिए अपना देश नहीं छोड़ देते, बल्कि अपने देश को बेहतर बनाने की कोशिश करते हैं, उसी तरह हमें बेहतर या सस्ते विदेशी सामानों के लिए स्वदेशी को नहीं ठुकराना चाहिए। जिस प्रकार अपनी साधारण दिखनेवाली पत्नी से असंतुष्ट पति यदि किसी बेहतर दिखनेवाली स्त्री की खोज करता है, तो वह अपने साथी के प्रति विश्वासघात करता है, उसी तरह वह व्यक्ति अपने देश के प्रति विश्वासघात करता है जो देश में बनी चीजों के स्थान पर बेहतर विदेशनिर्मित वस्तुओं को पसंद करता है। यह स्वदेशी के गांधीवादी दर्शन को प्रदर्शित

करता है। उसके अनुसार, "हर देश की प्रगति उसके निवासियों की अपने उत्पादों तथा निर्माताओं के लिए उनकी पसंद पर निर्भर करती है।"

इसके अलावा, स्वदेशी गांधीजी के आर्थिक विचारों के भी सबसे महत्त्वपूर्ण सिद्धांतों में से एक है क्योंकि इस मत और गांधीवादी अर्थशास्त्र के अन्य मतों, जैसे अहिंसा, अशोषण, असंग्रह, शारीरिक श्रम और ट्रस्टीशिप के बीच एक संबंध है। गांधीजी को जिस सबसे महत्त्वपूर्ण सिद्धांत ने प्रभावित किया और जो बाद में उनके सभी विचारों के पीछे की प्रेरणा बना, वह था सर्वोदय का सिद्धांत, यानी सभी का हित या उत्थान।

वैसे, गांधीजी को विदेशी पूँजी के प्रयोग यहाँ तक कि विदेशी प्रतिभा को काम देने पर कोई आपत्ति नहीं थी, यदि वह भारत में उपलब्ध न हो, परंतु उसे भारत के नियंत्रण में होना चाहिए और भारत के हित में उसका इस्तेमाल होना चाहिए। लेकिन विदेशी पूँजी या प्रतिभा का प्रयोग एक चीज है और विदेशी औद्योगिक चीजों को निपटाना बिल्कुल अलग चीज। इसकी बजाय वह उन उद्योगों का विकास कुछ वर्षों के लिए विलंबित करना पसंद करते ताकि राष्ट्रीय पूँजी और उद्यम को संगठित होने का अवसर देते हुए भविष्य में स्वयं भारतीयों की निगरानी, नियंत्रण, निर्देश और प्रबंधन के तहत ऐसे उद्योगों को खड़ा किया जा सके।

स्वदेशी और स्वराज के बारे में बात करते हुए गांधीजी ने कहा कि भारत लंबे समय तक स्वतंत्र नहीं रह सकता क्योंकि वह आर्थिक निकासी को जान-बूझकर प्रोत्साहित करता या सहन करता है, जो प्रक्रिया पिछली डेढ़ शताब्दी से चल रही है। यदि भारत उस निकासी को रोकने की एक सफल कोशिश कर सकता तो वह उस एक चीज द्वारा ही स्वराज प्राप्त कर सकता है।

मूल रूप से भारत को विदेशी कपड़ा निर्माताओं के लोभ को संतुष्ट करने के लिए दास बनाया गया था। जब ईस्ट इंडिया कंपनी यहाँ आई, तब हम अपनी आवश्यकता के लिए और निर्यात के लिए कपड़े बनाने में सक्षम थे। उन प्रक्रियाओं के द्वारा, जिनके वर्णन की यहाँ कोई आवश्यकता नहीं है, भारत अपने कपड़ों के लिए विदेशी निर्माताओं पर पूरी तरह निर्भर हो गया। लेकिन हमें निर्भर होने की जरूरत नहीं है। दूसरी ओर, भारत के पास अपने कपड़ों की आवश्यकता को पूरी करने की क्षमता है, अगर उसके नागरिक इसके लिए काम करें। खुशकिस्मती से भारत के पास अपनी मिलों का उत्पादन

बढ़ाने के लिए अब भी पर्याप्त बुनकर हैं।

इसके अलावा, उपभोक्ता को फैशन के अपने विचारों को संशोधित करना होगा और कम-से-कम फिलहाल, महीन कपड़ों के प्रयोग को बंद करना होगा जो हमेशा शरीर को ढकने के लिए नहीं पहने जाते। उसे बेदाग सफेद खद्दर में कला और सौंदर्य देखने के लिए खुद को प्रशिक्षित करना चाहिए और उसके नरम खुरदरेपन को सराहना चाहिए। उपभोक्ता को कपड़े का ऐसा प्रयोग करना सीखना चाहिए, जिस तरह कंजूस अपने गुप्त धन को खर्च करता है। यह जीवन का दर्शन और कला है।

इसी प्रकार जब गृहस्वामी परिधान के अपने चयन को संशोधित कर लें, तो किसी को बुनकरों के लिए सूत कातना होगा। हर किसी द्वारा या तो प्रेम या पैसे के लिए खाली समय में कताई करने पर ही यह हो सकता है। वह निम्नलिखित वर्णन द्वारा इस बात को और स्पष्ट करते हैं—

"हम पश्चिम के ग्लैमर से कुछ अधिक प्रभावित हैं। हम भूल जाते हैं कि जो चीज पश्चिम में कुछ खास अवस्थाओं में बिल्कुल सही हो सकती है, वह पूर्व में कुछ अलग, और अक्सर बिल्कुल विपरीत अवस्थाओं के लिए भी अच्छी हो, यह जरूरी नहीं है। मुक्त व्यापार जो इंगलैंड के लिए काफी अच्छा रहा होगा, ने जर्मनी को बरबाद कर दिया। जर्मनी दासों की तरह इंगलैंड की नकल करने की बजाय सिर्फ अपने विचारकों की वजह से विकसित हुआ है। उसने अपनी जमीन की विशेष परिस्थितियों को ध्यान में रखा और अपने अनुकूल अर्थशास्त्र विकसित किए।"

गांधीजी की स्वदेशी मुख्य रूप से हस्तनिर्मित खद्दर के आस-पास घूमती है और उस हर चीज पर लागू होती है जिसे भारत में उत्पादित किया जा सकता है और किया जाता है। स्वदेशी और स्वराज के बीच संबंध स्थापित करते हुए उन्होंने समझाया—

'हम नहीं समझते कि स्वदेशी के द्वारा स्वराज को लगभग पूरी तरह प्राप्त किया जा सकता है। यदि हम अपनी देशी चीजों के लिए कोई सम्मान नहीं दर्शाते, यदि हम अपने कपड़ों को पसंद नहीं करते, यदि हमारा परिधान हमें अच्छा नहीं लगता, यदि हमारा भोजन हमें बेस्वाद लगता है, हमारी जलवायु अच्छी नहीं लगती, हमारे लोग अपने साथ रहने के लिए अशिष्ट और अनुपयुक्त लगते हैं, या सभ्यता त्रुटिपूर्ण लगती है और विदेशी चीजें

आकर्षक लगती हैं, संक्षेप में यदि हमें सभी देशी चीजें बुरी लगती हैं और विदेशी चीजें पसंद आती हैं, तो स्वराज का हमारे लिए कोई अर्थ नहीं है। यदि हमें हर विदेशी चीज अपनानी है, तो निश्चित रूप से हमारे लिए विदेशी संरक्षण के नीचे और लंबे समय तक रहना जरूरी होगा क्योंकि विदेशी सभ्यता ने जनता में पैठ नहीं बनाई है। मुझे लगता है कि स्वराज चाहने से पहले हमें स्वदेशी के लिए न सिर्फ प्यार बल्कि दीवानगी होनी चाहिए। हमारे हर काम पर स्वदेशी का ठप्पा होना चाहिए। स्वराज सिर्फ इसी कल्पना पर बनाया जा सकता है कि जो भी चीज देश की है, वह सही है। यदि इस दृष्टिकोण को सामने रखा जाए, तो हमें अपने देश में स्वदेशी के लिए एक बड़ा आंदोलन चलाना चाहिए।''

गांधीजी के अनुसार, ''जनता की दरिद्रता काफी हद तक आर्थिक और औद्योगिक जीवन में स्वदेशी से हानिकारक विचलन की वजह से है। यदि भारत के बाहर से कोई वाणिज्यिक वस्तु नहीं लाई गई होती, तो आज यहाँ दूध और शहद की नदियाँ बह रही होतीं। लेकिन ऐसा नहीं होना था। हम लालच में आ गए और इंगलैंड भी। इंगलैंड और भारत के बीच संबंध स्पष्ट रूप से एक गलती पर आधारित था। लेकिन अब वह भारत में एक गलती नहीं है।''

इसके अलावा, वह तर्क देते हैं, ''माया के अंतिम लेकिन उतने ही महत्त्वपूर्ण भाग पर विचार किया जाना बाकी है। वह है स्वदेशी। यदि हमने स्वदेशी को नहीं त्यागा होता, तो हम वर्तमान पतन की दशा में नहीं होते। यदि हम आर्थिक दासता से मुक्ति पाएँ, तो हमें अपना कपड़ा स्वयं बनाना चाहिए और फिलहाल, सिर्फ हाथ की कताई और हाथ की बुनाई द्वारा।''

स्वदेशी और चरखा के बारे में उन्होंने कहा, ''मैं मानता हूँ कि चरखा सबसे स्वाभाविक, सरल, सस्ते और व्यवसायिक रूप में आर्थिक समस्या को सुलझाने में सक्षम है। इसलिए चरखा बेकार नहीं है बल्कि वह हर घर के लिए एक उपयोगी और अपरिहार्य वस्तु है। यह देश की समृद्धि और इस प्रकार स्वतंत्रता का प्रतीक है। यह वाणिज्यिक युद्ध का नहीं, बल्कि वाणिज्यिक शांति का प्रतीक है। यह इस पृथ्वी के देशों की ओर दुर्भावना नहीं, बल्कि सद्भावना और स्व-सहायता का प्रतीक है। इसके लिए विश्व शांति के खतरे और उसके संसाधनों के दोहन के लिए नौसेना की सुरक्षा

की जरूरत नहीं होगी, बल्कि उसके लिए लाखों लोगों की धार्मिक प्रतिबद्धता की जरूरत है कि वे अपना सूत अपने-अपने घरों में तैयार करें। मैं बहुत सी गलतियों के लिए भावी पीढ़ी के दोषारोपण के योग्य हो सकता हूँ, लेकिन मैं चरखा के पुनर्जीवन का सुझाव देने के लिए उसकी दुआएँ मिलने के बारे में आश्वस्त हूँ। मैं इस पर अपना पूरा दाँव लगाता हूँ, क्योंकि पहिए की हर क्रांति शांति, सद्भावना और प्रेम बुनती है। और इस सब के साथ, जिस तरह उसके पतन ने भारत की दासता को प्रेरित किया था, उसके सभी प्रभावों के साथ उसका स्वैच्छिक पुनर्जीवन भारत की आजादी को प्रेरित करेगा।''

फिर गांधीजी स्वदेशी को इस प्रकार परिभाषित करते हैं, ''मुझे नजदीक को छोड़कर अपने दूर के पड़ोसी की सेवा नहीं करनी चाहिए। यह बदले या दंड की भावना से नहीं है। यह किसी भी प्रकार से संकीर्णता नहीं है, क्योंकि मैं अपने विकास के लिए आवश्यक हर चीज दुनिया के हर हिस्से से खरीदता हूँ। यदि कोई वस्तु मेरे विकास में हस्तक्षेप करती है या उन्हें क्षति पहुँचाती है, जिन्हें प्रकृति ने मेरे लिए बनाया है, उस चीज को मैं किसी से भी खरीदने से इनकार करता हूँ, चाहे वह चीज कितनी भी अच्छी या खूबसूरत हो। मैं दुनिया के हर हिस्से से उपयोगी स्वस्थ साहित्य खरीदता हूँ। मैं इंगलैंड से सर्जिकल उपकरणों की, ऑस्ट्रिया से पिन और पेंसिलों की और स्विट्जरलैंड से घड़ियों की खरीद करता हूँ। लेकिन मैं इंगलैंड या जापान या दुनिया के किसी भी हिस्से से एक इंच भी महीन सूती कपड़ा नहीं खरीदूँगा क्योंकि उसने भारत के लाखों निवासियों को नुकसान पहुँचाया है और नुकसान पहुँचा रहा है। यदि मैं भारत के लाखों जरूरतमंद गरीबों द्वारा काता हुआ और बुना गया कपड़ा खरीदने से इनकार करता हूँ और विदेशी कपड़ा खरीदता हूँ, चाहे वह गुणवत्ता में भारतीय हस्तनिर्मित कपड़े से बेहतर हो, तो यह मेरे लिए पाप होगा। इस प्रकार मेरा स्वदेशी हस्तनिर्मित खद्दर के आस-पास केंद्रित है और हर उस चीज तक विस्तृत हो सकता है जो भारत में उत्पादित किया जा सकता है और उत्पादित होता है। मेरा राष्ट्रवाद उतना ही व्यापक है, जितना मेरा स्वदेशी। मैं भारत की उन्नति चाहता हूँ ताकि पूरी दुनिया उसका लाभ उठा सके। मैं दूसरे देशों के नुकसान पर भारत की उन्नति नहीं चाहता।'' इसके अलावा वह यह भी कहते हैं

कि यदि भारत मजबूत और समर्थ होना चाहता है, तो उसे दुनिया को कला और स्वास्थ्यवर्धक मसालों के अपने खजाने का हिस्सा बनाना चाहिए लेकिन उसे अफीम या नशीले पदार्थों को बाहर भेजने से इनकार करना चाहिए, भले ही यह व्यापार भारत को अधिक भौतिक लाभ दिलाए।

यहाँ पर यह उल्लेख किया जा सकता है कि कभी हमारी राष्ट्रीय अर्थव्यवस्था संतुलित थी क्योंकि हम अपना कपास उपजाते थे, उसे अपने घरों में कातते थे और अपने बुनकरों द्वारा अपनी सूत से बने हुए कपड़े पहनते थे। वर्णन का पहला हिस्सा अब भी सच है, जबकि दूसरा हिस्सा लगभग बेकार हो गया है। एक व्यक्ति आम तौर पर अपने भोजन पर हुए खर्च का दसवाँ हिस्सा अपने कपड़ों पर खर्च करता है। अत: अपनी आय का दस फीसदी अपने बीच वितरित करने की बजाय, हम अब उसे इंग्लैंड को या अपनी मिलों को भेजते हैं। इसका अर्थ है कि हम काफी श्रम खोते हैं और बदले में अपने कपड़ों पर पैसे खर्च करते हैं, जिसके परिणामस्वरूप दोहरा नुकसान उठाते हैं। इसका नतीजा यह होता है कि हम कपड़े पर खर्च कर पाने में समर्थ होने के लिए भोजन के मामले में खुद को सीमित करते हैं और दिन-ब-दिन अधिक-से-अधिक गरीबी में फँसते जाते हैं। अगर हमारे घरों या हमारे गाँवों से कृषि तथा कताई व बुनाई के उद्योग गायब हो जाएँ, तो हमारा तबाह होना तय है।

इसी प्रकार, अगर हम फिर से वर्तमान संदर्भ को देखें, तो हम पाएँगे कि उत्पादित वस्तुओं के विक्रय और उपभोग की आवश्यकता होती है। अत: उससे परिवहन और संचार में क्रांति आनी स्वाभाविक है। जबकि परिवहन का विकास वस्तुओं तथा यात्रा करनेवालों को एक स्थान से दूसरे स्थान तक जाने में मदद करता है, वह दुनिया के हर हिस्से में लड़ाकू मशीनों और सैनिकों के परिवहन में भी मदद करता है। प्रिंटिंग प्रेस से लेकर कंप्यूटर चिप्स और सैटेलाइटों तक जनसंचार के माध्यम राजनीतिक प्रचार, विचार नियंत्रण, मानसिकता और मतारोपण के माध्यम बन गए हैं। *टाइम* मैगजीन का साम्राज्यवाद या सी.एन.एन. का नव-उपनिवेशवाद इसके सबसे ताजा उदाहरण हैं।

मीडिया साम्राज्यवाद के माध्यम से नस्लवाद, जातिवाद, लैंगिकवाद, धर्मवाद, कट्टरवाद और कट्टर राष्ट्रवाद के वैश्वीकृत संदेश विकसित हुए

और फले-फूले हैं। इन संकीर्ण संदेशों जिन्हें विशाल और व्यापक औद्योगिकीकरण को बढ़ावा देने के लिए इस्तेमाल किया जाता है, ने राष्ट्रीय और अंतरराष्ट्रीय स्तरों पर सांप्रदायिक द्वेष और रक्तपात को भी प्रेरित किया है। अत्यधिक उदारवाद के उन्माद ने पहले ही तीसरे विश्व के देशों के पतन की शुरुआत कर दी है और इस संबंध में बहुत से उदाहरण दिए जा सकते हैं।

कुछ लोग तर्क देते हैं कि विज्ञान, प्रौद्योगिकी और औद्योगिकीकरण मूल रूप से अनैतिक नहीं हैं; उनका दुरुपयोग समस्याओं को उत्पन्न करता है। यह सच है कि तलवार स्वयं लोगों की हत्या नहीं करती; लोगों की हत्या के लिए लोग ही उसे इस्तेमाल करते हैं। लेकिन मानवीय संदर्भ में तलवार के निर्माण का उद्देश्य ही मनुष्य को पीड़ा पहुँचाना या उनकी हत्या करना है। तलवार का यह विनाशकारी उद्देश्य नहीं बदलेगा जब तक कि बाइबिल के शब्दों में उसे हल की धार में नहीं बदला जाता। जब वह हल की धार बन जाता है, तो वह परिभाषा और उद्देश्य एक तलवार नहीं होता। इसलिए लक्ष्य और साधन समन्वित होने चाहिए, अलग-अलग और विकृत नहीं। अतः उदारीकरण और वैश्वीकरण का ऊपर दिए गए तथ्यों की रोशनी में अध्ययन और विश्लेषण किया जाना चाहिए।

गांधीवादी दृष्टिकोण में सुझाव दिया गया, "हम जो बाहरी आजादी प्राप्त करेंगे, वह सिर्फ उस अंदरूनी आजादी के अनुपात में होगी जहाँ तक हम एक निर्धारित समय में प्रगति करते हैं। और यदि यह आजादी का सही दृष्टिकोण है, तो हमारी मुख्य ऊर्जा अंदर से सुधार प्राप्त करने पर केंद्रित होनी चाहिए।" इस महत्त्वपूर्ण पहलू को नजरअंदाज नहीं किया जाना चाहिए।

लेकिन स्वदेशी का एक सच्चा समर्थक "कभी इस धरती पर किसी के खिलाफ दुर्भावना या दुश्मनी नहीं रखेगा…विदेशी निर्माताओं को सिर्फ इसलिए खारिज करना क्योंकि वे विदेशी हैं और अपने देश के निर्माण के प्रचार में देश का समय और पैसा बरबाद करना एक आपराधिक गलती और स्वदेशी भावना का निषेध होगा।" यह तथ्य महात्मा की व्यावहारिक बुद्धि और वैज्ञानिक प्रवृत्ति को दर्शाता है।

स्वदेशी की तरह, बहुत-से अन्य मामलों में, स्वतंत्र भारत ने हमारी

दैनिक समस्याओं को सुलझाने में गांधीवादी दृष्टिकोण के महत्त्व को जाँचने की परवाह नहीं की। अधिकांश मामलों में हमारी सोच में सार्वजनिक सम्मान और दिखावा शामिल था। भारत ने दूसरों पर निर्भर होने का विकल्प चुना और आत्मनिर्भरता का बुनियादी सिद्धांत भूल गया। वास्तव में हमने अपनी अर्थव्यवस्था को यूरोपीय और अमेरिकी अनुभव तथा पूँजीवाद पर आधारित किया। इसके परिणामस्वरूप आधुनिक सभ्यता और संस्कृति का संकट उत्पन्न हुआ। गांधीजी ने 'हिंद स्वराज', जिसे एक आध्यात्मिक दर्शन के रूप में स्वीकार किया जाता है, में इस प्रकार की समस्याओं का बिल्कुल सही अनुमान लगाया था। उन्होंने आनेवाली अनैतिक आधुनिकता के खिलाफ चेतावनी दी थी। फिर भी, समाजवाद के पतन और पूँजीवाद के संकट ने भारत को पश्चिमी मॉडल पर विचार करने के लिए प्रेरित नहीं किया, क्योंकि उसने फिर से बहुत अधिक उदारीकरण और वैश्वीकरण–दूसरों पर बहुत अधिक निर्भरता का विकल्प चुना है। भारत के सत्ताधारी वर्ग ने कभी उसके खतरों की जटिलताओं और प्रभावों को समझने की कोशिश नहीं की। परिणामस्वरूप, अधिक उदारीकरण स्वदेशी की जड़ पर प्रहार करता है क्योंकि वह बहुराष्ट्रीय निगमों और कंपनियों को लगभग स्वच्छंद प्रवेश की अनुमति देता है। यदि ये निगम और कंपनियाँ अपने पक्ष में स्वामित्व का स्वरूप बदल लें, तो देश अर्थव्यवस्था पर से और अपनी आर्थिक प्रभुसत्ता पर से अपना नियंत्रण खो देगा। सिर्फ यही नहीं, उन्हें बिना किसी जाँच, नियंत्रण और हस्तक्षेप के दूषित सॉफ्ट ड्रिंक्स और विषैले तत्त्वोंवाले अन्य खाद्य पदार्थ बेचने की भी अनुमति दी जाती है।

वर्तमान संदर्भ में स्वदेशी निश्चित रूप से काफी महत्त्व रखता है और एक देश के अस्तित्व के लिए काफी प्रासंगिक और आवश्यक है, क्योंकि वह दूसरे देशों पर निर्भरता को कम करता है और आत्मविश्वास तथा सक्षमता को बढ़ाता है, साथ ही वह लोगों में आत्मनिर्भरता की भावना को प्रेरित करता है। लेकिन, स्वदेशी के प्रति गांधीजी के दृष्टिकोण को समझने और उसके उपयुक्त प्रयोग की बहुत आवश्यकता है। इसके अलावा स्वदेशी जीने और जीने दो का जीवन दर्शन है। यह स्थायी विकास की प्रक्रिया को प्रेरित करता है।

वास्तव में ब्रिटिश साम्राज्यवादी प्रभुत्व का विरोध करने और देश के

भीतर राजनीतिक स्वायत्तता तथा स्वामित्व प्राप्त करने तथा सबसे ऊपर भारत के लिए पूर्ण स्वतंत्रता हासिल करने के लिए मुख्य रूप से स्वदेशी, स्वराज और सत्याग्रह की विधियों को अपनाया गया। आजादी की राजनीतिक लड़ाई के लिए आर्थिक लड़ाई के रूप में स्वदेशी आंदोलन स्वराज से अनिवार्य रूप से जुड़ा हुआ था। स्वदेशी के अनुसार आर्थिक आजादी आंतरिक रूप से नियंत्रित विकास पर आधारित है। स्वदेशी शब्द भारतीयों के कुछ वर्गों के लिए आकर्षक है और शायद सभी भारतीयों के लिए आकर्षक है। कइयों के लिए स्वदेशी का अर्थ है, 'हम जो कर सकते हैं, हमें करने दो'। मेरे लिए स्वदेशी का अर्थ नीतियों का एक समूह है जो देश के आर्थिक विकास के लिए बेहतर हैं, सिर्फ कुछ वर्गों के लिए नहीं, चाहे वह श्रम हो या पूँजी, वह हमें गर्व की भावना देता है और कोई भी उन क्षेत्रों में विदेशी सहयोग लेने के खिलाफ नहीं होगा जिसमें हमारे पास विशेषज्ञता नहीं है। दुर्भाग्यवश, कई बुद्धिजीवियों के लिए यह पिछड़ापन है, अधिकांश मीडिया के लिए यह मनोरंजन है, लगभग सभी उद्योगपतियों के लिए इसका अर्थ अयोग्यता और घटिया गुणवत्ता है और अर्थशास्त्रियों के लिए यह बुरा अर्थशास्त्र है।

वर्तमान संदर्भ में महात्मा गांधीजी के स्वदेशी से आर्थिक राष्ट्रवाद की वर्तमान बहस तक एक लंबा सफर तय हो चुका है। 'यंग इंडिया' और 'हरिजन' में महात्मा के दो लेख उनके दृष्टिकोण को अधिक स्पष्ट करते हैं। तब, अभी की तरह, एक मुख्य चिंता अर्थव्यवस्था थी। आज की स्थिति यह है कि हमारे देश में अंग्रेज टॉप-डॉग और भारतीय अपने ही देश में अंडर-डॉग हैं। यह बिना किसी विवाद और बिना किसी अतिशयोक्ति के कहा जा सकता है कि वह भारत के वाणिज्य और उद्योगों के पतन पर विकसित हुआ है। लंकाशायर को विकसित करने के लिए भारत के कुटीर उद्योग को नष्ट होना पड़ा। भारतीय नौवहन को नष्ट होना पड़ा ताकि ब्रिटिश नौवहन विकसित हो सके…एक विशालकाय और एक बौने के बीच अधिकारों की क्या समानता? असमानों के बीच समानता के बारे में सोचने से पहले बौने को विशालकाय के कद तक पहुँचाना चाहिए। वास्तव में, गांधीजी के मुताबिक, स्वदेशी का असली अर्थ ग्रामीण उद्योगों का पुनरुद्धार और प्रस्तुतीकरण है जो ग्रामीण अर्थव्यवस्था की जीवन रेखा और गरीब गाँवों के अस्तित्व का सहारा है, जिसके बदले में ग्रामीण संपूर्ण राष्ट्रीय अर्थव्यवस्था

का केंद्र हैं। उनके अनुसार, ''ग्रामीण शिल्पों और उनके पीछे के शिल्पकारों को विद्युत प्रेरित मशीनरी की कड़ी प्रतिस्पर्धा से बचाने के लिए जो सबसे आवश्यक है, वह मेरा दावा है कि सच्चा, उपयोगी और सौ फीसदी स्वदेशी है।''

गांधीजी के अनुसार, स्वदेशी का एक नियम यह है कि लोगों की सेवा में हमें उन लोगों को प्राथमिकता देनी चाहिए, जो हमारे पास रहते हैं। एक विपरीत नियम भी है कि हम पहले अपने से दूर रहनेवालों की सेवा करें और फिर अपने नजदीक के लोगों की। पहले नियम में नजदीक का अर्थ शारीरिक नजदीकी और दूसरे नियम में दूर का अर्थ मानसिक रूप से हमसे दूर से है। दोनों का एक ही अर्थ हो सकता है। एक शत्रु शारीरिक रूप से निकट और मानसिक रूप से दूर हो सकता है; हमें उसके दूर होते हुए भी पहले उसकी सेवा करनी चाहिए। स्वदेशी के इस नियम के पीछे यह कारण है कि हम इस दुनिया में सभी मनुष्यों तक नहीं पहुँच सकते। यदि आप अपने पड़ोसी की उपेक्षा करते हैं और दूर रहनेवाले किसी की सेवा करते हैं, तो वह आपके लिए गौरव की बात होगी। जब हम पहले उनकी सेवा करते हैं जो हमसे मानसिक दूरी पर हैं, तो हम अच्छे संस्कार, संस्कृति और शिक्षा का प्रदर्शन करते हैं।

गांधीजी ने विभिन्न स्थानों पर मुख्य रूप से स्वदेशी पर बल दिया, उसके पीछे यही वजह थी कि वह लोगों में निर्भयता का भाव लाना चाहते थे, क्योंकि उन दिनों भारतीयों के पास ब्रिटिश साम्राज्य के खिलाफ खड़े होने का साहस नहीं होता था। गांधीजी उसे पहला और सबसे महत्त्वपूर्ण गुण मानते थे जिसे विकसित किए जाने की आवश्यकता थी। इसलिए उन्होंने उसे एक धार्मिक रूप दिया और आरंभ में धर्म में भी स्वदेशी लाने की आवश्यकता पर जोर दिया। वास्तव में गांधीजी के स्वदेशी का लक्ष्य हर व्यक्ति को एक न्यूनतम जीवन स्तर प्रदान करने और सभी शारीरिक रूप से सक्षम नागरिकों को अर्थपूर्ण रोजगार देने तथा प्राकृतिक संसाधनों के उपयोग में बरबादी और फिजूलखर्ची को रोकने का था। गांधीजी के मतानुसार, पृथ्वी हर किसी की आवश्यकता के लिए पर्याप्त देती है लेकिन हर किसी के लालच के लिए नहीं। इसके द्वारा वह चाहते थे कि भारत दूसरों पर निर्भर न रहे बल्कि अपने पैरों पर खड़ा हो और ऐसी स्थिति में आए कि वह दूसरों

को मदद दे सके और अन्य आवश्यकता के समय काम आ सके। इसके लिए उन्होंने मुख्य रूप से घरेलू संसाधनों और मनुष्यों के उचित उपयोग पर जोर दिया। जैसा कि पहले बताया गया है कि उनके अनुसार, स्वदेशी एक सकारात्मक अवधारणा है क्योंकि स्वदेशी का सच्चा समर्थक कभी विदेशी के प्रति दुर्भावना नहीं रखेगा। वह इस धरती पर किसी के लिए दुश्मनी की भावना नहीं रखेगा। स्वदेशीवाद घृणा का पंथ नहीं है। यह निःस्वार्थ सेवा का सिद्धांत है जिसकी जड़ें शुद्ध अहिंसा में हैं।

गांधीजी ने अपने जीवन में कई बार इस बात पर जोर दिया है कि वह पूरी तरह मशीनीकरण या नई प्रौद्योगिकी के अंगीकरण या वैश्वीकरण के खिलाफ नहीं हैं बल्कि इन सब का जोर मानव प्रकृति की नैतिकता पर होना चाहिए यानी उसे व्यक्ति को अधिक-से-अधिक रोजगार और काम पाने में मदद करनी चाहिए ताकि वह बिना किसी मुश्किल के अपनी बुनियादी जरूरतों यानी रोटी, कपड़ा और मकान को पूरा कर सके।

स्वराज को स्वदेशी से और स्वदेशी को भारत की जमीनी हकीकत से जोड़ते हुए गांधीजी मूल चीज की ओर जाते हैं : व्यक्ति समाज की मूलभूत इकाई है और गाँव मानव आवास की मूलभूत इकाई। उन्होंने हमेशा तर्क दिया कि व्यक्ति के भीतर का आंतरिक परिवर्तन समाज में बाहरी परिवर्तन का आरंभिक बिंदु होना चाहिए, कि सिर्फ आत्मनिर्भर लोग ही असली स्वराज में प्रवेश कर सकते हैं। चूँकि अधिकांश लोग गाँवों में रहते हैं, इसलिए सिर्फ स्वदेशी का पालन करनेवाले आत्मनिर्भर ग्रामीण ही एक वास्तविक स्वतंत्र राज्य के आधारस्तंभ बन सकते हैं।

जब हम गांधीजी और गीता के उपदेशों के बीच तुलना करते हैं, तो पाते हैं कि गांधीजी की स्वदेशी की अवधारणा गीता के स्वधर्म से बहुत मिलती-जुलती थी। यह स्वधर्म स्वभाव, यानी व्यक्ति की मूलभूत प्रकृति पर निर्भर होता है। व्यक्ति को जीवन में ऐसे व्यवसाय अपनाने चाहिए जो इस प्रकृति के अनुरूप हों। गीता में कहा गया है, ''त्रुटिपूर्ण होने के बावजूद अपना धर्म दूसरे के ठीक से किए गए धर्म से बेहतर है। दूसरे का धर्म भय से भरा होता है।'' गांधीजी इस बारे में कहते हैं, ''भौतिक वातावरण के अर्थों में देखे जाने पर यह हमें स्वदेशी का नियम देता है क्योंकि अपने निकटतम वातावरण पर लागू किए जाने पर स्वदेशी स्वधर्म है।''

यह देखा गया है कि गांधीजी की स्वदेशी की अवधारणा नैतिक और आर्थिक दोनों थी। वह कहते हैं, ''मैं स्वीकार करता हूँ कि मैं अर्थशास्त्र और नैतिकता के बीच कोई गाढ़ी लकीर नहीं खींचता या उन्हें भिन्न नहीं मानता। जो अर्थशास्त्र किसी व्यक्ति या देश के नैतिक हित को नुकसान पहुँचाता है, वह अनैतिक है और इसलिए अनुचित है। इस प्रकार जो अर्थशास्त्र एक देश को दूसरे का शिकार करने की अनुमति देता है, वह अनैतिक है।' अमेरिकी गेहूँ खाना और अपने पड़ोसी अनाज व्यापारी को भूखे मरते देखना पाप है। इसी तरह, रीजेंट स्ट्रीट का सबसे बढ़िया कपड़ा पहनना मेरे लिए पाप है, जब मैं जानता हूँ कि अगर मैंने पड़ोसी बुनकरों और कताईकारों का बनाया कपड़ा पहना होता तो उससे मेरा शरीर ढक जाता और उनकी रोटी और कपड़े का प्रबंध हो जाता।'' गांधीजी से बहुत पहले भारतीय देशभक्तों ने महसूस कर लिया था कि भारत की गरीबी मुख्य रूप से अंग्रेजों के हाथों उनके उद्योग के पतन की वजह से थी। इस बारे में बहुत-सी पुस्तकें लिखी गईं जिनमें सबसे महत्त्वपूर्ण थी, आर. सी. दत्ता की 'पावर्टी ऑफ इंडिया अंडर ब्रिटिश रूल (ब्रिटिश शासन के अधीन भारत की गरीबी)', जिसके बारे में गांधीजी ने कहा था कि जब उन्होंने वह पुस्तक पढ़ी, तो इतने अधिक प्रभावित हुए कि उनकी आँखों में आँसू आ गए। उन्होंने महसूस किया कि जब तक देशी उद्योग को पुनर्जीवित नहीं किया जाएगा, तब तक भारत की जनता गरीब रहेगी। इसलिए वार्षिक कांग्रेस सम्मेलनों के साथ एक औद्योगिक सम्मेलन बुलाने की प्रथा थी। कांग्रेस और औद्योगिक सम्मेलन, दोनों में लोगों को विदेशी वस्तुओं के स्थान पर स्वदेशी का प्रयोग करने की सलाह दी जाती थी।

एक अन्य स्थान पर उन्होंने कहा, ''अपने प्रति, परिवार के प्रति, देश के प्रति और दुनिया के प्रति कर्तव्य एक-दूसरे से स्वतंत्र नहीं हैं। कोई अपने आप या अपने परिवार को नुकसान पहुँचाकर देश का अच्छा नहीं कर सकता। इसी तरह कोई दुनिया को नुकसान पहुँचाते हुए अपने देश की सेवा नहीं कर सकता। अंतिम विश्लेषण में, हमें मरना चाहिए ताकि परिवार जीवित रहे, परिवार को मरना चाहिए ताकि देश जीवित रहे और देश को मरना चाहिए ताकि दुनिया जीवित रहे। मैं भारत की आजादी के लिए काम करता हूँ क्योंकि मेरा स्वदेशी मुझे यह सिखाता है कि उसमें जन्म लेने और

उसकी संस्कृति अपनाने के कारण, मैं उसकी सेवा करने के लिए उपयुक्त हूँ और उसे मेरी सेवा प्राप्त करने का पहला हक है। लेकिन मेरा देशप्रेम विशिष्ट नहीं है, वह किसी दूसरे देश को नुकसान पहुँचाने के लिए नहीं बल्कि सभी के हित के लिए है।''

स्वदेशी और कृषि की उपेक्षा, जो आजादी के बाद से हमारी सरकार की आर्थिक नीतियों की विशेषता रही है, ने हमें वर्तमान आर्थिक और वित्तीय संकट में ला दिया है। उसने यूरोप के लगभग हर देश और अमेरिका तथा एशिया में जापान के साथ व्यापार के हमारे व्यापक असंतुलन को प्रेरित किया है। उसने हमें घाटे की वित्तीय नीति अपनाने के लिए बाध्य किया है जिसने धीरे-धीरे मुद्रास्फीति का रूप ले लिया है। इस मुद्रास्फीति के प्रभावस्वरूप कीमतों में तेज वृद्धि और रुपए के मूल्य में ह्रास हुआ है। इसने गरीब की वास्तविक क्रय शक्ति को किसी भी रूप में बेहतर बनाए बिना अमीरों को और अमीर बना दिया है। इसने रुपए के अवमूल्यन को भी प्रेरित किया है।

एक बार ब्रिटिश शासन से राजनीतिक स्वतंत्रता प्राप्त करने के बाद, आश्चर्यजनक रूप से नीतियों और योजना दस्तावेजों में स्वदेशी संबंधी विचारों का कोई प्रत्यक्ष संदर्भ नहीं मिलता, जो स्वतंत्रता संघर्ष के दौरान विकसित हुआ था। हालाँकि वह महत्त्वपूर्ण क्षेत्रों में, खासकर केंद्रीय क्षेत्र के उद्योगों के निर्माण और वैज्ञानिक/प्रौद्योगिकीय क्षमताओं के विकास में आत्मनिर्भरता प्राप्त करने से संबंधित लक्ष्यों के रूप में एक संशोधित प्रकार में मौजूद था। इसके अलावा, योजना निर्माण के आरंभिक चरण में अर्थव्यवस्था के महत्त्वपूर्ण क्षेत्रों को छोड़कर विदेशी निवेशों पर निर्भर होने में एक सामान्य हिचकिचाहट थी। खासकर पूँजीगत वस्तुओं या बुनियादी ढाँचे के क्षेत्रों में विदेशी सहायता ली गई जहाँ विदेशी संसाधनों, प्रौद्योगिकी और आयातित निवेश का सहारा लिए बिना उत्पादन क्षमताएँ विकसित नहीं की जा सकती थीं। इस प्रकार, इस चरण के दौरान, हालाँकि स्वदेशी सिद्धांत का कोई प्रत्यक्ष संदर्भ नहीं था, उसकी भावना स्वदेशी थी। लेकिन एक अत्यंत महत्त्वपूर्ण संदर्भ में वह गांधीवादी स्वदेशी के ऐतिहासिक चरण से भिन्न था। नेहरू और होमी भाभा जैसे नेताओं और विद्वानों के प्रभाव में, उसका जोर स्वदेशी प्रौद्योगिकीय, वैज्ञानिक क्षमताओं के विकास और औद्योगिक

क्षेत्र के विकास पर था, जबकि गांधीजी का स्वदेशी सिद्धांत कुल मिलाकर न केवल परंपरागत उद्योगों को संरक्षित करने, बल्कि उन्हें उनके पुराने परंपरागत साँचे में संरक्षित करने और सबसे ऊपर अधिक-से-अधिक हाथों को रोजगार प्रदान करने के विचार पर आधारित था। इस तरह से देश में बहुत से और गरीबों की मदद की जा सकती थी।

लेकिन इसका अर्थ यह नहीं है कि नियोजित विकास के अंग के रूप में परंपरागत उद्योगों को पूरी तरह अनदेखा किया जाना था। वास्तव में, जैसा कि आम तौर पर लोगों को पता है, उनकी समस्याओं पर विचार करने और उन्हें सूचीबद्ध करने के लिए कर्वे समिति को नियुक्त किया गया था। खादी व ग्रामोद्योग बोर्ड की स्थापना और उसकी जिम्मेदारियों के लिए ढाँचा तैयार करने का काम 1950 के दशक से ही शुरू हो गया था। लेकिन वे विकास कार्यक्रमों के मुख्य स्तंभ नहीं थे, जो मुख्य रूप से आधुनिकीकरण के प्रयासों और अर्थव्यवस्था में आवश्यक संरचनात्मक बदलाव लाने के बारे में थे। इस प्रकार दूसरे चरण जो सन् 1947 से, और अधिक विशिष्ट रूप से 1951 से शुरू हुआ, जब योजना तंत्र लाया गया, को 'आधुनिकीकृत स्वदेशी' का नाम दिया जा सकता है। सन् 1980 के दशक के दौरान बढ़ती रियायतों की ओर क्रमिक रूपांतरण हुआ, सन् 1991 में, जैसा कि हम सब जानते हैं 'आधुनिक स्वदेशी' से स्पष्ट रूप से विच्छेद हुआ जब उदारीकरण की नीति और मुक्त बाजार शक्तियों के संचालन की अधिक भूमिका को अपनाया गया। इससे बहुत-से नियंत्रण समाप्त कर दिए गए, जिनमें विदेशी मुद्रा, कई आयात करों को हटाया जाना या उनमें उल्लेखनीय कमी, विदेशी निवेश को प्रोत्साहन और विदेशी प्रौद्योगिकी तक सहज पहुँच, शामिल थे। इस ढाँचे के अंदर तुलनात्मक लाभ के अंतर्निहित नियम और मुक्त बाजार अर्थव्यवस्था के सिद्धांतों को काटे बिना आत्मनिर्भरता का उद्देश्य एक सामान्य सिद्धांत के रूप में सहज स्थान नहीं प्राप्त कर सकता था। आत्मनिर्भरता के सिद्धांत और तुलनात्मक लाभ के नियम के सैद्धांतिक आधारों के बीच स्पष्ट विरोधाभास है, क्योंकि तुलनात्मक लाभ के सिद्धांत की माँग है कि किसी भी वस्तु के घरेलू उत्पादन और आयात की आपेक्षित क्षमता एक नीतिगत निर्णय के माध्यम से बाहर से लागू किए जाने की बजाय किसी अर्थव्यवस्था के तुलनात्मक लाभ के स्तर के अर्थों में बाजार तंत्र द्वारा निर्धारित होनी चाहिए।

इस प्रकार आत्मनिर्भरता को नियो-क्लासिकल अर्थशास्त्र के क्षेत्र से बाहर के कुछ आधारों के अर्थों में ही उचित ठहराया जा सकता है। इसे आत्मनिर्भरता के सिद्धांत के मुकाबले तुलनात्मक लाभ के सिद्धांत की श्रेष्ठता के समर्थन के रूप में नहीं लिया जाना चाहिए।

वास्तव में नई आर्थिक नीति के पक्ष में यह सुझाव दिया गया था कि भारत की सामाजिक-आर्थिक स्थितियों और वैश्विक विकास को देखते हुए उससे कदम मिलाकर न चलने का कोई लाभ नहीं था। यह तर्क दिया गया कि अतीत में भारत की आधिकारिक नीति में सख्त नियम लागू किए गए थे। तीसरी दुनिया के किसी अन्य देश के मध्य वर्ग की अपेक्षा भारत के उच्च और मध्य वर्ग को अधिक अभाव का सामना करना पड़ा। इसलिए, सत्तर के दशक के मध्य में आरंभ और अस्सी के दशक में मजबूत होती उदारीकरण नीति को एक संरचनात्मक समायोजन कार्यक्रम के रूप में विकसित किया जाना जरूरी था, जिसका अर्थ यह था कि न केवल उन लोगों पर दबाव डालते हुए, जिनके पास पैसा और अपनी उपभोग आवश्यकताओं को संतुष्ट करने के साधन थे, बल्कि बाजार में उनकी माँगों को संतुष्ट करते हुए विकास को उत्प्रेरित किया जा सकता था और उसमें वृद्धि की जा सकती थी। यह तर्क नई आर्थिक नीति के संवर्धकों द्वारा दिया जाता है। उन्होंने यह भी वादा किया कि वे घोर गरीबी में रहनेवाले अधिकांश भारतीयों की स्थिति को सुधारने के लिए कुछ उपाय खोजेंगे।

यहाँ पर वर्तमान में वैश्वीकरण की नई वास्तविकताओं के संपूर्ण प्रभाव को समझना महत्त्वपूर्ण है। विश्व के अनेक अविकसित राष्ट्र उल्लेखनीय मात्रा में आर्थिक, और उसके माध्यम से राजनीतिक प्रभुसत्ता खो चुके हैं। उन्हें अंतरराष्ट्रीय व्यापार और पूँजी प्रवाह को नियंत्रित करने की क्षमता कम होने के अलावा, धनापूर्ति को विस्तृत करने, राजकोषीय घाटे, ब्याज दर या विनिमय निर्धारित करने, घरेलू कीमतें नियंत्रित करने, औद्योगिक कार्यकलाप सीमित करने सहित अपनी आर्थिक नीतियाँ बनाने में गंभीर बाधाओं को स्वीकार करना पड़ रहा है। किसी भी नीति की प्रभावकारिता इस पर निर्भर करेगी कि विश्व अर्थव्यवस्था में क्या हो रहा है और दूसरे देश कैसे प्रतिक्रिया करते हैं। ऐसी बाधाओं की अवहेलना की कीमत बहुत बड़ी है और राजनीतिक कार्रवाई करने का लचीलापन भी बहुत सीमित हो गया है।

अमेरिका लंबे समय से क्यूबा को दबाने की कोशिश कर रहा है लेकिन उसका प्रभाव बहुत कम पड़ा क्योंकि क्यूबा इस दबाव को सहन करने के लिए अंतरराष्ट्रीय व्यापार के माध्यमों को उपयोग करने में सफल रहा। इराक एक और उदाहरण है। हालाँकि रोडेशिया और दक्षिण अफ्रीका में प्रतिबंध कारगर रहे लेकिन इराक में वह कारगर नहीं रहा। कम संसाधनोंवाले देशों के लिए स्वायत्तता की क्षति बहुत गंभीर हो सकती है। 11 मई के परमाणु परीक्षण के बाद भारत पर थोपे गए प्रतिबंध व्यापक नहीं थे और पूरी तरह लागू नहीं किए गए थे। यदि वे इराक पर थोपे गए प्रतिबंधों जितने विस्तृत होते, तो भारत कमजोर हो जाता। यह अच्छा है कि भारत में इराक जैसा तानाशाही शासन नहीं था, लेकिन परिणामस्वरूप हमारी लोकतांत्रिक व्यवस्था आर्थिक बाधाओं और आर्थिक विसंगतियों के प्रति अधिक संवेदनशील है।

वैश्वीकरण और उदारीकरण की स्थिति में, हालाँकि लाभों को मापना अधिक कठिन हैं क्योंकि वे बड़े पैमाने पर संभावित होते हैं और उनके लिए उपयुक्त नीतिगत योजनाओं को वास्तविकता में बदलने की आवश्यकता होती है। वैश्वीकरण और उदारीकरण एक देश के लिए अधिक उत्पादन, अधिक रोजगार, अधिक सामाजिक विकास या संक्षेप में देश में मौजूद संसाधनों से सामाजिक कल्याण के अधिक स्तर के अवसर उत्पन्न करते हैं। इसके लिए देश को नीति निर्माण, नियोजन और कार्यकलापों के समन्वय की आवश्यकता होगी। देश की स्वायत्तता पर अधिक नियंत्रण हो सकते हैं लेकिन देश का संचालन उतना ही महत्त्वपूर्ण होगा।

स्वदेशी दृष्टिकोण अपनाने के साथ गांधीजी ने देश के आर्थिक विकास में सबसे आम भारतीय को शामिल किया। उन्होंने न केवल सबसे गरीबों को रोजगार और जीविका के साधन उपलब्ध कराते हुए उसका आत्मविश्वास बढ़ाया बल्कि उन्होंने पूरे देश को दीर्घकाल में आत्मनिर्भर बनाने के लिए भी कोशिश की। उन्होंने महसूस किया कि जब तक लोग खुद इसमें शामिल न हों, भारत में असली आर्थिक समृद्धि नहीं आ सकती। वह इस बात को अच्छी तरह जानते थे कि सरकार द्वारा लागू विकास योजनाएँ सदियों पुरानी समस्याओं का स्थायी समाधान नहीं कर सकतीं। इसलिए उन्होंने लोगों की भागीदारी और संलिप्तता पर जोर दिया। यह विचार आज भी प्रासंगिक है। भारत को आत्मनिर्भर बनाने के लिए लोगों

को सभी विकास परियोजनाओं में भागीदार बनाना आवश्यक है। लोगों को इन निर्णयों में शामिल होना चाहिए कि उन्हें क्या चाहिए और उनके लक्ष्यों को प्राप्त करने के लिए कौन-सी विधियाँ जरूरी हैं। इसके लिए हमें ग्रामीण स्व-शासन को अपनाना होगा और ग्रामीण जीवन को समृद्ध बनाना होगा। इस प्रकार से हम फिर से गाँवों की ओर लौट सकते हैं क्योंकि हमारा भारत अब भी गाँवों में रहता है। गांधीजी भी सोचते थे कि असली भारत अपने लाखों गाँवों में रहता है। वह मानते थे कि पंचायतों की प्राचीन संस्था स्थानीय लोगों को अपनी दैनिक समस्याओं को सुलझाने का अवसर प्रदान करती है। इसी दृष्टिकोण और विधि को आज भी अपनाया जा सकता है। इसके लिए यह महत्त्वपूर्ण है कि गाँवों को प्रशासन की मूलभूत इकाई बनाया जाए, क्योंकि गाँवों में सुधार के बिना देश में कोई प्रगति नहीं हो सकती, क्योंकि भारत गाँवों का देश है। ग्रामीण नेतृत्व को सशक्त किया जाना चाहिए और उसे मजबूत बनाना चाहिए। वह सिर्फ चंद ग्रामीण लोगों तक सीमित नहीं होना चाहिए, बल्कि उसे इतना विस्तृत किया जाना चाहिए कि उसमें संपूर्ण ग्रामीण जनता—सभी वर्गों और दोनों लिंगों के लोग शामिल हों। भारत को आत्मनिर्भर और गांधीजी के सपनों का भारत बनाने के लिए उसके गाँवों को स्वावलंबी और आत्मनिर्भर बनाना जरूरी है।

उदारीकरण और वैश्वीकरण के दुष्प्रभाव

अब यह अनुभव किया गया है और साबित हो चुका है कि उदारीकरण और वैश्वीकरण के कुछ खतरनाक दुष्प्रभाव हैं। इसकी वजह यह है कि विकासशील देशों की गरीब जनता अभावग्रस्त है, उनका अधिकतम शोषण किया जाता है और व्यापक विदेशी व्यक्तिगत हितोंवाले एकाधिकार संगठनों, बहुराष्ट्रीय कंपनियों और निगमों के अपवित्र गठजोड़ों द्वारा उनका दमन किया जाता है। ये कंपनियाँ आम तौर पर लोगों को पेस्ट से लेकर पाउडर तक अपने उपभोक्ता उत्पाद खरीदने के लिए प्रलोभन देती हैं और इन गरीब देशों से सालाना कई करोड़ मुद्रा लूट लेती हैं। हालाँकि जीवनरक्षक दवाओं के लिए विदेशियों पर निर्भरता को समझा और सहन किया जा सकता है लेकिन दैनिक जरूरतों के लिए नहीं, जिन्हें स्थानीय स्तर पर उत्पादित और वितरित किया जा सकता है। ब्रश, पेस्ट, साबुन, शेविंग क्रीम, ब्लेड, सौंदर्य

प्रसाधन, कपड़े और दूसरे आम घरेलू सामानों जैसी हर चीज विदेशी खरीदने के पागलपन पर लगाम लगनी चाहिए। इसके अलावा, विकसित देश बहुराष्ट्रीय निगमों और कंपनियों के माध्यम से अपनी हानिकारक दवाओं के प्रयोग के लिए विकासशील देशों को गिनी पिग के रूप में इस्तेमाल कर रहे हैं। परिणामस्वरूप, इन दिनों गहराता आर्थिक संकट हमारी आँखें खोल रहा है। और यह सही कहा गया है कि विस्तृत होती अर्थव्यवस्था बदसूरत ऊँची इमारतों, वायु प्रदूषण और नदियों व झीलों के प्रदूषण के द्वारा पारिस्थितिकी तथा पृथ्वी को क्षति पहुँचाते हुए वनस्पतियों तथा पशु-पक्षियों, प्राकृतिक वातावरण के सौंदर्य को नष्ट कर रही है।

गांधीजी के विचारों की प्रासंगिकता और महत्त्व

सन् 1936 में पॉलिश इंजीनियर मॉरिस फ्रायडमैन, जो गांधीजी के प्रौद्योगिकी विकल्पों को नहीं समझ पा रहे थे, के साथ चर्चा में गांधीजी ने समझाया कि किस प्रकार शहरी औद्योगिकीकरण ग्रामीण लोगों के शोषण को प्रेरित करेगा और उन्हें पर्याप्त रोजगार प्रदान नहीं करेगा। लिहाजा जरूरत थी 'प्रयोग के लिए उत्पादन' की यानी वस्तुओं और सेवाओं के बड़े पैमाने पर स्थानीकृत, पारस्परिक लाभदायक विनिमय के आधार पर उत्पादन, रोजगार और उपभोग शक्ति के स्थानीयकरण की। उनके शब्दों को उद्धृत करें तो, ''बड़े स्तर पर औद्योगिकीकरण अनिवार्य रूप से ग्रामीणों के अप्रत्यक्ष या प्रत्यक्ष शोषण को प्रेरित करेगा, जब प्रतिस्पर्धा और विपणन की समस्याएँ आएँगी। इसलिए, हमें गाँवों को आत्मनिर्भर बनाने और मुख्य रूप से प्रयोग के लिए निर्माण करने पर ध्यान केंद्रित करना होगा। ग्रामीण उद्योग की इस विशेषता को बरकरार रखने पर, ग्रामीणों द्वारा आधुनिक मशीनों और उपकरणों के प्रयोग पर भी कोई आपत्ति नहीं होगी, जिन्हें वे बना सकें और इस्तेमाल कर सकें। सिर्फ उन्हें दूसरों के शोषण के माध्यमों के रूप में इस्तेमाल नहीं किया जाना चाहिए।'' गांधीजी सुधार विरोधी और मशीनों के दुश्मन नहीं थे, जो मानव जाति को आदिम युग की ओर ले जाना चाहते थे। वह पूँजी बचानेवाली तकनीकों से शुरुआत करने के पक्ष में थे। वह चाहते थे कि ग्रामीण लोग ग्रामीण उद्योगों में प्रयोग के लिए आधुनिक उपकरण और मशीनें बनाएँ। वह मशीनरी को जनता के शोषण का जरिया

नहीं, बल्कि यथासंभव कम शोषण के साथ अधिक और बेहतर रोजगार का जरिया बनाना चाहते थे।

सन् 1931 में जब गांधीजी गोलमेज सम्मेलन के लिए यूरोप में थे, तो उन्हें सामूहिक उत्पादन की व्यवस्था में बढ़ते केंद्रीकरण के मुकाबले उत्पादन तथा उपभोग के स्थानीकरण के लाभों के बारे में एक अमेरिकी पत्रकार से चर्चा करने का अवसर मिला। गांधीजी ने तर्क दिया कि एक गरीब देश में बड़े स्तर पर बेरोजगारी की समस्या से निपटने में मदद करने के अलावा, विकेंद्रीकृत उत्पादन पश्चिमी देशों में भी आर्थिक संकटों का हल प्रस्तुत करता है। उन्होंने कहा, ''जब उत्पादन और उपभोग दोनों का स्थानीकरण हो जाता है, तो अनिश्चित रूप से और किसी भी कीमत पर उत्पादन को बढ़ाने का लालच गायब हो जाता है। फिर हमारी वर्तमान आर्थिक व्यवस्था से उत्पन्न अनंत समस्याएँ और कठिनाइयाँ समाप्त हो जाएँगी।'' अमेरिका का संदर्भ देते हुए गांधीजी ने कहा, ''वह सामूहिक उत्पादन के चरम बिंदु पर पहुँच चुका है, लेकिन फिर भी बेरोजगारी या इच्छा को समाप्त करने में सफल नहीं रहा है। कुछ की अपार समृद्धि के बावजूद हजारों, बल्कि लाखों लोग अभाव में जीवन बिता रहे हैं।'' गांधीजी 'समृद्धि के मध्य दरिद्रता' के विरोधाभास के साथ व्यापक मंदी का संदर्भ ले रहे थे। साक्षात्कारकर्ता ने सुझाव दिया कि त्रुटि वितरण में है। यदि वितरण को समान किया जाए, तो सामूहिक उत्पादन की सभी बुराइयों को निष्प्रभावी किया जा सकता है। जबकि गांधीजी का उत्तर अत्यंत स्पष्ट था, ''नहीं, बुराई इस व्यवस्था में है। वितरण को तभी समान किया जा सकता है, अगर उत्पादन का स्थानीकरण किया जाए, दूसरे शब्दों में जब वितरण उत्पादन के साथ-साथ चले। जब तक आप अपनी वस्तुओं को निपटाने के लिए दुनिया के दूसरे बाजारों का लाभ उठाना चाहेंगे, तब तक वितरण समान नहीं हो सकता।'' गांधीजी देश के भीतर और अंतरराष्ट्रीय सीमाओं के बाहर, दोनों जगह गैर-शोषणकारी उत्पादन और विनिमय चाहते थे। उन्होंने कहा कि ''पश्चिमी देशों को अपना कौशल उनके हित के लिए इस्तेमाल करना होगा, जिसके पास कौशल नहीं है'', ताकि उत्पादन और रोजगार दोनों सृजित हो सकें, जहाँ उनकी सबसे अधिक आवश्यकता है।'' उन्होंने भारत में बेरोजगारों की विशाल संख्या की ओर से भी यही तर्क दिया।

जैसा कि हम सब जानते हैं कि गांधीजी हाथ से कताई के बड़े समर्थक थे, वह समझते थे कि ग्रामीण बेरोजगारी को निम्नलिखित कारणों से नहीं हल किया जा सकता—

क. एक-दूसरे का अनुपूरण करनेवाले ग्रामीण उद्योगों की पूरी शृंखला और

ख. एक उपयुक्त सहकारी संगठन

फिर सन् 1934 में उन्होंने कहा कि "मैंने पाया कि अन्य उद्योगों के पुनरुद्धार के बिना खादी आगे प्रगति नहीं कर सकता। ग्रामीणों को अपने खाली समय को लाभदायक बनाने में समर्थ होने के लिए, ग्रामीण जीवन को सभी बिंदुओं पर स्पर्श किया जाना चाहिए।" खादी को एक प्रथा या संस्कार के रूप में प्रोत्साहित करने की प्रवृत्ति थी। लेकिन लोगों के रवैए में एक विरोधाभास था। जैसा कि गांधीजी ने कहा, "जबकि लोग खादी को विशिष्ट रूप में इस्तेमाल करते थे, वे दूसरी वस्तुओं का भी इस्तेमाल कर रहे थे, इस बात से बेखबर कि उन्हें किस तरह और कहाँ निर्मित किया जा रहा था। इस प्रकार खादी एक निर्जीव प्रतीक बनता जा रहा था, उनके हाथों में काफी सारा खाली समय था। उनकी अनैच्छिक और ऐच्छिक अकर्मण्यता ने उन्हें शोषणकर्ताओं का स्थायी शिकार बना दिया।" इसलिए, ग्रामीण उद्योगों के साथ-साथ विकास के लिए कारपोरेट कोशिशों की जरूरत थी।

इस प्रकार उदारीकरण तथा वैश्वीकरण समकालीन विश्व के संकटों के लिए कोई औषधि नहीं है, बल्कि ये इन संकटों को और गहरा कर रहे हैं। इस संबंध में गांधीजी का स्वदेशी का दृष्टिकोण काफी प्रासंगिक और महत्त्वपूर्ण लगता है, क्योंकि वह स्थानीय देशी उद्योग या लघु उद्योगों (ऐसे उद्योग ज़ो मुख्य रूप से राष्ट्रीय स्वदेशी और स्वावलंबन के सिद्धांत पर निर्मित किए गए हैं), और न्यूनतम आधिक्यों, के प्रयोग के बड़े समर्थक थे जो आर्थिक उत्पादकता और वितरण के हस्तांतरण तथा विकेंद्रीकरण को प्रेरित करेगा। ऐसी उत्पादकता निश्चित रूप से विज्ञान-प्रौद्योगिकी को लघु उद्योगों के लिए उपयुक्त स्तर तक सीमित करेगी तथा कच्चे माल, ऊर्जा और प्रदूषण की आवश्यकता को भी कम करते हुए उपनिवेशवाद, सैन्यीकरण और युद्धों की संख्या में कमी लाएगी।

वस्तुतः, स्वदेशी गांधीजी के आर्थिक दृष्टिकोण के सबसे महत्त्वपूर्ण

सिद्धांतों में से एक है क्योंकि इस सिद्धांत तथा गांधीवादी अर्थशास्त्र के अन्य बुनियादी मतों के बीच एक संबंध है। हालाँकि, गांधीजी के स्वदेशी दृष्टिकोण को समझने के लिए हमें उनके सामाजिक, राजनीतिक, आर्थिक और धार्मिक विचारों के पूरे समूह को समझना होगा। शाब्दिक रूप में इसका अर्थ 'अपने देश का' हो सकता है, लेकिन देश का घटक उसका लक्ष्यार्थ नहीं, बल्कि 'उपलक्षण' है। इसके अनुसार, स्वदेशी में सभी देशी अमूर्त और मूर्त चीजें—जैसे अपनी भाषा, ज्ञान, संस्कृति, परिधान और अन्य उत्पाद भी शामिल होती हैं। हालाँकि इस अवधारणा का केंद्र 'आत्मनिर्भरता' और 'स्वशासन' है जो दूसरों पर निर्भरता को न्यूनतम की हद तक कम कर देता है।

हालाँकि गांधीजी ने 'स्वदेशी' शब्द को नहीं गढ़ा, फिर भी उन्होंने उसे एक नया अर्थ देते हुए इसमें बहुत योगदान किया। स्वदेशी की उनकी समझ और दृष्टिकोण काफी आकर्षक, वैज्ञानिक और अधिक विश्वसनीय लगता है। अर्थशास्त्र के क्षेत्र में, स्वदेशी का अर्थ है कि एक व्यक्ति मूल रूप से उन चीजों का प्रयोग करता है जो उसके आस-पड़ोस में उत्पादित की गई हों और उन उद्योगों को सक्षम तथा उपयोगी बनाते हुए उनके लिए काम करता है। दूसरे शब्दों में हम कह सकते हैं कि स्वदेशी एक गांधीवादी ग्राम का आधार था। इसका सबसे बढ़िया उदाहरण देते हुए गांधीजी स्पष्ट करते हैं—

"स्वदेशी हमारे अंदर की वह भावना है जो हमें दूर की अपेक्षा अपने आस-पास के वातावरण का प्रयोग करने और उसकी सेवा तक सीमित करती है, राजनीति के क्षेत्र में मुझे देशी संस्थानों का इस्तेमाल करना चाहिए और उन्हें उनकी प्रमाणित त्रुटियों से मुक्त करते हुए उनकी सेवा करनी चाहिए। अर्थशास्त्र के क्षेत्र में मुझे सिर्फ उन वस्तुओं का इस्तेमाल करना चाहिए जो मेरे तात्कालिक पड़ोसियों द्वारा उत्पादित किए गए हैं और उन उद्योगों को उन क्षेत्रों में सक्षम और पूर्ण बनाते हुए उन उद्योगों की मदद करनी चाहिए, जहाँ पर उनमें कमी है।"

इसके बाद गांधीजी स्पष्ट करते हैं कि इस प्रकार से जिस पड़ोसी की मदद की गई है, उसे अपने पड़ोसी की मदद करनी होगी। अत: व्यवहार में यह कभी विशिष्ट नहीं होता और यह मनुष्य की सेवा की क्षमता की वैज्ञानिक सीमाओं को मान्यता देता है। लेकिन स्वदेशी के सिद्धांत की माँग

है कि व्यक्ति को स्थानीय निर्माताओं को प्राथमिकता देनी चाहिए चाहे उनकी निर्मित वस्तुओं की गुणवत्ता निम्न हो या वे विदेशी वस्तुओं से अधिक महँगी हों। यह सही भावना है। विदेश में निर्मित वस्तुओं के लिए घृणा की भावना भी नहीं रखनी चाहिए। इसलिए वह विकल्प न होने पर विदेश में निर्मित वस्तुओं के प्रयोग की सलाह देते हैं। उन्होंने स्वदेशी वस्तु को ऐसी वस्तु के रूप में परिभाषित किया जो ''पूँजी तथा प्रतिभा के विदेशी होते हुए भी प्रभावी भारतीय नियंत्रण में लाखों लोगों के हितों की पूर्ति करता है।'' हालाँकि, गांधीजी ने ऐसी विदेशी वस्तुओं का त्याग करने पर जोर दिया, जिनका आयात देशी उद्योगों के लिए हानिकारक था। उन्होंने राष्ट्रीय उद्योगों को विकसित करने के लिए विदेशी वस्तुओं पर सख्त सुरक्षात्मक शुल्क लगाने की जोरदार वकालत की। उनका स्वदेशी का सिद्धांत हमारे करोड़ों गरीब देशवासियों को अपनी जीविका चलाने में समर्थ बनाने के लिए खादी या चरखे को सर्वव्यापी बनाने पर आधारित था।

इसके अतिरिक्त यह जोड़ा जा सकता है कि विदेशी कपड़ों के पूर्ण बहिष्कार के समर्थन में गांधीजी के मन में कोई दुर्भावना नहीं थी। उन्होंने कहा, ''विदेशी निर्माताओं का सिर्फ इसलिए बहिष्कार करना क्योंकि वे विदेशी हैं और उपयुक्त न होने पर अपने देश के निर्माताओं को आगे बढ़ाने में देश का समय और पैसा बरबाद करना एक आपराधिक गलती और स्वदेशी भावना को नकारना होगा।'' उन्होंने आगे कहा—

''स्वदेशी का सच्चा समर्थक कभी विदेशी के लिए दुर्भावना विकसित नहीं करेगा, वह इस धरती पर किसी के प्रति शत्रुता के भाव से आंदोलित नहीं होगा। स्वदेशीवाद घृणा का पंथ नहीं है। यह निस्स्वार्थ सेवा का सिद्धांत है, जिसकी जड़ें शुद्ध अहिंसा में हैं।''

इस प्रकार, गांधीजी की स्वदेशी की अवधारणा व्यापक है और उसका लक्ष्यार्थ भी व्यापक है। किसी भी विदेशी वस्तु का उपयोग न करने के संबंध में गांधीजी किसी शंका की गुंजाइश नहीं छोड़ते, जब वह कहते हैं—

''मैंने स्वदेशी के एक अंग के रूप में प्रत्येक कल्पनीय परिस्थितियों के तहत सभी विदेशी वस्तुओं के बहिष्कार पर कभी विचार नहीं किया है। स्वदेशी की विस्तृत परिभाषा विदेशी वस्तुओं को छोड़कर सभी घरेलू निर्मित चीजों का उपयोग करना है, जब तक कि ऐसा उपयोग घरेलू उद्योग के

संरक्षण के लिए आवश्यक हो, खासकर ऐसे उद्योगों के लिए जिनके बिना भारत दीन-हीन बन जाएगा। इसलिए, मेरे मत में ऐसा स्वदेशी जिसमें सभी विदेशी चीजों का बहिष्कार किया जाए, चाहे वह कितना भी लाभदायक हो और वह किसी को नुकसान नहीं पहुँचाता, स्वदेशी की संकीर्ण व्याख्या है।''

दूसरे, गांधीजी इस बारे में स्पष्ट हैं कि करीबी पड़ोसी के लिए प्राथमिकता पर उनके जोर का अर्थ उन लोगों को हानि पहुँचाना या उनके हितों का नुकसान नहीं है, जो पड़ोस में नहीं हैं। इस संबंध में गांधीजी का पूर्ण विश्वास था कि एक व्यक्ति अपने पड़ोसियों और मानवता, दोनों की सेवा साथ-साथ कर सकता है बशर्ते पड़ोसी की सेवा किसी रूप में स्वार्थपूर्ण या अनन्य न हो, यानी उसमें किसी भी रूप में किसी दूसरे मनुष्य का शोषण शामिल न हो। उनके अनुसार स्वदेशी वह भावना थी, जिसके अनुसार व्यक्ति को किसी अन्य को छोड़कर अपने करीबी पड़ोसी की मदद करनी चाहिए। अतः स्वदेशी कभी अनन्य नहीं होता। अतः विदेशी के लिए घृणा या उग्र राष्ट्रप्रेम के तीसरे सवाल के बारे में, यहाँ पर यह कहा जा सकता है कि इस मामले में गांधीजी के तर्क निम्नलिखित थे—

''मैं सिर्फ इसलिए सभी विदेशी वस्तुओं के प्रतिबंध का समर्थक नहीं रहा हूँ क्योंकि वे विदेशी हैं। मेरा आर्थिक सिद्धांत उन सभी विदेशी वस्तुओं पर पूर्ण प्रतिबंध लगाना है जिनका आयात हमारे देशी हित के लिए नुकसानदेह साबित हो सकता है। इसका अर्थ है कि हमें किसी भी स्थिति में ऐसी वस्तु का आयात नहीं करना चाहिए जिसकी आपूर्ति हमारे अपने देश से पर्याप्त मात्रा में हो सकती हो। उदाहरण के लिए, मैं सिर्फ थोड़ी बेहतर गुणवत्ता के लिए ऑस्ट्रेलियाई गेहूँ आयात करने के खिलाफ हूँ, लेकिन आवश्यकता होने पर मुझे स्कॉटलैंड से जौ का आयात करने में जरा भी हिचकिचाहट नहीं होगी क्योंकि हम भारत में जौ नहीं उपजाते। दूसरे शब्दों में, मैं दुर्भावना या घृणा के कारण किसी विदेशी वस्तु के बहिष्कार का समर्थन नहीं करूँगा।''

इसके विपरीत, उन्होंने कहा कि भारत पर्याप्त मात्रा में चमड़े का उत्पादन करता है और ''इसलिए सिर्फ भारतीय चमड़े से बने जूते पहनना मेरा कर्तव्य है, चाहे वह सस्ते और अच्छे विदेशी चमड़े के जूते की तुलना में अपेक्षाकृत अधिक महँगा और खराब गुणवत्ता का हो। इसी तरह, मैं

विदेशी गुड़ या चीनी को देश में लाने की आलोचना करूँगा, अगर भारत में हमारी आवश्यकता के लिए पर्याप्त मात्रा में उसका उत्पादन हो रहा हो। इस प्रकार उपरोक्त बातों से यह स्पष्ट है कि मेरे लिए उन विदेशी वस्तुओं की एक विस्तृत सूची देना संभव नहीं है जिनका भारत में आयात प्रतिबंधित किया जाना चाहिए। मैंने बस एक सामान्य सिद्धांत अपनाया है जिसके द्वारा हम ऐसे मामलों में मार्गदर्शन ले सकते हैं।''

यह सिद्धांत भविष्य में भी लाभदायक होगा, जब तक हमारे देश में उत्पादन की स्थितियाँ आज की तरह होंगी।

इसी तरह, आर्थिक क्षेत्र में हमारे कार्यकलाप हमारी इच्छाओं की संतुष्टि के लिए वस्तुओं और सेवाओं के उत्पादन और उपभोग की ओर केंद्रित हैं। देखते हैं कि गांधीजी का दर्शन किस तरह इन दोनों क्षेत्रों पर लागू होता है। उत्पादन में हमें सामग्री और मानव संसाधन में स्थानीय संसाधनों के उपयोग या नियोजन को वरीयता देनी होगी और उपभोग में भी हमें स्थानीय उत्पादनों को प्राथमिकता देनी होगी। दोनों मामलों में, करीबी या स्थानीय जन शक्ति और संसाधनों और उपभोग के क्षेत्र में को प्राथमिकता देने के खिलाफ जो भी तर्क दिए जाते हैं, वह यह कि स्थानीय कर्मचारी योग्य नहीं है, वह कौशल में अपर्याप्त रूप से दक्ष है, उसकी प्रौद्योगिकी निम्न स्तर की है और इसलिए उसके उत्पादों की गुणवत्ता की तुलना कहीं और, आम तौर पर दूसरे देशों में उत्पादित वस्तुओं की गुणवत्ता से नहीं की जा सकती। दूसरा तर्क यह है कि देशी उत्पाद अधिक कीमती, अधिक महँगे होते हैं। अगर हम इन तर्कों को मान लें और दूसरे देशों में निर्मित वस्तुओं को प्राथमिकता दें, तो हम अपने पड़ोसी को रोजगार से वंचित कर देंगे और पैसे की निकासी में योगदान देंगे, जो हमारे देश की कीमत पर दूसरे देशों को लाभ पहुँचाएगा। परिणामस्वरूप, स्वदेशी की भावना की निश्चित रूप से यह माँग है कि हम अपने कौशल को सुधारने, अपनी प्रौद्योगिकी को बेहतर बनाने और अपनी वस्तुओं की गुणवत्ता तथा उत्कृष्टता को सुधारने के लिए मेहनत करें तथा अपनी वस्तुओं की गुणवत्ता सुधारने तक खराब गुणवत्ता के साथ समझौता करें। असल में इस तरह स्वदेशी की भावना हमारी प्रौद्योगिकी को सुधारने के लिए एक प्रोत्साहन के रूप में काम करती है। स्वदेशी के दर्शन में ऐसा कुछ नहीं है जो हमें पुरानी या असक्षम

प्रौद्योगिकी से संतुष्ट होने या प्रौद्योगिकी के उन्नयन को त्यागने के लिए कहता हो। इस चर्चा से पता चलता है कि गांधीवादी स्वदेशी विकास या रचनात्मकता के सिद्धांत के साथ जनता के आर्थिक पुनरुद्धार के लिए संघर्ष का एक माध्यम भी है। स्वदेशी मानव क्रियाकलाप के सभी क्षेत्रों और जिन क्षेत्रों में व्यक्ति विकास कर सकता है, उनके लिए उपयुक्त है। संस्कृति की यह अपेक्षा होती है कि हम अपने आपको अपनी विरासत से अलग न करें, जिसने हमारे करीबी लोगों के विचारों और प्रयासों से आकार लिया है। इस विरासत को अनदेखा करना या उसे नकारना स्वदेशी की भावना के अनुरूप नहीं है चूँकि यह हमारे निर्माण का आधार है। इसलिए हमें उसे सुधारने या समृद्ध बनाने में योगदान करना चाहिए। इसके लिए बहुत आत्मपरीक्षण की जरूरत है और हमें कमियों को पहचानने और दूर करने में समर्थ बनना चाहिए। इसके अलावा, हमें किसी दूसरी सांस्कृतिक विरासत को स्वीकार करने से डरना नहीं चाहिए। इसकी बजाय हमें जो भी बेहतर लगे उसे ग्रहण करना चाहिए। लेकिन हमें अपनी जड़ों से दूर नहीं जाना चाहिए। गांधी ने अपने विचारों को निम्नलिखित शब्दों में बहुत खूबसूरती से प्रस्तुत किया है—

"मैं नहीं चाहता कि मेरे घर के चारों ओर दीवारें हों और मेरी खिड़कियाँ बंद हों। मैं चाहता हूँ कि सभी जगहों की संस्कृतियाँ यथासंभव मुक्त रूप में मेरे घर में प्रवाहित हों। लेकिन मैं नहीं चाहता कि इनमें से किसी से मेरे पाँव उखड़ जाएँ। मैं किसी अनधिकृत व्यक्ति, भिखारी या दास के रूप में दूसरे लोगों के घरों में रहने से इनकार करता हूँ, मेरा धर्म जेल का नहीं है।"

इस प्रकार, स्वदेशी का सिद्धांत गांधीजी के अनुसार मानवता और प्रेम के नियम के अनुरूप है। इसमें मातृभूमि तथा संपूर्ण मानवता के लिए प्रेम और सेवा का भाव शामिल है। इसका अर्थ है कि हम उन लोगों की बेहतरीन मदद कर सकते हैं जिन्हें हम करीब से ज़ानते हैं और हमारे पड़ोसियों तथा देशवासियों को हमारी सेवा प्राप्त करने का पहला हक है। यह वास्तव में और कुछ नहीं बल्कि मानवता या मनुष्य जाति के लिए प्रेम है। इसलिए गांधीवादी विचार और भावना में स्वदेशी एक गतिशील अवधारणा है।

एक गतिशील अवधारणा होने के कारण स्वदेशी वर्तमान संदर्भ में

और भी अधिक प्रासंगिक और महत्त्वपूर्ण है जिसमें दुनिया के हर कोने में बहुराष्ट्रीय कंपनियों और निगमों ने अपनी पैठ बना ली है। इस क्षेत्र में भारत कोई अपवाद नहीं है। कुछ लोग यह सोचते और दावा करते हैं कि स्वदेशी के दिन लद गए हैं और अब वैश्वीकरण तथा बहुराष्ट्रीय नियमों का युग है। वे तर्क देते हैं कि स्वदेशी अप्रासंगिक हो चुका है और इसलिए वर्तमान आर्थिक परिदृश्य में बेमेल होगा। उनके लिए नया स्वदेशी अब गैर-महत्त्वपूर्ण हो चुका है।

इस प्रश्न को ध्यान में रखते हुए स्वतंत्रता के बाद से कार्यान्वित नीतियों और निर्णयों के परिणामों को जाँचना महत्त्वपूर्ण है। हमारी आजादी के पचास से अधिक साल बाद भी यह अनुभव करना बहुत निराशाजनक और अफसोसजनक है कि दुनिया का तथाकथित सबसे बड़ा लोकतंत्र अब भी दुनिया के सबसे गरीब देशों में शामिल है। यह एक बड़ी त्रासदी है कि जनसंख्या के 40 फीसदी से अधिक हिस्से का प्रतिनिधित्व करनेवाले करोड़ों भारतीय गरीबी रेखा से नीचे गुजारा कर रहे हैं। इसी तरह, बेरोजगारों और अल्प रोजगार प्राप्त लोगों की संख्या बढ़ रही है। वर्तमान में देश के विभिन्न रोजगार कार्यालयों में करोड़ों लोगों (इंजीनियरों, डॉक्टरों, जैसे प्रोफेशनलों सहित) के नाम दर्ज हैं। हम सरकार के रूप में दिवालिया होते जा रहे हैं और हमारे ऊपर ढेर सारा कर्ज (बाहरी और आंतरिक) है, जिसकी वजह से हम विदेशी कर्जे से दबे दुनिया के देशों में चौथे स्थान पर हैं।

ऐसी आर्थिक-राजनीतिक व्यवस्था में, बढ़ती जनसंख्या और अल्प पूँजी के साथ, हम स्थिति को कैसे सुधार सकते हैं? समय की माँग है कि आर्थिक स्वतंत्रता प्राप्त करने के लिए आय के पुनर्वितरण, हर नागरिक की मूलभूत भौतिक आवश्यकताओं को पूरा करने और एक आत्मनिर्भर अर्थव्यवस्था विकसित करने का लक्ष्य रखते हुए देश की आर्थिक नीति को बदला जाए। आर्थिक स्वतंत्रता के बिना राजनीतिक स्वतंत्रता अधूरी है। गहराते आर्थिक संकट से हमारी आँखें खुल जानी चाहिए। हमें आर्थिक प्रगति के विदेशी आदर्शों की नकल नहीं करनी चाहिए। हमें अपनी संस्कृति, अपनी पुरानी परंपराओं, वर्तमान आवश्यकताओं और भविष्य की आकांक्षाओं के आधार पर एक देशी आदर्श विकसित करना चाहिए। हमें भौतिक प्रबंधन और मानववादी अर्थशास्त्र (संपूर्ण मनुष्यता) के आधार पर एक आर्थिक व्यवस्था

बनानी चाहिए और ऐसा बुनियादी ढाँचा खड़ा करना चाहिए जिसमें और जिससे व्यक्ति की अंतर्निहित संभावनाएँ पूरी तरह प्राप्त की जा सकें। व्यक्ति को इस व्यवस्था का केंद्र होना चाहिए। स्वदेशी इसका विकल्प प्रदान कर सकता है।

वास्तव में, स्वदेशी के बिना, समाधान कहाँ है? विकेंद्रीकृत ग्रामीण उद्योग और ग्रामीण कला व शिल्प के माध्यम से स्वदेशी रोजगार तथा स्थायी आय प्रदान कर सकता है और लाखों लोगों की गरीबी समाप्त करने में मदद कर सकता है। पश्चिमी शैली में प्रशिक्षित हम अक्सर भूल जाते हैं कि 'लघु सुंदर है'। हमें सकल राष्ट्रीय उत्पाद यानी जी.एन.पी. के स्थान पर सकल ग्रामीण उत्पाद (जी.वी.पी.) को लक्ष्य बनाना चाहिए। गांधीजी ने चालीस के दशक में सही घोषित किया था, "अपनी इच्छाओं में कटौती करो और अचानक तुम्हारी सभी आर्थिक समस्याएँ हल हो जाएँगी।" असंग्रह के सिद्धांत का अर्थव्यवस्था में गहरा अर्थ है।

हालाँकि उपरोक्त दावों में तर्क के बावजूद लोग स्वदेशी की अवधारणा के बारे में अब भी संशय में हैं, जिसे वे पुराने फैशन का, आउटडेटेड और सुधारविरोधी कहते हुए उसका उपहास करते हैं। देश के अभिजात और मध्य वर्ग के लोगों के बीच विदेशी चीजों का नशा बेहिसाब है। इसके अलावा, उन्हें खरीदना स्टेटस सिंबल बन गया है। ऐसी प्रवृत्ति सही नहीं है, क्योंकि वह देश की प्रगति और विकास को बाधित करती है। इसके कारण हम अपना व्यक्तित्व खो सकते हैं और एक बार फिर दास बन सकते हैं। इसलिए हमें स्वदेशी की भावना को पुनर्जीवित करना चाहिए और जहाँ भी आवश्यक हो, भारतीय वस्तुओं, भारतीय संसाधनों तथा आधुनिक देशी प्रौद्योगिकी के प्रयोग को प्रोत्साहित करना चाहिए। एक आत्मनिर्भर अर्थव्यवस्था विकसित करने के लिए उपभोग में स्वदेशी का होना अनिवार्य है। स्वदेशी के सकारात्मक तत्त्व को हमारी अर्थव्यवस्था के पुनर्निर्माण और संवर्धन के आधारस्तंभ के रूप में इस्तेमाल किया जाना चाहिए।

इसके अतिरिक्त, जहाँ पर औद्योगिकीकरण अनिवार्य है, वह पश्चिम की अंधी नकल में नहीं होना चाहिए। हमें प्रकृति का लाभ उठाना चाहिए, उसका दुरुपयोग या शोषण नहीं करना चाहिए। पारिस्थितिकी, अर्थशास्त्र और नीतिशास्त्र में समेकित सोच होनी चाहिए। वर्तमान निराशाजनक स्थिति

में पूँजी गहन उद्योगों की बजाय श्रम गहन उद्योगों पर जोर देना चाहिए। बेरोजगारी और कम रोजगार की समस्या से युद्ध स्तर पर निपटाना चाहिए। आर्थिक और औद्योगिक नीतियों का लक्ष्य गरीब जनता की आवश्यकताओं पर ध्यान केंद्रित करते हुए रोजगार को अधिकतम करने का होना चाहिए ताकि लोगों की क्रय शक्ति को बढ़ाया जा सके।

वस्तुतः गांधीजी ने औपनिवेशिक आर्थिक हितों और शोषण की जड़ों को काटने और साथ ही अपने स्थानीय संसाधनों तथा जनशक्ति का अधिकतम उपयोग सुनिश्चित करने के लिए हमारे स्वतंत्रता संघर्ष के दौरान स्वदेशी आंदोलन को विकसित किया। अब बहुराष्ट्रीय कंपनियों और आर्थिक रूप से विकसित देशों के नव-साम्राज्यवादी निहित आर्थिक स्वार्थों के षड्यंत्र से बचने के लिए स्वदेशी की उसी भावना को पुनर्निर्मित करने का समय आ गया है। कभी-कभार हमें अधिक उदारीकरण की समस्याओं का सामना करना पड़ता है, क्योंकि उसके दुष्प्रभाव काफी हानिकारक और घातक होते हैं। हमारे करोड़ों के सुरक्षा घोटाले और दूसरे स्कैंडल इसके बेहतरीन उदाहरण हैं। निःसंदेह, भारत को तेज आर्थिक विकास की आवश्यकता है लेकिन वह स्वदेशी, आत्मनिर्भरता और आत्मविश्वास की भावना को विकसित किए बिना संभव नहीं है। इस उद्देश्य के लिए असली स्वदेशी का अर्थ समझने की तात्कालिक आवश्यकता है, जिसका अर्थ है सार्वभौमिक मानवता को उपेक्षित किए बिना अपने करीबी वातावरण की मूलभूत आवश्यकताओं को देखते हुए विदेशी वस्तुओं पर कम निर्भरता और अपने संसाधनों का अधिकतम उपयोग। स्वदेशी शोषण और असमानता की समस्या को सुलझाने का तरीका है। साथ ही, उदारीकरण और वैश्वीकरण के बढ़ते प्रभाव तथा गुणों-अवगुणों की जाँच करने की तत्काल आवश्यकता है।

□

निष्कर्ष

हमने बड़ी आशाओं और धूम-धड़ाके के साथ नई सहस्राब्दी में प्रवेश किया है। लेकिन मनुष्य अपने आपको गंभीर दबाव में पा रहा है और बैठकर अपने वातावरण, प्रकृति, संस्कृति और भविष्य का पुनः आकलन करने के लिए बाध्य महसूस कर रहा है। आधुनिक युग का सिद्धांत वाक्य 'विकास' एक संदिग्ध शब्द बन गया है। उसने मनुष्य जाति को जिस अल्पकालिक उन्माद से भर दिया था, वह एक दीर्घकालिक चिंता बनती जा रही है। आज मानवता वैश्विक आयाम के पर्यावरणीय संकटों से जूझ रही है जिसने आधुनिकीकरण और विकास के नाम पर धरती माँ के शोषण के कारण मनुष्य जाति के अस्तित्व को ही खतरे में डाल दिया है। प्रकृति के अत्यधिक दोहन से पूरी पृथ्वी संकट में है। पर्यावरण एक वैश्विक चिंता है और उसकी सुरक्षा आज मनुष्य के सामने सबसे महत्त्वपूर्ण चुनौतियों में से एक है। 'आज के लिए उपभोग और कल के लिए संरक्षण' दुनिया भर में मानव जाति का नारा बन गया है। लेकिन कोई प्रौद्योगिकीय आविष्कार, चाहे वह कितना भी महान् हो, कोई भी सामाजिक-आर्थिक सुधार, चाहे वह कितना भी बड़ा हो, हमें आसन्न संकट से नहीं बचा सकता, जब तक कि हम पूरी तरह अपनी जीवन-शैली न बदल लें और प्रकृति के साथ सद्भावपूर्ण रिश्ते में रहना न सीखें।

एक बार इवान इलीश से पूछा गया कि सभ्यता के संकट का हल क्या है? तो उन्होंने जवाब दिया, ''शायद एस्कीमो हमें हल बता सकते हैं।'' 32 साल तक किए गए अपने अध्ययन के आधार पर एडवर्ड गोल्डस्मिथ

भी इसी निष्कर्ष पर पहुँचे, जब उन्होंने कहा, ''विविध समाजों के विश्व दर्शन से प्रेरणा मिलनी चाहिए, खासकर आरंभिक काल के विश्व दर्शन से जब हर कहीं के लोग प्रकृति के साथ सामंजस्य में रहते थे।''

आधुनिक जीवन इतना जटिल और पेचीदा हो गया है कि हम कुछ चीजों के बिना काम नहीं चला सकते। इसलिए अगला कदम विकल्प ढूँढने का होना चाहिए। वास्तविक विकास समाज को विकृति से संस्कृति की ओर ले जाएगा। यह पीछे की ओर जाना नहीं, बल्कि सही दिशा में जाना है।

समता और न्याय स्थायी विकास के आधार हैं। यह चार आयामी है 1. देशों—अमीर देशों, गरीब देशों, विकसित देशों, विकासशील देशों के बीच समानता, 2. देशों के क्षेत्रों, सामाजिक वर्गों, लिंगों, कार्यकलाप के क्षेत्रों के बीच समानता, 3. पीढ़ियों के बीच समानता और 4. अर्थशास्त्र और पारिस्थितिकी तथा विज्ञान और आध्यात्मिकता के बीच समानता।

स्थायी विकास के लिए प्रकृति के प्रति हमारे रवैए में बदलाव की जरूरत है। इसके लिए अतीत में जाने की नहीं, बल्कि वर्तमान में से एक नया भविष्य बनाने की आवश्यकता है। अतीत नए भविष्य को आकार देने में मदद कर सकता है।

स्थायी विकास सिर्फ सरकार और निजी कंपनियों का काम नहीं है। यह एक ऐसी प्रक्रिया है जिसे मानव प्रयास और जीवन के हर स्तर पर शुरू किया जाना जरूरी है। इसे एक आंदोलन बनाना होगा क्योंकि इसमें प्रतिमान संबंधी बदलाव शामिल है जिसे बहुत-से लोगों को शामिल किए बिना लाना कठिन है।

वर्तमान संकट अज्ञानताओं, लालच, शोषण और वर्चस्व का नतीजा है। इसलिए वर्तमान संकट के लिए जरूरी है कि हम प्रकृति का बुनियादी ज्ञान प्राप्त करें, यानी उसके नियमों का पालन करें और उसके सिद्धांतों के अनुरूप चलना सीखें। इसलिए, वर्तमान विकास संबंधी संकट से निपटने के लिए एक विश्व दर्शन की आवश्यकता है जिसमें वर्तमान जीवन-शैली को त्यागना और उपभोक्तावाद में कमी लानी होगी। गांधीजी का विकल्प स्पष्ट था। वह सबसे गरीब लोगों के बारे में सोचते थे। असल में हर किसी को उनकी सलाह यह थी कि किसी भी परियोजना या कार्यक्रम को आरंभ करने

से पहले एक सरल तिलिस्म का प्रयोग करना चाहिए—आपने जिस सबसे गरीब और सबसे कमजोर व्यक्ति को देखा है, उसका चेहरा याद करें और खुद से पूछें कि आप जो कदम उठाने जा रहे हैं, वह उसके लिए किसी भी रूप में उपयोगी है या नहीं। क्या उसे इससे कोई लाभ होगा? वैश्वीकरण के वर्तमान युग में भी यह सभी प्रकार के विकास का निर्णायक बिंदु होना चाहिए।

हर समाज में और हर काल में संघर्षों की तीव्रता और प्रकार भिन्न होते हैं। लेकिन यह स्पष्ट है कि दिन-ब-दिन संरचनात्मक हिंसा बढ़ती जा रही है। इस नई सहस्राब्दी में, जब संरचनागत हिंसा बढ़ रही है, समाज मानव समूहों को शांति और सद्भावना में नहीं रख सकता। आज राष्ट्रीय और अंतरराष्ट्रीय दोनों स्तरों पर निराशाजनक स्थिति है। राष्ट्रीय स्तर पर, आर्थिक शोषण, सामाजिक असमानता, धार्मिक असहिष्णुता, जाति संघर्ष, महिलाओं के प्रति अमानवीय व्यवहार, राजनीतिक सत्ता के लिए अनैतिक दौड़ और भाषायी कट्टरता तथा रूढ़िवाद निर्दोष लोगों के जीवन को दाँव पर लगा रहे हैं और हर किसी को असुरक्षा के साथ रहने पर मजबूर कर रहे हैं तथा देश की अखंडता को खतरे में डाल रहे हैं। अंतरराष्ट्रीय स्तर पर भी स्थिति बेहतर नहीं है। परमाणु युद्ध का खतरा सिर पर तलवार की तरह लटक रहा है। दुनिया भर में लगभग 424 परमाणु रियेक्टर काम कर रहे हैं और भविष्य में और भी आएँगे, जो पर्यावरण के लिए न तो सुरक्षित हैं और न ही अनुकूल। इन रोगों की मुख्य वजह गरीब की जरूरत, अमीर का लालच और आर्थिक कार्यकलापों के हर क्षेत्र में प्रौद्योगिकी का असावधान प्रयोग है। इस संदर्भ में पश्चिमी सभ्यता के खतरों के बारे में महात्मा के विचार प्रासंगिक हो जाते हैं। गांधीजी ने लंबे समय पहले ही नैतिक पतन और सांस्कृतिक क्षय को स्पष्ट देख लिया था। सन् 1908 में प्रकाशित महात्मा गांधीजी की 'हिंद स्वराज' उनकी पीढ़ी के लोगों को आधुनिकता और सभ्यता से पीछे हटनेवाली सुधार विरोधी पुस्तक लगी होगी, क्योंकि उस समय तक औद्योगिक सभ्यता के नकारात्मक परिणाम आम लोगों के सामने नहीं आए थे। वास्तविकता यह है कि असीमित आर्थिक विकास और प्रौद्योगिकीय प्रगतियों की बुराइयों और सीमाओं के नई सहस्राब्दी में लोगों के सामने आने से बहुत पहले गांधीजी ने औद्योगिकीकरण की त्रुटियों और

प्रकृति व मनुष्य को होनेवाली क्षति के बारे में बता दिया था। उन्होंने भविष्य में जीवन के सभी क्षेत्रों में उपभोक्तावादी संस्कृति के उभरते रुझानों की कड़ी आलोचना की और विकास में सादगी तथा नैतिकता पर जोर दिया जो नई सहस्राब्दी के लिए अनिवार्य हैं।

नई सहस्राब्दी की चुनौतियों के लिए सभी मोर्चों पर बिल्कुल नया दृष्टिकोण अपनाने की जरूरत है। इस संदर्भ में संपूर्ण विश्लेषण, ज्ञान का दोहन, अतीत के सबकों का सख्त वर्गीकरण और पूरी पारदर्शिता, दृश्यता तथा अनुकरणीयता स्पष्ट कार्य योजना के कुछ मुद्दे हैं। समय के साथ-साथ व्यावहारिक उपयोगिता से महात्मा गांधीजी के विचारों पर गौर करने की आवश्यकता महत्त्वपूर्ण हो गई है। उसमें सत्य, अहिंसा, सरलता, गुण, लक्ष्य का समन्वय और संपूर्ण रूप में देखें तो क्रिया का एक साकार रूप देखने को मिलता है।

सर्वोदय, सत्याग्रह और स्वदेशी की गांधीवादी अवधारणाएँ नई सहस्राब्दी की सामाजिक, आर्थिक तथा राजनीतिक चुनौतियों को हल करने में बहुत उपयोगी साबित होंगी। सर्वोदय की अवधारणा को 'सब के उत्थान' के रूप में परिभाषित किया जा सकता है। हर किसी के उत्थान के अतिरिक्त वह संपूर्ण मानव भावना और व्यक्तित्व के जागरण से संबंधित है। सर्वोदय अपने प्रति और अपने परिवारों से आगे पूरे विश्व के प्रति लोगों के कर्तव्य पर बल देता है। सर्वोदय के अनुसार अपने आंतरिक विश्वासों और मूल्यों का अधिकतम लाभ उठाते हुए लोगों की स्वशक्ति (व्यक्तिगत जागरण या शक्ति) और जनशक्ति (लोगों की शक्ति का सामूहिक जागरण) को जगाया जा सकता है। सबके कल्याण के अर्थ के अलावा सर्वोदय के आदर्श का अर्थ पूरे विश्व का कल्याण और सभी का समन्वित विकास है। एक सार्वभौमिक आदर्श के रूप में उसका लक्ष्य न केवल भौतिक जरूरतों को पूरा करना बल्कि सभी लोगों के आध्यात्मिक पक्षों को विकसित करना भी है।

इसी प्रकार स्वदेशी नई सहस्राब्दी की आर्थिक समस्याओं को हल करने का सबसे अच्छा माध्यम होगा। स्वदेशी का अर्थ है, प्रत्येक क्षेत्र में आत्मनिर्भरता। दूसरे शब्दों में, स्वदेशी सेवा है, और यदि हम उसे समझ लें तो हम एक साथ अपने आपको, अपने परिवारों को, अपने देश को और

दुनिया को लाभ पहुँचा सकते हैं। गांधीजी ने सीमित इच्छाओं और लोगों की जरूरतों को पूरा करने के लिए सामाजिक वातावरण और संसाधनों पर निर्भरता के संबंध में स्वदेशी की कार्यप्रणाली को निर्धारित किया। अपने प्रसिद्ध वाक्य में उन्होंने कहा, ''प्रकृति में सभी लोगों की जरूरतों को पूरा करने के लिए पर्याप्त संसाधन हैं लेकिन किसी के लालच को संतुष्ट करने के लिए पर्याप्त नहीं हैं।'' नई सहस्राब्दी में हमारा आदर्श 'सरल जीवन और उच्च विचार' का होना चाहिए ताकि हम समाज की बुराइयों को रोक सकें। वास्तव में स्वदेशी आंदोलन नई सहस्राब्दी में सामाजिक-आर्थिक आंदोलन का अंग बन सकता है। चूँकि वह अपने देश, अपनी संस्कृति और विरासत, अपनी परंपराओं की ओर लौटने का संदेश देता है। यह स्वदेशी की अवधारणा को समझने और हरसंभव रूप में उसे लागू करने का सही समय है। हम यह प्रगति हर क्षेत्र में अपने आपको आत्मनिर्भर और स्वावलंबी बनाते हुए कर सकते हैं तथा फिर हम नैतिक पतन, आर्थिक शोषण और राजनीतिक अधीनता से मुक्त हो सकते हैं।

सत्याग्रह भी एक महत्त्वपूर्ण माध्यम हो सकता है जिसके द्वारा व्यक्ति और समूह सरकारी नीतियों व कार्यक्रमों पर तुरंत प्रभाव डाल सकते हैं। व्यक्ति और समूह समाज को बचाने के लिए लोगों को संगठित करके सरकार और जनता का ध्यान उधार, शोषण, कानून-व्यवस्था की बिगड़ती स्थिति, प्रदूषण, गरीबी, कुपोषण आदि की ओर आकृष्ट कर सकते हैं। व्यक्तिगत स्तर पर भी बहुत से लोग यह काम कर सकते हैं। 'बेहतर भविष्य के लिए सत्याग्रह' को लागू करने के लिए अन्याय तथा सामाजिक तनाव व संघर्ष उत्पन्न करनेवाली गलत सरकारी नीतियों के खिलाफ लड़ने के लिए एक जैसे लोगों को एक मंच पर लाना होगा।

21वीं सदी की समस्याओं को आधुनिक विज्ञान व प्रौद्योगिकी से उभरनेवाले अवसरों के साथ गांधीवादी रास्ते पर चलकर ही सुलझाया जा सकता है। विकास तथा आर्थिक प्रगति के प्रति हमारा दृष्टिकोण मानवीय मूल्यों पर आधारित होना चाहिए। हमारा लक्ष्य एक रहने योग्य स्थान और जीने योग्य जीवन का होना चाहिए, जिसे हम अपनी जीवन-शैली बदलते हुए और अपनी असीमित आवश्यकताओं तथा प्रलोभनों को नियंत्रित करते

हुए प्राप्त कर सकते हैं।

हम हिंसा की नींव पर शांति का शहर नहीं खड़ा कर सकते। अगर मनुष्य को शांति में रहना है और सभी क्षेत्रों में प्रगति करनी है, तो उसे हिंसा को समाप्त करना होगा, उसे प्रेम और सहयोग के दर्शन पर आधारित जीवन-शैली विकसित करनी होगी। हमें उनसे सतर्क रहना होगा, जो धरती पर नरक बनाते हुए स्वर्ग जाना चाहते हैं। अब हमें अपने दैनिक जीवन में गांधीवादी मूल्यों को अपनाते हुए विचार और कार्य की प्रणाली बदलनी चाहिए। हमें विश्व शांति के रास्ते में आनेवाली बाधा पर काबू पाने के लिए कहीं से शुरुआत करनी होगी। लोगों को अपने आदर्शों को वास्तविक जीवन में बदलना चाहिए। आधुनिक भारत की त्रासदी यह है कि गांधीवादी दर्शन के महत्त्वपूर्ण पक्षों को गंभीरता से नहीं लिया जाता। सत्ताधारी अभिजात वर्ग ने कभी यह समझने का प्रयास नहीं किया कि गांधीजी अपने समय से काफी आगे थे। सामाजिक न्याय और स्थायित्व के लिए मानवता की तलाश तब तक एक स्वप्न रहेगी जब तक कि लोगों को यह समझ में नहीं आएगा कि गांधीजी के इन शब्दों का क्या अर्थ था, जब उन्होंने कहा कि नैतिक मूल्यों की अनदेखी और अवहेलना करनेवाला अर्थशास्त्र गलत है। पूरे स्वतंत्रता संघर्ष के दौरान लिखे गए गांधीजी के विभिन्न लेखों और भाषणों में लोकतांत्रिक विकेंद्रीकरण और ग्रामीण विकास को बहुत महत्त्व दिया गया। 'हरिजन' के 22 जुलाई, 1946 के अंक में, गांधीजी ने कहा कि "आजादी निचले स्तर पर शुरू होनी चाहिए"। गांधीजी के अनुसार भारत को सिर्फ ग्रामीण विकास के द्वारा ही मोक्ष मिल सकता था। भारत की आत्मा गाँवों में निवास करती है। ग्रामीण विकास का गांधीजी का दृष्टिकोण समग्रवादी और मानवकेंद्रित है।

आज हर कोई ग्रामीण विकास की बात कर रहा है। गांधीजी ने पश्चिमी सभ्यता को स्वीकार नहीं किया जो शहरी है। उन्होंने कहा कि "अब तक अपने उद्देश्य को पूर्ण करनेवाले प्राचीन ग्रामीण परंपरावाली जनसंख्या के साथ एक बड़े देश को पश्चिम का आदर्श नहीं अपनाना चाहिए। एक स्थिति में किसी देश के लिए जो अच्छा है, वह जरूरी नहीं है कि दूसरी जगह स्थित दूसरे देश के लिए भी अच्छा हो।" इसलिए उन्होंने

पड़ोसी प्रेम और सहभाजन पर आधारित एक ग्रामीण जीवन-शैली तथा संस्कृति का समर्थन किया। सरकार द्वारा इसका विश्लेषण और इसे लागू किए जाने की जरूरत है।

अपने सपनों के भारत की गांधीजी की तसवीर को साकार रूप दिया जा सकता है अगर हमारी सरकारें ग्रामीण विकास के उनके दर्शन की कुछ विशेषताओं को ईमानदारी से लागू करें, जो निम्नलिखित मूल्यों और सिद्धांतों पर आधारित हैं—

1. असली भारत उसके शहरों में नहीं, बल्कि उसके गाँवों में पाया जाता है।
2. गाँवों का पुनरुद्धार तभी संभव है जब ग्रामीणों का शोषण न किया जाए। शहरी लोगों द्वारा ग्रामीणों का शोषण गांधीजी के अनुसार 'हिंसा' था।
3. सादा जीवन और उच्च विचार, भौतिक इच्छाओं को अपनी मर्जी से कम करना और जीवन के नैतिक तथा आध्यात्मिक सिद्धांतों का अनुसरण।
4. श्रम का महत्त्व, हर किसी को शारीरिक श्रम करते हुए अपनी रोटी कमानी चाहिए और श्रम करनेवाले हर किसी की जीविका चलनी चाहिए।
5. देशी (स्वदेशी) उत्पादों, सेवाओं और संस्थानों के इस्तेमाल को प्राथमिकता।
6. आवश्यकताओं और माध्यमों के बीच संतुलन—गांधीजी मानते थे कि अहिंसा और सत्य को बरकरार नहीं रखा जा सकता है, जब तक कि आवश्यकताओं और साधनों के बीच एक संतुलन न रखा जाए।

आर.के. पाटिल ने संक्षेप में यह बताने का प्रयास किया है कि गांधीजी ने ग्रामीण विकास की कैसी परिकल्पना की थी। आज शहर और नगर देहातों का शोषण कर रहे हैं। शहर और गाँव तथा उद्योग और कृषि के हित अलग-अलग हैं और उनमें सामंजस्य स्थापित नहीं किया जा सकता। वर्तमान में अधिकतर लोगों के लिए एक उचित जीवन स्तर सुनिश्चित करने का एकमात्र सक्षम, कम महँगा और निश्चित तरीका गांधीजी द्वारा सुझाई गई आर्थिक व्यवस्था है।

विकास प्रक्रिया में स्थानीय लोगों की भागीदारी आवश्यक और अपरिहार्य है। वर्तमान स्थिति में विश्व एक विकल्प की तलाश में है। गांधीवादी विकल्प समकालीन समस्याओं, जैसे बेरोजगारी, संपत्ति के असमान वितरण, मानवाधिकारों के उल्लंघन, आतंकवाद और गरीबी का समाधान प्रस्तुत कर सकता है। प्रत्यक्ष या अप्रत्यक्ष रूप से गांधीवादी विकल्प हर जगह दुहराए जा रहे हैं। अब समय आ गया है कि हमारे नीति निर्माता और लोग, दोनों अपने भीतर झाँकें ताकि वे किसी और कारण से नहीं, तो भारत और पूरी दुनिया की वर्तमान मुश्किलों को सुलझाने में उसकी व्यावहारिक क्षमता को देखते हुए गांधीवादी तरीके को अपनाने के लिए प्रेरित हो सकें।

□□□